• Book 3 •

THE KEEPERS

Path of Beasts 萬獸街

博物館之賊3

LIAN TANNER

蓮恩．塔納——著 周倩如——譯

有一首法魯魯納島的古老歌曲是這樣唱的：

萬獸街誰走過？
肯定是要三人行。
兩個世仇兼天敵，
加上一人在中間，
那人是友抑是敵，
是本地人也是陌生人。
萬獸街通何方？
永恆之地，遭時間遺忘，
未曾有人返回的地方。
萬獸街存什麼？
存恐懼於趕路人。
存死亡於逗留者。
然對法魯魯納島而言，
存在著救世之道。

在歌蒂．羅絲之前，最後一位走過萬獸街的人是丹先生的父親，由他的兩個兄弟陪同。這三人不是彼此的天敵——差得遠了——但是他們的國家遭到梅恩城的入侵者佔領，他們走投無路，只好出此下策。

當時的丹先生只有六歲，他這輩子都無法忘記出發的那一天。

他們再也沒有回來。

——節錄自《鄧特博物館：一段隱藏的歷史》

1 困獸之城

三個孩子進入璀璨城時，正值夜半。他們衣衫襤褸，蓬頭垢面，身體緊貼著陰暗處行走，雙腳踩在石地上，沒有發出半點聲響。

他們已經離家好幾個月，連道別的機會都沒有，就被迫與家人分開。現在，他們急得像熱鍋上的螞蟻，想要見父母一面。然而，他們身上藏著秘密，要是被壞人抓到就有可能喪命，所以每到一個街角，他們就會停下腳步聆聽。

他們沒看見任何人，但他們頸背仍然寒毛直豎，臉色緊張發白。

這裡已經不是當初離開時的那座城市。恐懼籠罩大街小巷，如濃霧般沉重。煤氣燈光灑在人煙罕至的小徑上，光線彷彿在顫抖著。家家戶戶大門深鎖，窗簾緊閉，每個人大氣也不敢喘一下。

三個孩子悄悄潛入城內，越走越遠，最後來到橫跨大運河的萬獸橋。他們在那裡停下來，注意是否有任何風吹草動，然後一個接一個悄悄過了橋。

他們離家越來越近，急著想要加快腳步。但過去幾個禮拜讓他們學到了謹慎的重要，於是再次停下腳步。

幸好他們有這麼做。附近突然傳來靴子踏在石地的聲音，歌蒂連忙打了個手語，三個孩子便躲進橋頭的陰暗處。阿沫緊緊握住佩在腰間的劍柄，妹妹邦妮則抓起長弓。但是歌蒂拚命搖頭，於是兩人不再輕舉妄動。

從路中央大搖大擺走過來的五名男子顯然是一群士兵，儘管穿戴的制服和背包似乎來自十幾種不同的軍隊。他們胸前掛著步槍，眼睛和牙齒在煤氣燈下閃閃發光，看起來彷彿擁有這座城市的一切。

歌蒂早就料到會有這種事，但是看到這種人出現在璀璨城的街頭，仍然教人吃驚。她發現自己的手緩緩伸向阿沫腰間的劍，呼吸也變得急促……

不行！她連忙把手抽回來。她極其不願意帶在身上的那股狼魂、那股對戰爭的狂熱剛剛浮出了表面。要是抽出那把劍，肯定失控。上次這種感覺控制住她的時候，她差點失手殺人，不能冒險讓這種事再次發生。

她克制住熊熊怒火，祈求那些士兵盡快過橋。

但是士兵似乎沒有過橋的意願。其中一名高大男子有兩條長至下巴的紅色捲曲鬢角，他把步槍靠在運河旁的圍牆上，從背包拿出餅乾和水壺。其他同伴跟著照做。

阿沫碰碰歌蒂的手，用難以察覺的飛快手勢敲出問題。「走還是留？」

歌蒂咬著嘴唇。她和阿沫可以神不知鬼不覺地輕易溜走，甚至可以從士兵們的手中偷走餅乾，留下他們納悶晚餐跑去了哪裡。但是邦妮並沒有接受過相同訓練，很可能會被發現。

「留。」她打著手語。

士兵們悠閒地靠在圍牆邊，一面對彼此扔餅乾，一面縱聲大笑，彷彿想要讓附近人家聽見他們而害怕發抖。他們讓歌蒂想起她和阿沫在鄧特博物館深處遇過的士兵，就是陰險門後方的那些，一場古戰爭倖存的殘軍，佩著長矛、劍、鳥銃，說話操著古梅恩城的口音。

但是眼前這些男子是現代人，雜亂無章的制服顯示他們是傭兵，忠誠可以靠買賣易主。歌蒂想知道他們對城裡的民兵部隊做了什麼，還有至高守護者到哪兒去了？守護者絕對不會允許有傭兵出現在璀璨城的街頭——

這時候，她的思緒被一輛鏗鏗鏘鏘駛過石地的越野車給打斷。傭兵急忙把水和食物塞回背包，並抓起步槍。

「什麼樣的笨蛋敢在宵禁時間開車晃來晃去？」紅髮男子大聲咆哮道，「想被關進懺悔之家是吧！」

「他們朝這裡過來了。」其中一名同伴說，於是他大搖大擺地走到路中央。

隆隆作響的車輪聲朝他駛來，引擎轟隆大作，車頭燈穿透了孩子周圍的陰暗處。歌蒂不敢看她的兩個朋友，但她可以感覺到邦妮在旁邊像根鐵絲一樣僵硬，阿沫則踮著腳尖隨時準備逃跑。如果那些傭兵現在轉過身來……

但他們只是排成一列穿過馬路，擋住了越野車的去路。有那麼一會兒，歌蒂以為越野車不打算停下來，持續以穩定的速度隆隆前進，車燈照亮著士兵。喇叭響了兩次，車內傳來憤怒的聲音，吼著模糊不清的話。傭兵舉起步槍，瞄準車燈後方的駕駛座。

隨著煞車響起的嘎嘎聲，越野車猛然停下來。引擎熄火，咆哮聲傳來，這次歌蒂聽得一清二楚。

「好大的膽子！好大的膽子！立刻給我讓路！」

傭兵個個動也不動。「下車。」紅髮男子語氣平穩地說，「快，動作快。」

這時車內一陣竊竊私語，然後，令歌蒂鬆口氣的是，車頭燈突然熄滅了。待她的眼睛重新適應後，有兩個人走下越野車——兩個穿戴厚重黑袍和方形黑帽的神聖護法。

歌蒂的身體瞬間湧上一股令人不寒而慄的恨意。自從神聖護法被驅逐出城到現在已經超過六個月了。當初至高守護者以叛國和虐待的罪名把他們送上法院，再將他們一個個趕出璀璨城，並警告他們永遠不准回來。

然而現在他們出現在這裡，又回來了。

歌蒂輕碰阿沫的手。「趁他們在忙，趕緊離開吧。」她打著手語。

阿沫點點頭，在妹妹耳邊低語了幾句。但他們還來不及離開，兩個神聖護法就突然從傭兵旁邊經過，往橋的盡頭大步走去。

「嘿！」紅髮男子大聲叫道，急忙趕上去，鬢角在臉頰兩側飄逸著。「你們以為你們要去哪裡？晚上不應該有人在街上遊蕩，這是上頭給我們的命令。」

神聖護法在距離孩子不到五步的地方停下來。其中一個皮膚蒼白、雙眼凸出的護法不屑地挑起眉毛。「宵禁對我們不適用，你這個呆子！」他用高亢又刺耳的聲音說，「到其他地方去奉命行事吧你。」

他轉身回到同伴旁邊，彷彿那群傭兵已經離開似的，然後對著運河揮揮手。「這個地方和其他地方一樣，可以了。這裡有潮汐，防洪堤都開著，那包——呃——那包垃圾在天亮前就會被沖進海裡了。」

「可是如果沒有沖走怎麼辦？」第二個神聖護法是個女子，語氣焦慮地說，「如果有人看見了，可能會引起麻煩。」

歌蒂的心臟怦怦作響，手悄悄握住別在衣領內側的胸針。護法只要一回頭，她和她的兩個朋友就會被發現。

「如果有人看見，」臉色蒼白的護法說，「我們只要說服他們看錯就行了。」他放聲大笑，「要是他們堅持自己的錯誤，那麼，我相信懺悔之家還有很多空牢房。」

在他身後的傭兵正在竊竊私語著。被叫呆子的紅髮男子顯然非常生氣，所以當神聖護法轉身走向越野車時，他擋住了他們的去路。

「就我看來，」他說，「不准有人在街上遊蕩意思就是不准有人在街上遊蕩。我們接到命令時沒有聽說戴著滑稽帽子的人可以破例。」

其他同伴不禁吃吃竊笑。臉色蒼白的男子嘆口氣，緩緩開口，彷彿正在應付一個小小孩。「仔細聽著，我是仁慈護法，這位是——」他對旁邊的女子點了點頭，「謙卑護法。我們來這裡是為了替首輔辦事，記得首輔嗎？」他的語氣充滿諷刺，「他是我們的領袖，也是這座城市的崇高守護者，這表示只要你們受雇於他，他也是你們的領袖。」

歌蒂感覺到邦妮冷冰冰的手牽住她，知道她和邦妮都在想著同一件事。倘若首輔，這個璀璨城史上最惡名昭彰的叛徒真的掌了權，並且稱呼自己是守護者，那麼真正的守護者出了什麼事？

「妨礙我們做事，」仁慈護法繼續說，「不是明智的行為。事實上，你們能幫忙最好。我們有個包裹需要處理掉，麻煩把包裹拖下車，帶到這裡。」

紅髮男子發出哼的一聲。「你要我們替你們做事？想都別想！」他開始轉身離去，其他傭兵跟在後面。

「如果你夠聰明，就會把包裹扛來。我們是七靈神的公僕，祂們不會饒恕那些反抗我們的人。」

仁慈護法的高亢嗓音帶著某種特質，讓歌蒂不禁毛骨悚然。她彈動手指閃避七靈神的注意，紅髮男子也是如此，只是他仍然繼續往前走。

然而，最年輕的那名傭兵猶豫了。「什麼樣的包裹？」

「只是我們打算丟掉的垃圾罷了。」謙卑護法立刻說，「丟進運河裡花不了一分鐘的時間。像你這樣強壯的小伙子——」

「少管閒事！」紅髮男子厲聲說，「那是他們的工作，不干我們的事。他們沒資格對我們發號施令！」

「顯然，」仁慈護法說，「你們並不了解自己的地位——」

他被一個男子清喉嚨的平凡聲音給打斷，效果出奇迅速，神聖護法立刻安靜下來。歌蒂聽見阿沫無意中倒抽一口氣，又感覺到邦妮的指甲掐入了她的手掌心。

越野車的車門突然打開，一隻講究的靴子現身，隨後是一條完美無瑕的褲管。一件比夜更漆黑的斗篷落在折得整齊的褲管周圍，一把劍在路燈底下閃閃發光。

是首輔。

2 一包垃圾

首輔，神聖護法的領袖和七靈神的發言人，是個如老鷹般英俊，如狐狸般狡猾的人物。他有說服眾人的嗓音，還有沉魚落雁的笑容。

然而在這股魅力之下，卻有著像斗篷一樣漆黑的心腸。

一見到舊敵，歌蒂內心的憤怒彷彿燃燒的火焰往上竄。她的嘴巴滿是苦澀。腦海深處，逝世已久的戰士公主低聲說著：殺了他，當場殺了他。

又一次，歌蒂的手忍不住伸向那把劍。

不行！她抖了一下，把手伸回來。只要她還有理智，就不允許殺戮。

首輔指著越野車。「請把這包垃圾，」他喃喃地說，「丟進運河。先生們，麻煩了。」

這一次，紅髮男子照他的話去做。歌蒂看見他在敞開的車門前面愣了一下，彷彿對見到的東西很驚訝。接著他叫來最年輕的同伴，「抓住另一邊。」

年輕男子流露出更多的驚訝，但很快就掩飾下來，爬進車內抓住那個用麻布包住、又長又重的包裹。兩個男子將包裹拖出車門，扛到運河邊的圍牆大門。

神聖護法安靜地在旁觀看。首輔從胸前口袋拿出一根銀製牙籤剔牙。邦妮的指甲用力抓著歌蒂的手，感覺就要抓出血來了。

年輕傭兵打開運河大門，然後停下腳步。歌蒂覺得自己好像聽見包裹傳出聲音，呻吟聲？喘不過氣的呼吸聲？

年輕傭兵看起來準備說些什麼，但紅髮男子橫眉怒目瞪著他，接著抱怨說：「用點力啊。」兩個男子用力一甩，將包裹扔進運河，水花飛濺，接著是汩汩流水聲。歌蒂嘴裡的苦澀簡直讓她無法嚥下口水。

傭兵面無表情，在褲管上擦了擦雙手。首輔爬回車內時，兩位神聖護法禮貌地退後一步，然後跟在他後面，用力關上車門。引擎開始發動，輪胎一個轉彎，越野車沿著原路隆隆地離去。

年輕傭兵清清喉嚨。「那只包裹，」他開口說，「我想——」

「不，不准想。」紅髮男子咆哮道，「你什麼也不准想。你就像我們其他人一樣奉命行事就對了。走吧，還有活兒要幹。」

於是，五名傭兵頭也不回地快步離去。

他們一離開，三個孩子立刻從陰暗處溜出來。「你們看到了嗎？」邦妮低聲說，「那是——」

她摀住嘴巴，雙眼睜得老大。阿沫嚴肅地點點頭，歌蒂打開運河大門，三人跑下石階。像運河這麼遠的地方，路燈已經照不太到。歌蒂仔細檢查水面，只看見一片漣漪，像是潮汐剛剛轉向。附近的石頭瀰漫著鹽巴、爛泥和死魚的臭味。

「那裡！」阿沫說，「橋下面！」

運河沿岸有一條狹窄的小徑，就位於漲潮線上方。三個孩子側著身子慢慢往下走，包裹就在那裡，其中一端露出水面，被突出的鐵桿給擋了下來。河水不斷拍打，想要將包裹沖過橋墩，沖過開放的防洪堤，然後沖進海灣。

「我們得讓它漂回石階上。」邦妮低聲說。

「不，」歌蒂說，「這裡比較安全。要是傭兵或護法折返回來，橋可以掩護我們。」她邊說話，邊解開卡在鐵桿上的麻布。「抓好了，」她低聲說，「很重。」

他們試了好幾次才將包裹從運河拖上濕漉漉的石地。包裹微弱地動來動去，他們的雙手也因為寒冷而不聽使喚。歌蒂可以聽見邦妮的牙齒頻頻打顫。

最後，包裹終於放到他們腳邊。麻布被繩子綑了起來，繩結打得很緊。阿沫打開小刀，準備割斷繩子的同時，歌蒂希望她可以就這樣轉身離去，回家，回到爸媽身邊，不必去看首輔在這大半夜急著扔掉的東西。

但是，她腦中的聲音低語道：戰士不會一走了之。

繩子脫落後，阿沫從一端割開麻布，往後一掀。歌蒂聽見了自己突如其來的抽氣聲——

以及邦妮驚訝的哭叫聲——

還有阿沫的呻吟。

躺臥在狹窄的小徑，渾身是血、軟弱無力的，是至高守護者。

3 芙西亞公主

那一瞬間，三個孩子簡直嚇得無法動彈。歌蒂必須強迫自己呼吸。她想起自己剛剛聽見的聲音——她以為自己聽見的聲音，連忙把手放在守護者的喉嚨，感覺到一股微弱脈搏。

「她還活著。」她低聲說，「勉強算是。」

阿沫跳起來，臉色宛如黑暗中的殘蠟一樣蒼白。「我去找西紐過來。」他把佩劍腰帶丟在地上，話都還沒說完就跑走了。

歌蒂往後一坐，努力重整思緒，不去看守護者冰冷的臉龐。

「她在流血。」邦妮說，「那裡，她的胸口。」

歌蒂的心揪了一下，「我們最好趕快幫她止血。看看妳能不能找到血從哪裡冒出來的。」

她和邦妮身上都沒有乾淨的布，而守護者的衣服又濕又髒。歌蒂在橋的裂縫胡亂摸來摸去，拉出滿手的蜘蛛網。

她忙著把蜘蛛網揉成一團時，邦妮突然小聲說：「歌蒂？她的襯衫底下穿了一件棉質背心，從旁邊扣住了，我解不開。我怕我會傷到她！」

歌蒂摸索著那些釦子，但願附近有更多光線。她心想，無論攻擊守護者的人是誰，大概就是這件背心讓她活了下來。她納悶這是不是首輔親自下的毒手，又納悶自從他回到璀璨城後，還殺了多少人，又企圖殺死多少人。

終於，釦子一個個解開，露出一道刺傷。歌蒂用蜘蛛網壓住傷口，想要止血。守護者的肌膚就像冬天的石頭一樣冰冷。

「在她旁邊躺下。」她對邦妮說，「抱住她。」

邦妮的嘴巴張得老大，「妳要我抱住守護者？」

歌蒂差點笑出來。「利用體溫。」她說，「我們必須讓她暖和起來，像這樣。」

她在狹窄小徑躺下來，盡量貼近守護者，同時仍然壓著傷口。

邦妮嚥了一口口水，然後如法炮製。「感覺好怪！」

「我知道，想點別的事吧。」

邦妮安靜了一會兒，接著說：「我要想當初我們在古梅恩城的時光，那時候我是友芊，峽角城的年輕女侯爵。妳可以想想妳是芙西亞公主的那段時光。」

「是啊。」歌蒂心不甘情不願地說，「我可以想想芙西亞公主。」

□

芙西亞，梅恩城的公主戰士，已經死了五百年之久，然而一部分的她仍然活著。

狼魂和對戰爭的熱愛是她的遺物，歌蒂腦中好戰的竊竊私語也是。邦妮帶著的弓箭和阿沫的劍——都曾是芙西亞公主的東西。

歌蒂躺在守護者的旁邊，一邊用蜘蛛網壓著傷口，一邊回想過去幾個星期的那些奇事。那趟前往史波克城的旅程、謊言日，還有將孩子們捲回五百年前的古梅恩城、因而救了他們一命的天大謊言。

即使現在，歌蒂仍然不確定他們是否真的去過梅恩城，還是一切只是幻覺。她只知道，當天大謊言結束，所有孩子回到現代的史波克城後，芙西亞公主的弓和劍也跟著他們回來了。

然而，公主的武器不是唯一跑出天大謊言的東西。在歌蒂的內心深處，那股王室特有的狼魂緩緩燃燒，就像等著嗶剝作響的煤炭。公主對戰爭的知識也遺留下來，連同她的記憶、她的聲音，總是低聲說著殘忍的計畫和指令。

歌蒂還沒告訴任何人有關狼魂的事以及腦中的聲音，連阿沫也沒說。整件事實在詭異又令人害怕。她微微一抖，想起當初在豬仔號上控制住她的失控怒火，將她籠罩的紅色迷霧，又想起她是怎麼高高舉起沉重的劍，朝耗子揮過去，那個嬌小又害怕的男孩，根本不應為了她的怒火付出代價……

當初她差點來不及制止自己，到現在她還是不確定自己是怎麼辦到的，也不確定會不會重蹈覆轍。所以，即使弓和劍是她的，她並不希望擁有它們。

她也不希望腦中留著公主的聲音。但她對自己承諾過，不會就這樣把城市乖乖交給首輔。為此，她需要芙西亞的戰略知識。

歌蒂握緊拳頭，然後硬是放鬆。她告訴自己，那些嗜血的竊竊私語沒什麼好怕的。跟首輔不同，她不會過度依賴武力。無論發生什麼事，無論公主怎麼強烈要求，她都不會跟狼魂或殺戮沾上邊。

無論如何都不會。

□

最初，歌蒂知道阿沫回來了，是因為她聽見了輕柔的狗吠聲。一隻小狗沿著運河的石階朝她狂奔而來。

「布魯！」她說著，小心翼翼坐起來，好讓守護者傷口上的蜘蛛網不會離開原位。她的心因喜悅和安慰而怦怦作響。

可是，布魯沒有像往常那樣跳上來舔她的臉，反之，他在幾步外停下腳步，頭歪向一邊，彷彿不確定她是誰。歌蒂伸出空出來的那隻手，布魯聞了聞，後退幾步，捲尾巴垂了下來。

「布魯，怎麼了？是我啊！」歌蒂低聲說。但她在說這話的同時，小狗已經投向邦妮的懷抱，改舔她的臉。

歌蒂咬著嘴唇。「西紐？」她輕聲說著，想知道他是不是也把她給忘了。

令歌蒂鬆口氣的是，在阿沫旁邊匆匆走下樓梯、那長相怪異的高挑男子彎下腰，張開雙手給了她一個擁抱。「摩根昨天飛回來了。」他說，「所以我們知道你們也不會太遠了。歡迎回家！」

他也擁抱了邦妮，然後將長腿併攏，在守護者旁邊蹲下來，表情十分嚴肅。「發生了什麼事？」

布魯聞了聞守護者的腳，輕柔地發出嚎叫。「她被刺傷了。」歌蒂說，「不過她穿了一件棉質背心——」

「很好。」西紐說，「我早些時候給了她那件背心，但不確定她會不會穿。」他先檢查傷口，然後把耳朵湊到守護者的嘴邊。

「她還有氣息嗎？」阿沫說著，繫上腰帶。

「很微弱。」西紐脫下斗篷，披在昏迷的守護者身上。「血看起來稍微止住了，不過我們最好盡快把她帶回博物館。邦妮，妳跟我一起走，繼續壓住傷口。這會有點麻煩，不過我敢說妳做得到。像這樣。」

他對邦妮示範手該往哪裡放，然後，他用力咕噥一聲，把守護者抱了起來。「阿沫，歌蒂，你們先走，確保前方沒有危險。帶上布魯，這裡到處都是傭兵，我們可不想撞到他們。」

這不是歌蒂冀望已久的回家方式。她溜出石階頂端的大門，阿沫走在旁邊，布魯則在兩人前面幾步的地方慢慢奔跑。這段路上她心裡一直掛念著爸爸媽媽，並好奇什麼時候才會見到他們。有件事是肯定的——不會是今晚。

布魯和兩個孩子在舊城區幽暗的街道上蜿蜒穿梭，密切留意著傭兵的蹤影。與此同時，歌蒂發現自己以一種前所未有的方式研究她的周遭環境。例如對面的那棟建築物，俯瞰三條運河，是很不錯的觀測地點。至於剛剛經過的廣場，外圍的雕像和樹木可以輕易藏匿十幾個人——

她停下腳步，發現自己正學著像芙西亞公主那樣思考。璀璨城是她的家，她卻把家視為戰場。

可是這裡確實是戰場，她提醒自己，倘若我想要打敗首輔，我必須像芙西亞那樣思考。

雖然這麼說，輕易就融入芙西亞的思考還是讓她不寒而慄。

「怎麼了？」阿沫低聲說。

「沒事。」歌蒂說。布魯抬頭看著她，尾巴不安地左右搖擺，彷彿想要安慰她，卻不確定該怎麼做。

他們快要爬到老奧森納山的半山腰時，小狗突然開始東聞西嗅，喉嚨低沉地發出警示般的嚎叫。

「怎麼了，布魯？」阿沫低聲說。

布魯再次嚎叫，背上的鬃毛全部豎了起來。一道陰影從他旁邊擦身而過，如老鼠般鬼祟。

「你有看到嗎？」歌蒂說，「那是什麼？」

「我不知道！布魯，別理它！算了！」

但是布魯沒有聽話，胸膛爆發出一聲駭人的嚎叫，阿沫還來不及阻止，他就朝那鬼祟的陰影衝過去。

一個轉身，快得肉眼幾乎看不見的情況下，那道陰影飛到半空中，落在小狗的背上，形成了一隻灰色花貓的輪廓。牠的爪子如新月般銳利，在布魯的身體上用力一抓，他不禁發出尖叫。

接下來，令歌蒂恐慌的是，寂靜無聲的城市突然成了一團混亂。

4 死對頭

如果布魯是一隻普通的狗，這場混戰大概瞬間就結束了。那隻灰色花貓——歌蒂最後一次見到牠是在豬仔號的船上——除掉過許多體型比牠大得多的對手。

但是布魯一點也不普通，他是同類中僅存的一隻暴風犬，聰明絕頂的動物。前一秒他還又小又白，痛得不停尖叫，下一秒就變得焦油般漆黑，公牛般巨大，尖叫成了怒吼，在大街小巷迴盪著。

花貓緊緊貼著他的背，爪子抓著他巨大的腦袋。鮮血一滴滴濺到歌蒂臉上。「貓咪，住手！」她大喊著。

「離他遠一點！」阿沫大叫道。

花貓完全不當一回事。牠用牙齒緊緊咬住布魯的耳朵。布魯撲到地上，花貓及時跳開。兩個孩子同時想要抓住牠，但被牠給溜走。暴風犬匆匆站起來，發出獅子般的怒吼。

「你們兩個都給我住手！」歌蒂大聲說，「傭兵會聽見你們的！你們是怎麼了？」

「這隻動物是懶惰貓的後代！」布魯怒吼著說，「我們是死對頭！」

花貓狠狠地瞪著他。「吼！」牠生氣地叫道，然後再次撲向他，爪子在路燈底下血跡斑斑。布魯的大嘴巴用力一咬，花貓跳到一旁，他再追過去，憤怒地放聲咆哮。

歌蒂想起守護者，回頭看著他們過來的地方，卻沒有見到西紐和邦妮的蹤影。他們肯定在打鬥開始後就改走別條路了。

她望著兩隻瘋狂打鬥的動物，「我們需要一桶水。」

「沒時間了。」阿沫說，「傭兵隨時都會過來，我們必須想辦法把他們拉開。」

可是打鬥相當激烈，他們根本無法靠近。不到三條街的距離，傳來一記口哨聲。花貓用爪子對布魯的鼻子拚命揮舞，布魯往旁邊一跳，用肩膀用力撞了花貓一下。牠被撞到半空中，卻又立刻跳回來，毫不畏懼。

阿沫和歌蒂對著兩隻動物不停喊叫，拜託他們停下來。當這麼做行不通後，他們開始丟石頭。但暴風犬和花貓繼續打個不停，用憤怒將這個夜晚四分五裂。

除了喧鬧的打鬥聲，歌蒂又隱約聽見了逐漸接近的沉重腳步聲。「布魯！」她絕望地叫道，「他們來了！他們會把你抓起來的！」

「他們會開槍射你！」阿沫呻吟道。

兩人都沒注意到那個白髮小男孩，直到他快步從他們身邊跑過。「耗子！」歌蒂驚訝得倒抽一口氣。

耗子回頭露出微笑，然後作勢發出吶喊，跳進了混戰之中。

歌蒂以前見過耗子這麼做，見過他對野生動物與生俱來的愛，以及馴服那些動物的天分。即使如此，她還是很驚訝打鬥竟然那麼快就停止了。

花貓仍然嘶嘶叫個不停，布魯的背部鬃毛仍然豎得老高，兩隻動物都氣得渾身發抖。但他們站在兩邊，沒有做出進一步殺害對方的舉動，耗子則在他們之間低聲哼著歌。

在歌蒂的身後，哨子又吹出了第二聲警告。一個低沉嗓音叫道：「宵禁巡邏警察！通通給我待在原地！」

「快！」歌蒂說著抓住耗子的手，三個孩子和布魯跑進黑暗中。花貓猶豫了一會兒，然後跟了上去。

□

幾英里外，在豬仔號上，擁有兩種髮色和狡猾面孔的男孩正沾沾自喜地望著他的好運氣。

「你是我的了。」他輕聲說，環視著小漁船。

他還是不敢置信。直到最後一刻，當豬仔號緩緩駛進這個廢棄港口時，龐斯一直以為歌蒂、阿沫和邦妮會想要將漁船佔為己有。

他本來都準備好了，偷偷保留各種詭計，在史波克街頭學到的詭計。他知道如何反將別人一軍，也知道如何黑吃黑，成為最後笑著離開的人。

但到了最後他根本用不上任何一招。三個小鬼頭翻過船的另一邊，踏上廢棄碼頭，匆匆忙忙就消失在黑夜中。

他們離開後，龐斯的朋友耗子變得異常安靜。小男孩坐在甲板的陰暗角落，白老鼠沿著他的外套跑上跑下，而那隻討人厭的老貓就像邪惡的老奶奶一直監視著他。

那隻貓讓龐斯全身不舒服，所以當牠同樣跳過欄杆溜走的時候，他感到很慶幸，這樣就只剩下他們兩人，龐斯和耗子，再加上愚蠢的史曼負責做粗活。

龐斯再次欣賞完戰利品，把頭伸進船艙大叫著說：「做完了嗎，史曼？」

他聽見腳步聲，接著史曼那個大塊頭在他的正下方出現。「我只要再把一根煤氣管線清理乾淨就結束了。」

「不能等等再清嗎？」

史曼一臉驚訝，「煤氣管線髒掉了可不行啊，龐斯！」

「好吧，那動作快。」

「我們要去哪裡？」

「還不知道。」龐斯拉緊他的破外套，「去溫暖的地方，有很多食物的地方。我想往南走吧。」

史曼皺起眉頭，搖了搖頭。「不能去南方，克德從來不往南走，因為有那些人口販子。克德說過老巫婆史金在附近蠢蠢欲動，她買了一艘新的奴隸船，我們最好離她遠一點。」

「聽著，夥伴。」龐斯說，「克德已經死了，鯊魚吃了他，真是謝天謝地。他說的話不再算數。」

「可是我不想變成奴隸！」

「你當然不想，你也不會變成奴隸，因為我會好好照顧你，我現在是船長了。」他挺起胸膛，「我是龐斯船長！而你是我的船員，你和耗子都是。」

他咧嘴一笑，回頭說：「嘿，耗子！你的船長在叫你呢，你躲到哪裡去了？」

「他沒有躲起來。」史曼說，「他走了。」

龐斯立刻回頭，速度快如閃電。「他當然沒有走！別傻了史曼，我不允許有傻子在我的船上！」

可是史曼不停用力點頭，「我看見了，船長，就在我下去清理煤氣管線之前。那隻貓離開不久後，他也匆匆翻過欄杆，像鬼魅一樣安靜。我猜他是去追那三個小鬼頭了。他肯定很喜歡他們，是吧？」

龐斯覺得腦袋彷彿掉了下來。他不斷喃喃自語：「他喜歡的是我，我才是他喜歡的人，不是別人。」

不過，這些話還沒說出口，他就開始在當初藏匿克德那把手槍的桶子底下東翻西找。因為事實是，耗子確實喜歡璀璨城的那些小鬼頭，他也喜歡那隻討人厭的老貓，去找他們確實是耗子會做的事情。

「如果我就這樣把船開走拋棄他，也是他自找的。」他喃喃地說。

「你不會這麼做的，龐斯。他是你的朋友！」

「好個朋友。」龐斯有點哀傷地說，「你在這裡等著，史曼，不要亂動，也別以為你可以帶著我的船逃跑，我才是船長，記得嗎？」

史曼點點頭。「你會去多久，船長？」

「不會很久。」龐斯說，「幸運的話，在你還沒發覺之前我就已經把耗子給抓回來了。」他對史曼露出兇相，「到時候如果豬仔號不在這裡，我會去找你。等我逮到你，你會希望當初老巫婆史金有抓住你，因為跟我相比，她就像糖蜜那樣甜美！」

5 優秀的戰士

等孩子們趕到鄧特博物館，連同花貓悄悄走在他們後面的時候，守護者已經被安置在床上，丹先生正在用勺子將豌豆濃湯盛到碗裡，替晚來的人做準備。他那年長的褐色臉龐沒有一絲笑容。

「首輔怎麼可以用這麼殘忍的手段對待自己的親姊姊？」他喃喃地說，「他先是讓她挨餓，然後刺傷她，最後把她當作垃圾一樣扔到運河裡！」他搖搖頭，「那個男人沒有半點同情心！」

「他只在乎權力和金錢。」歐嘉．西亞佛嘉說著，氣呼呼地切著一條新鮮麵包。她的白髮沙沙作響，雙眼閃爍著憤怒。「如果我們不想個辦法阻止他，他會把整座城市毀了，還有住在城裡的每一個人。」

「阻——止——他——」一個粗啞的聲音嘎嘎叫道。

歌蒂抬頭看見那身熟悉的黑色羽毛就棲息在樑柱上。她聞著熱湯撫慰人心的香氣。博物館在打盹，積滿灰塵的走廊和動不動瞬變的奇特房間就像自己的家一樣可愛。

我回來了，她心想。儘管所有事情都令人擔心，失去控制，她卻感覺到一股喜悅。我是鄧特博物館的第五名管理員，我回到了我的歸屬。

「她會沒事吧？」滿嘴麵包的邦妮說，「我指的是守護者。」

「但願她會康復，」西紐說著，蹲在鑄鐵的爐子旁邊，丟些木柴到爐子裡。「只要傷口沒受感染。接下來這幾天，我們必須細心照顧她。」

木柴接觸到火，爐子立刻劈哩啪啦響了起來。耗子緩緩靠近取暖。阿沫坐在椅子上彎腰向前傾。「我想知道的，」他說，「是怎麼阻止首輔。當初只有他和神聖護法的時候就已經夠難了，現在還多了一群傭兵！」

在歌蒂的腦中，公主低聲說：分化他的武力。

「我們必須分化他的武力。」歌蒂說完，咬住自己的舌頭，因為她不加思索就開口說話，搞得每個人突然看著她，就連本來在餐桌對面瞪著彼此的布魯和花貓也不例外。

歌蒂努力想要跟上思緒，那一半屬於她、一半屬於芙西亞公主的思緒。在她的腦海深處，軍事訓練對上了那個高大的紅髮傭兵和他的同伴。在她的眼底，古梅恩城的軍隊槓上了兩個名叫仁慈和謙卑的神聖護法。

就在這時，就像上了膛的步槍那樣咔的一聲，一切都湊在一塊兒。歌蒂拿起一片麵包撕成兩半。「神聖護法——」她拿起其中一塊，「和那些傭兵——」她再拿起另一塊，「早就不喜歡對方。我們今天晚上看見了。我們得利用他們對彼此的反感，挑起他們之間的不和，讓他們痛恨對方。如果我們能夠做到這樣，就等於取得一半的勝利。」

她把兩塊麵包一起丟進嘴裡，又突然停下動作。三位成年的管理員目不轉睛看著她，彷彿以前從來沒有見過她似的。

「怎麼了？」她說。

阿沫咧嘴一笑，「妳說起話來就跟芙西亞公主一模一樣。」

「跟誰一模一樣？」歐嘉．西亞佛嘉問。

「我才沒有！」歌蒂的臉微微一紅，納悶是什麼讓她洩了底。

「妳有。」邦妮說，「有點霸道又很精明。」

「你們在說些什麼？」歐嘉．西亞佛嘉說。

阿沫放聲大笑，「是非常霸道——」

「回答我！」歐嘉．西亞佛嘉用拳頭在桌上用力一敲，大家都嚇得跳起來。「你們知道芙西亞公主什麼事情？為什麼要說那些話？」

「可是我們已經跟你們說過有關天大謊言的事啦。」歌蒂說完，困惑地愣了一下。我們還沒有告訴他們！她這才發現，可以平安回來實在太高興了，之前又是那麼擔心守護者……他們根本什麼都不知道！

到最後，由阿沫開口說起這個故事。他說到邦妮當初在璀璨城的街頭是怎麼被兩個替哈羅做事的男人抓走，他和歌蒂又是怎麼跟蹤他們，最後偷偷上了豬仔號。等他說到被人俘擄又遭到下藥昏迷的那一段，便由歌蒂接手繼續說下去。

她打了個哆嗦，開始敘述前往史波克城的那趟旅程，以及在陌生城市尋找兩個朋友的情況，又說到耗子是怎麼跟她成為朋友，替她算命。

耗子站在桌子對面，甜甜笑著。丹先生跟他握手，又幫他盛了第二碗熱湯。西紐拿起豎琴，彈出一連串淒涼的音符，最後以親切的活潑和弦作結。

故事很複雜，歌蒂必須回頭重複說個好幾次，確保沒有漏掉任何細節。最後她說到拯救朋友的那一段，說到霍普護法將他們通通困在廢棄的下水道——

「霍普護法？」本來低頭看著豎琴的西紐，皺著眉抬起頭說，「就是那位我們認識的霍普護法？那位我們敬愛的霍普護法？妳確定是她嗎？」

歌蒂一想到有人敬愛霍普護法，便翻了個白眼，然後點點頭。

邦妮在椅子上坐立難安。「她打算要淹死我們！她從哈羅那兒接到的命令，因為我們知道的太多。但是歌蒂透過天大謊言救了大家一命，所以我們才會跑到——」

「等一下。」丹先生舉起手說，「回去一點，小姑娘。你們知道了什麼重要的事情足以害你們被殺掉？」

「哈羅的真實身分。」阿沫說。

於是，他把真相告訴他們。

歐嘉．西亞佛嘉氣得雙眼瞇成兩條線。西紐彈奏了一連串讓歌蒂寒毛直豎的音符。

「嗯，這樣至少說得通了。」丹先生咬牙切齒地說，「繼續往下說，邦妮。妳剛剛說歌蒂救了你們。」

等到邦妮解釋完天大謊言，解釋完那只弓和那把劍，以及霍普護法為什麼有可能已經死了的時候，耗子已經打起哈欠，花貓也在爐子旁邊一處溫暖的地方，舒服地躺了下來。雖然閉著眼睛，耳朵卻跟隨著布魯晃動。布魯傾身靠近歌蒂，鼻子聞啊聞的。

「公主戰士？」暴風犬低沉地說，「這就是早些時候我不認識妳的原因。妳看起來像個朋友，聞起來卻像個陌生人。」

歌蒂臉頰發燙。她不喜歡對她的管理員夥伴瞞著秘密。有那麼一會兒，她想也許乾脆直接告訴他們算了，於是她在椅子上往前一坐——

但她還來不及開口，丹先生就摸摸下巴，然後說：「我聽過天大謊言跑出來各式各樣的東西，廚餘的味道、一把劍、一只弓——這些都沒有什麼好擔心的。可是三不五時，那一端會跑出像魁納獸一樣瘋癲的人，他們心中仍然卡著另一個人生，這讓他們精神崩潰，再也無法教人信任。我很慶幸這件事沒有發生在你們年輕人身上。」

歌蒂往回坐，覺得不太舒服。如果現在說出有關芙西亞公主和狼魂的事，他們一定會覺得她瘋了，瘋得像一隻魁納獸！他們再也不會信任她。但這又怎能怪他們呢，她都快要不信任自己了。他們說不定認為她再也沒有資格擔任第五名管理員！

耗子正在看著她，他知道有哪裡不對勁。她迴避他的眼神然後對暴風犬說：「就是那樣，布魯，是廚餘的味道。我是我，不是什麼公主，就只是我。」

「這個嘛，我倒希望妳還是芙西亞公主。」邦妮說，「她和馮．內格爾打仗的時候，一箭就射穿了他的心臟。如果妳是公主就可以拿弓箭射首輔了！」

「或者我可以找他一對一決鬥。」阿沫說著輕輕撫摸劍柄，「然後殺了他。」

歐嘉・西亞佛嘉搖搖頭，「在你們手染鮮血之前先仔細想想，通通都仔細地想一想，染上了要洗掉可不容易。與馮・內格爾的最後那一戰我也在場，我可以告訴你們，我可不願意再去一次。」

歌蒂驚訝地看著歐嘉・西亞佛嘉。她一直都知道鄧特博物館的資深管理員比外表看起來年長得多，但那場與馮・內格爾的戰爭已經是五百年前的事了！

「妳在場？」阿沫倒抽一口氣說，「身處戰場上？妳願意跟我們說說嗎？」

「不，我不願意。」歐嘉・西亞佛嘉立刻說。

歌蒂再次傾身向前，心臟不停地怦怦跳。「歐嘉・西亞佛嘉，妳認識芙西亞公主嗎？她是怎麼樣的一個人？」

有那麼一會兒，老婦人一句話也沒說，接著她重重嘆口氣，「她既自私又無情，不是一個好人。」

「喔。」歌蒂說著，但願自己沒有問過這個問題。

「妳這麼說不公平。」丹先生說，「那女孩有她的優點。」

歐嘉・西亞佛嘉頭一歪說：「我想是吧，她是一名很優秀的戰士。」

「她發生了什麼事？」阿沫問道，眼神閃爍著興奮。

「她在戰場上犧牲了。」說完這句話，歐嘉・西亞佛嘉就閉上嘴巴，不願意再多說什麼，無論阿沫多麼極力懇求。

然而，當歌蒂打個哈欠站起來，仍然死守秘密走出廚房時，老婦人也跟著她走了出去。

起初，她們安靜地穿過一個個積滿灰塵的房間，經過許多盔甲、鳥兒標本、金框油畫以及一整排無窮無盡、滴答作響的時鐘。但就在這時候，歐嘉．西亞佛嘉停下腳步說：「妳在史波克城表現得很好，我以妳為傲，孩子。今晚妳也表現得不錯，明天等妳見過父母之後，我們再好好討論該怎麼分化我們的敵人。但是現在，先告訴我，那只弓、那把劍，還有公主的氣味，這些是唯一跑出天大謊言的東西嗎？」

她的眼神犀利，歌蒂覺得彷彿被看穿了。雖然如此，她還是點點頭。「就這些，沒別的了。」

身後的時鐘抗議似的漏了一拍，然後陷入沉默。歐嘉．西亞佛嘉說：「喔，那麼晚安了。」

「晚安。」歌蒂說完，轉身離去，知道老婦人就站在後方看她離開。

□

與此同時，在璀璨城碼頭邊的一間倉庫裡，龐斯正在替自己打造一個藏身處。他想過回豬仔號睡覺，但距離實在太遠，而且他也累得脾氣暴躁。他將破舊紙箱拖到角落，用厚紙板東拼西湊驅寒，一邊喃喃自語。

「我在這個陌生城市該怎麼找到他？我怎麼知道該從何找起？他可能在任何地方。我可能花上一輩子都找不到！」

他爬進紙箱檢查一番，然後又爬了出來。厚紙板還不夠，他需要更溫暖的東西。

「我敢說耗子現在一定很後悔自己離開了。」他喃喃地說，「他現在一定躲在某個地方的大門口，希望自己留在老夥伴龐斯的身邊。」

他打了個冷顫，一半出於寒冷，一半因為害怕，接著對倉庫環視一番。這裡擺滿許多層層高疊的紙箱，看起來都像牡蠣一樣隨時會裂開。龐斯視若無睹，將瘦小身軀擠出剛剛擠進來的窗戶，闖入了另一棟建築物。在那裡，經過搜尋，他找到一大包全新的黑色毛料袍子。

「嗯，還不差。」他說著，拿了十幾件袍子，再將包裹重新封起來，看起來就像沒人碰過一樣。他回頭，朝那間佔為己有的倉庫走去。不久後，他的藏身處就像老鼠窩一樣又溫暖又舒服。他依偎在黑色袍子堆中，輕聲地自我安慰。

「我覺得明天就能找到他了，最慢後天。不必擔心，一切都會沒事的。」

問題是，以龐斯目前為止的人生所學到的，事情總是沒那麼順利。事實上，事情往往每況愈下，然後轉變成最糟糕的情況。

要是他明天找不到耗子，後天也沒找到怎麼辦？又或者他找到他了，可是那小男孩不再想跟他做朋友怎麼辦？如果耗子已經厭倦了船，厭倦了下水道，厭倦了有一餐沒一餐的生活，決定永遠離開他怎麼辦？

「不，」龐斯立刻說，「他犯了個錯，就這樣而已。也許、也許歌蒂和阿沫趁我不注意的時候，用某種方式把他偷走了！是啊，我敢說就是這樣！」

他邪惡地咧嘴一笑，從腰間拿出手槍。「哼，他們休想留他，我會當著他們的面把他搶回來。如果他們敢阻止我，我就開槍！」

他打了一個大大的哈欠。「別擔心，耗子。」他慢慢陷入沉睡，手裡仍緊緊握著手槍，同時喃喃地說：「我來救你了，因為我們是好朋友，我們必須團結一致，我們不在乎其他人，對吧？就只有龐斯和耗子，一直都是如此，也永遠都是如此。其他人只是……（龐斯又打了個哈欠）……麻煩。」

6 重逢……再分開

隔天一早，阿沫、邦妮和歌蒂用圍巾和帽子遮住臉龐，下山進城。

街道沒有昨晚那麼安靜，但恐懼仍然存在。人們匆匆忙忙趕著上市集，趕著去工作，並且頻頻緊張地回頭看，只要見到傭兵就立刻安靜不語。

「看看大家有多害怕。」邦妮低聲說，「真是太可怕了！」

「我們最好學學他們。」阿沫說。雖然三個孩子一想到終於可以見到自己的父母就興奮得不得了，但還是聳起肩膀，從帽子底下緊張地偷看，假裝跟其他人一樣膽怯。

他們來到垮橋後就各自散開，雖然名為垮橋，這座橋可一點也沒有垮，而是橫跨砲艇運河的優美弧形青石。阿沫和邦妮朝著他們家的方向趕路，歌蒂則沿著黯然街繼續向前走，通往孤寂廣場。

和同伴分開後，本來興奮的歌蒂漸漸擔心起來。最後一次見到爸爸時，他老是受到惡夢驚擾，媽媽則是咳得很厲害，而且完全沒有好轉的跡象。雖然歌蒂僅僅離開幾個禮拜，但這段時間什麼事都有可能發生。

她悄悄來到家門前，踏在磁磚地板上的雙腳沒有發出任何聲響。「爸？」她輕輕叫道，「媽？」

爸媽的臥房傳來一聲叫喊，接著媽媽摀著嘴巴跑了出來。她一見到歌蒂立刻停下腳步，並緊緊閉上雙眼，一副不敢看的樣子。

「真──真的是妳嗎？」她輕聲說著，眼皮不停抖動。「我好多次做夢夢到妳，然後心碎地醒來。我不確定我可以再承受一次。」

「媽，」歌蒂邊說邊跑向她，「是我！看啊！真的是我！」

媽媽一直等到歌蒂給了她一個熱情的擁抱才終於信服地睜開雙眼，接著開始哭了起來。「喔，親愛的寶貝女兒，我們好想妳啊！妳還好嗎？妳上哪兒去了？那可惡的首輔──」

她突然停止說話，往隔壁屋子的牆壁看過去。「愛德爾女士，」她動著嘴巴不出聲地說，「有時候我覺得她在偷聽我們！」

她湊到歌蒂的耳邊，「首輔說你們人在史波克。當然，他不知道你們指的是妳、阿沫和邦妮，守護者很小心瞞住你們的身分，所以他說的是，那些失蹤孩童人在史波克，但是後來有件事出了差錯，於是他說你們大概已經──」她的聲音變得哽咽，「大概已經死了，而且全都是守護者的錯！我一個字也不相信，一個字也不相信！可是雖然這麼說──喔，我的寶貝！」

眼淚如潮水般流過她的臉頰，然後也流過了歌蒂的臉頰。「妳瘦了，媽。」她低聲說，「咳嗽沒有變嚴重，是吧？」

「沒有，就跟以前一樣。妳爸爸也是不好不壞。」

歌蒂伸長手臂捧著媽媽的雙肩，「可是妳變瘦了。」

「不，親愛的，是妳長大了。妳和我的佩斯妹妹越來越像了。」媽媽撫摸著歌蒂別在衣領內側的藍色小鳥，「妳知道嗎？我以為妳不見了，就像她好久以前不見了那樣，我的心都碎了。可是現在妳回來了，而且身上仍別著佩斯的胸針！我以為經過了那麼多事情後，妳可能弄丟了。」

「我絕對不會弄丟。」歌蒂低聲說，「這只胸針給了我勇氣。」

媽媽笑了出來，「勇氣？親愛的，妳從來就不缺勇氣！喔，我真希望妳爸爸在這裡！他去了市集，應該很快會回來。現在，快告訴我妳到底發生了什麼事。不，最好等爸爸回來再說，先跟我透露一點就好。邦妮怎麼樣？阿沫呢？他們都平安到家了嗎？」

歌蒂不得不將整個故事從頭說起，正當她說到阿沫被抓的關鍵時刻，前門突然打開，爸爸站在門口，驚訝得愣在原地。

接下來又是更多眼淚，更多解釋。爸爸也瘦了些，額頭多了幾條皺紋，但胸膛依然厚實，教人安心。他的眼神漸漸流露出喜悅。

媽媽泡著熱可可，爸爸在購物籃東翻西找拿出茶點，歌蒂則把故事重新說了一遍。她壓低聲音輕聲細語地說著，但說到有關哈羅的部分時，她又把聲音壓得更低了。

「有關這個人，你們必須知道兩件重要的事。」她低聲說，「第一，他就是去年璀璨城爆炸案的幕後兇手。」

媽媽倒抽一口氣。那枚炸彈害死了一個孩子，又造成許多人受傷，璀璨城的民兵部隊卻一直沒有找到兇手。

「第二——」歌蒂突然停頓了一下，「哈羅其實就是首輔！」

這句話說完，隨之而來的是一陣沉默。爸媽先看看她，再看看彼此。歌蒂開始擔心他們可能不相信她。「我發誓——」

「我就知道！」媽媽握起拳頭，用力在手心打了一下。「我就知道他是個壞胚子！我不是說過嗎？那個無賴！那個背信忘義又滿口謊言的——」

「噓！」爸爸說，「小聲一點！」但同時，他也點頭如搗蒜。「我們聽過許多類似的故事。」他對歌蒂低聲說，「最荒謬的一個就是去年那枚炸彈是由守護者聯合民兵部隊放的。根據有些人的說法，首輔為了阻止她，才不得已聘請了傭兵控制這座城市！」他不屑地哼了一聲，「妳以為這些胡說八道沒人會相信，但就是有人信。」

「愛德爾女士昨天才告訴我，」媽媽低聲說，「有關首輔的傳言全是謊言，是他的敵人放出的消息。『他是一個大好人。』她這麼說，『原諒了那些曾經試圖傷害他的人。』」她翻了個白眼，「那女人是個笨蛋。」

「還有太多太多和她一樣的人。」爸爸低聲說，「像我們一樣在懺悔之家待過的人不相信他，可是其他人——」

「他們渴望回到安定的生活。」媽媽說，「而他承諾會給他們這種生活。」

歌蒂知道首輔說話很有說服力，所以並不驚訝大家又一次上了他的當。但她倒是很驚訝見到爸爸把手臂交叉在胸前說：「我們不能讓他逍遙法外。」

「現在既然我們知道了真相，我們必須告訴其他人。」媽媽說。

「不行！」歌蒂立刻說，「這樣太危險了。」

爸爸挑起眉毛。「我從沒想過我會聽見妳說這種話。」他轉向媽媽，「妳確定這是我們的女兒？不是什麼冒牌貨？」

歌蒂的臉微微一紅，「我是說——我想你們可以跟我一起回到博物館，你們在那裡比較安全。」

「同時妳打算做什麼？」爸爸說。

「這個——」

「這就對了。」媽媽說，「難道妳打算坐以待斃，任由璀璨城被謊言和暴行給佔領嗎？當然不會！所以我們又怎麼會呢？」

歌蒂絞盡腦汁想辦法勸阻他們，「你們可能會再次被關起來！」

爸爸的眼神很認真，也許帶有一點點害怕，但他靜靜地揚起微笑。「我們曾在懺悔之家成功熬了過來，親愛的。如果有必要，我們也可以熬過第二次。」

該說的話都已經說完。爸爸拿出懷錶，提醒歌蒂她很快就得去跟阿沫和邦妮會合了。媽媽把剩下的茶點放進蠟紙，又吩咐了幾句，確保丹先生、歐嘉．西亞佛嘉和西紐至少可以吃上一塊。

離開的時候到了。歌蒂緊緊抱著爸爸媽媽，心裡滿滿是愛，是自豪，是擔憂。他們也回抱她。「親愛的，保重！」他們低聲說，「我們過幾天見。」

但是，在歌蒂默默離開家門時，她知道這幾天很有可能見不到她的父母了。事實上，如果事情出了差錯，她可能永遠也見不到他們了。

7 好東西

分開後過了三個小時，孩子們重新會合，三人臉上都帶著淚痕。

「他們不肯聽我們的話！」邦妮說，「我們說他們應該跟我們一起回去博物館，他們卻說在這裡還有其他事情要辦。他們打算去拜訪妳的父母，他們對首輔非常生氣！」

「很好。」歌蒂說，慶幸爸媽不必獨自面對危險。

在她的腦中，公主戰士催促著說：該是時候找出更多有關入侵者的情報了，去了解他們的長處和弱點。

歌蒂猶豫了一會兒，想起丹先生昨晚說過的話。如果他沒說錯怎麼辦？如果她讓另一個人生卡在心裡，結果害自己精神崩潰怎麼辦？

不，她告訴自己，她不會讓它得逞！她會利用芙西亞對戰爭的知識去擊敗首輔，但就這樣。她不會發瘋，不會背叛任何人的信任，沒什麼好怕的。

因此，她大聲地說：「我們改走別條路回去博物館吧。我們必須趁白天盡量觀察，然後才知道接下來該怎麼做。」

他們沿著大運河一路走到懺悔之家。歌蒂最後一次見到這棟惡名昭彰的監獄時，整棟建築物都已廢棄，但現在，十幾個全身黑衣的護法正在前院巡邏，他們把袍子披在後頭，好讓每個人都可以看見纏在腰間的沉重懲罰鏈。

在他們頭頂高處，樓梯的最上方，封住窗戶的木板已經拆除，建築物的外觀也因為幾小時的洗刷而潔白閃亮。剛修好的屋頂上，象徵首輔和守護者的兩面旗子在一根旗杆上飄揚著。

正當三個孩子像幾隻被鞭打的小狗彎腰駝背、匆匆經過的時候，一群傭兵自大街上大搖大擺地走了過來。他們面無表情，眼神就像破外套上的鈕釦一樣黯淡無光，所有感情似乎全部獻給了步槍，把步槍當作嬰兒似的抱在胸前。

這群傭兵來到懺悔之家的門前，立刻停下腳步。正在巡邏的神聖護法也停下步伐，匆匆跑到他們旁邊立正站好。前院瞬間安靜下來。

「他們在等著什麼。」歌蒂低聲說。

「聽！」阿沫是三個孩子當中耳朵最靈敏的一個，他對著西邊點點頭。「無論是什麼，現在正在路上了。」

過了一會兒，歌蒂也聽見了，低沉刺耳，像上千顆小石子互相摩擦的聲音。當聲音變得越來越響亮，原本低著頭匆匆趕路的民眾紛紛停下腳步，開始緊張地東張西望。人群漸漸聚集起來，三個孩子趁機混了進去。

現在他們甚至可以聽見喊叫聲、嘶嘶聲、鏗鏘作響的聲音。他們腳下的地面開始震動，就在這時，突然傳來一記特別響亮的轟隆聲，一輛巨大的拖拉機從馬路的盡頭緩緩駛入眼簾，旁邊陪同著另一批士兵。

「那輛車拖著一樣東西。」邦妮說。

阿沫瞇起眼睛仔細地看，「是什麼？」

「我不知道。」歌蒂說。

她在說謊，她知道那是什麼，或至少可以這麼說，她自覺她知道那是什麼。芙西亞公主從前見過類似的東西，五百年以前。

歌蒂強烈希望公主搞錯了。

當那東西越來越靠近，拖拉機開始不甚負荷地發出嘎吱嘎吱的聲音，旁觀者也紛紛發出驚呼。此刻，連群眾中近視最深的人都可以看見那個被拖進璀璨城市中心的東西是什麼。他們看見巨大鐵輪，差不多是一個人的兩倍高，還有鐵製車廂、螺帽和螺栓，以及「卡麗安女士」的名字以龐大的鐵製字母嵌在其中。

但最重要的，他們看見長長的鐵製砲管和大大的黑色砲口。

歌蒂望著它，帶著一股從百年前穿梭而來的恐懼感。芙西亞沒有搞錯，這是一座大砲，比公主這輩子見過的任何東西都來得巨大。

在懺悔之家的深處，首輔正向傭兵團的領袖布萊斯元帥示範他的劍術。他有點生疏，所以沒有展現太華麗的技巧，只是又砍又刺，炫耀手臂力量，然後進行一連串的輕鬆回擋。

「真是太可惜了。」他邊說，邊在他的辦公室優雅地來回行走。「竟然這麼容易就征服了這座城市。我本來希望有人來試試我的劍。」

「嗯。」布萊斯說。他一向是個話不多的男人。

首輔繞著辦公桌，攻得假想敵拚命繞圈子。「不過，」他說，「我們很快就會移駕到史波克城，那裡的人民為了自由會反抗得更激烈。」

「你對那座城市很熟悉？」

「就像這把劍那麼熟悉。不僅如此，我們在說話的同時，我的其中一位護法正在那裡替我們做準備，等待我們的到來。」

首輔虛晃一下，刺向假想敵的頸子，一邊好奇霍普護法——或芙蘭絲，她在史波克城的名字——何時會返回璀璨城。

依照協議，他從懺悔之家被放出來後，他和霍普護法之間就不再有任何訊息交流，他不希望他的敵人碰巧發現璀璨城的首輔就是犯罪大師哈羅。不過霍普護法應該不用多久就會完成他交代的任務，回到這裡。

他往心臟一刺，結束了假想敵的性命，接著微微一笑。一定會很有意思，他心想，得知那些孩子死亡的消息……

「昨晚過了宵禁時間，在老奧森納山發生了一陣喧鬧。」元帥說著，往椅背一靠，抓了抓他的八字鬍。「外頭可能還有一些零星的反抗勢力。」

「我不這麼認為。」首輔說著，用手帕擦乾額頭。「我已經漸漸相信璀璨城根本不知道反抗這兩個字的意義。」

布萊斯做了個怪表情，不過什麼也沒說。他真是個自命不凡的傢伙，首輔心想。元帥的臉就像發酵的麵包一樣又圓又軟，而且對自己那愚蠢的八字鬍驕傲得不得了。沒人猜得到他是一名士兵，直到他們仔細觀察他那雙混濁的灰色眼睛，看見表面底下隱藏的殺機。

大砲抵達懺悔之家外頭所傳來的聲音，讓首輔很高興可以換個話題。他帶路來到樓梯頂端，兩人一起看著大砲被拖進前院中央。一旁有許多人在大吼大叫，尖銳的刮擦聲不絕於耳。

「啊，好東西。」首輔說著，斜眼看了布萊斯元帥一下。「我還以為它不會來了呢。」

布萊斯哼了一聲，「我答應過了，不是嗎？這是規矩，士兵必須信守承諾。」

首輔放聲大笑，覺得元帥說了個笑話。「看看這些人潮！」他喃喃地說，「看他們多麼入神！多麼害怕！」

近看之下，大砲看起來碩大無比，散發煤氣和黑色火藥的味道，兩側的鐵製車廂坑坑疤疤，全是戰爭留下的傷痕。首輔很喜歡，喔，是的，他非常喜歡。

但是人群中的竊竊私語變得越來越大聲，他可以看見許多懷疑的眼神往這個方向投射過來。他讓這股氣氛懸宕了一會兒，然後轉身（袍子優雅地轉了一圈）大聲說：「不要害怕！這座強大的武器——」他摸著卡麗安女士的側面，「這座雄偉的武器是來這裡保護我們的城市免於奴隸和其他壞蛋的攻擊。它看起來或許很恐怖，卻是我們的朋友。」

他露出迷人的微笑。當群眾開始一一回以微笑，他彎下腰在元帥的耳邊悄悄地說：「只要說得夠扯，只要能滿足他們對安全的渴望，他們什麼都願意相信。」

元帥欣賞著他的黑色皮手套，再惡狠狠地瞪著三個靠得太近的孩子。「我的人什麼時候會拿到錢？」

「今晚，宵禁後兩個小時，我會送上一車銀幣作為第一筆酬勞。」

「送到軍營？」

「當然。」首輔整平袍子上的皺褶，若有所思地注視著群眾。「你知道嗎？元帥，我壓根兒不相信你所說的反抗勢力，但是如果不小心被你給說中了，那個勢力只會來自一個地方：鄧特博物館。博物館裡的那些管理員是這座城市唯一敢站出來反抗我的人。」

他拍了拍砲管，「不過現在我已經準備好了。只要有什麼風吹草動，我就把博物館夷為平地，摧毀裡頭的一切！」

8 第一波攻擊

「他瘋了！」三個孩子匆匆上山的途中，阿沫說道，「他怎麼會想到要做出這種事？他難道不知道這麼做會導致什麼後果嗎？」

歌蒂打了個冷顫。鄧特博物館不是普通的博物館，後廳保存了許多五百年前的活歷史，當中有不少頗為殘暴。倘若首輔使用大砲攻擊博物館，那股暴戾之氣將衝出璀璨城的大街小巷，給城裡的每個人帶來死亡和毀滅。

「這是不是表示我們到頭來還是無法跟他對抗？」邦妮問道。

阿沫和歌蒂看著彼此，兩人都不準備放棄，但那座大砲帶來的威脅實在教人害怕，他們想不到有什麼方法可以立刻解決這個問題。

他們繼續安靜地趕路，各自陷入了自己的思緒中。歌蒂盯著石地，想著今晚宵禁後兩個小時準備運送的那筆酬勞。那是惹事生非的絕佳機會，她不想白白浪費。

但當她提出這個主意的時候，阿沫卻皺起眉頭。「然後白白看著卡麗安女士把博物館炸成碎片？」

在歌蒂的腦中，芙西亞公主低聲說：戰爭是建立在——

「詭計和騙局之上。」歌蒂喃喃自語，「是，這點我知道。」這是公主最先學會的戰略之一，但這跟首輔和他的威脅有什麼關係？

三個孩子急忙轉彎，走進一條死巷子，佇立在面前的是博物館，一棟醜陋的石造建築物，完全看不出來裡面藏有奇觀和危險。

詭計、騙局……

突然間，整件事就像一張戰略地圖在歌蒂的腦中攤開。「當然了！」她領路走下死巷子的時候說，「我們要做的，就是讓首輔以為所有攻擊都是從其他地方來的！」

阿沫咬著嘴唇，「我想這麼做應該可行，但是要怎麼──」

「我們放些煙霧彈。」歌蒂說，「一些跟博物館不相干的東西，同時，我們讓博物館看起來好像沒了力量，虛弱又無助。」

她對阿沫露齒一笑，「如果我們成功的話，就可以愛做什麼就做什麼！你和我、丹先生、西紐、歐嘉・西亞佛嘉──」

「還有我。」邦妮立刻說。

「我有另外一項任務要給妳。」歌蒂說，「妳見過首輔嗎？他知道妳的長相嗎？」

邦妮皺皺鼻子，「我想應該不知道，可是霍普護法知道──」

「霍普護法已經死了，我們不必擔心她。」阿沫插嘴道。

「──而且首輔見過我們所有人的特徵描述，就在他假裝放消息尋找我們的時候，不過我想他沒有見過我。」

「很好，那麼妳就是鄧特博物館首要的、也是唯一的防線。」三個孩子跑上階梯時，歌蒂說道，「又或者妳和那隻花貓——」

她說到一半突然停下來。耗子站在大門內等待他們，對著牆壁比手劃腳，問了十幾個無聲的問題。

今早孩子們離開的時候，博物館還很安靜，沒有任何原始生物在角落潛伏的跡象。但現在那些生物開始蠢蠢欲動，空氣劈啪作響，彷彿不遠處有閃電作祟。房間不斷產生瞬變。附近的某個地方，西紐正在彈奏豎琴，撥弄著第一首歌的旋律。

歌蒂和阿沫匆匆脫掉帽子和圍巾，把手放在離他們最近的牆壁上，開始唱著西紐正在彈奏的那相同的飄忽曲調。「吼喔喔——喔，」他們唱著，「嗯嗯喔喔喔——喔喔。」

狂野音樂從地心升起，排山倒海地湧入他們的體內。邦妮緊握拳頭。她不是管理員，感覺不到房間的瞬變，也聽不到狂野音樂，但她從哥哥那裡得知許多博物館的秘密，於是她說：「是大砲的關係，對不對？博物館不喜歡被威脅！」

阿沫點點頭，繼續歌唱。耗子又比劃了另一個問題。

「全是因為原始生物的關係。」邦妮解釋道，「瓘璨城曾經是個危險的地方，但大家已經受夠了他們的孩子被懶惰貓吃掉，受夠了頻頻有人死於可怕的疾病，所以他們漸漸將所有危險的東西趕出城外。至少他們以為他們做到了，但其實，那些東西最後全部淪落到了這棟博物館裡。這裡有像暴風犬和小鳥之類的好東西，也有像瘟疫、饑荒和戰爭的壞東西。不過那些壞東西通通都被鎖在陰險門後面，位於博物館後廳的深處，這麼一來才不會有人受傷。」

「吼喔喔——喔。」歌蒂唱著。狂野音樂在她的體內興風作浪，不願妥協。她唱得更大聲了。耗子的眼睛半張半閉地聽著邦妮說話，手指隨著第一首歌擺動。

「阿沫說原始生物沒辦法乖乖待在一個地方，這就是為什麼房間始終在瞬變的原因。」邦妮繼續說，「問題是，如果博物館或管理員遭到威脅，瞬變的頻率就會加劇，就像現在這樣。管理員必須透過唱歌讓博物館平靜下來。如果瞬變太嚴重，戰爭和瘟疫等等的壞東西就會從陰險門後面衝出來！」

她咬著嘴唇。

「這將會是璀璨城的末日，可能也是我們所有人的末日。」

耗子拍拍她的手臂，然後，令歌蒂驚訝的是，他哼起第一首歌的相似旋律，彷彿他可以安撫博物館，就像他安撫布魯和花貓那樣。

也許他真的可以，因為博物館立刻鎮定下來，雖然狂野音樂仍然存在，但是現在隨著他們低聲唱和，像一隻願意被馴服的野獸——至少現階段是如此。「吼喔喔——喔，」博物館唱著，「嗯嗯喔喔喔——喔喔。」

十五分鐘過後，孩子與三名年長管理員在一個名叫粗暴湯姆館的房間會合。這裡不是博物館最狂野的房間，卻是數一數二奇怪的房間。地板中央側躺著五、六艘大帆船，像是潮水把它們帶到這裡，然後擱淺於此。空氣中充滿泥巴和鹽水的味道。

有關大砲的消息讓西紐的琴弦響起尖銳的音符，讓丹先生臉色發白。歐嘉．西亞佛嘉只是點點頭，好像首輔無論做什麼她都不會驚訝。

阿沫重複了一遍他的問題，「難道他不知道攻擊我們會導致什麼後果嗎？」

「他知道。」歐嘉．西亞佛嘉說，「但是他不在乎。他只想要搞破壞，摧毀城市，摧毀守護者，摧毀一切。」

歌蒂想起她和兩個朋友從運河拖上來的無力身軀，「守護者醒過來了嗎？」

「還沒。」歐嘉．西亞佛嘉說，「她有點發燒，這讓我很擔心。我希望她能恢復意識——」

「妳知道嗎？我不確定首輔像妳說的那樣。」西紐打斷她，「這座城市是他的大本營，他不會樂見城市被夷為平地。」

「那麼他為什麼要威脅我們？」邦妮問道，「如果陰險門後面的東西通通跑出來，他也會死掉，不是嗎？」

西紐點點頭，「所以我認為他其實根本不明白博物館是什麼。」

「喔，少來了，西紐。」阿沫說，「他在戰爭館待過！他當然——」

「他略知一二。」西紐說，「去年他在守護者的辦公室偷了一本書，一本關於陰險門的書，這就是他會知道戰爭館的原因。但你們都知道他的德性：聰明，甚至可以說是非常聰明，卻沒什麼耐心。我猜那本書他只讀了一點點，就沒有再讀下去，所以根本不知道博物館真正的力量。他撿到一根樹枝，卻誤以為是整座森林。」

「那麼，我們不是應該告訴他博物館有多危——」邦妮開口說。

「不行！」丹先生和歐嘉．西亞佛嘉異口同聲地大叫。

「我光是想到他知道後會做出什麼事，就不禁全身發抖。」老婦人說，「他怎麼樣都不能夠信任，光是讓他發現一小部分的事實就已經夠糟了。」

「況且，他不會相信我們。」歌蒂說，「他會以為我們在騙他。」

「問題在於，」丹先生說，「無論他知不知道自己在做什麼，總之博物館又開始變得暴躁，這表示我們不能貿然拋下博物館，更別說對抗首輔。」

老人說話時，擱淺的帆船發出嘎嘎的聲音，好似潮水打了進來。海水的味道變得更重了。

「可是如果我們不去對抗首輔，博物館只會變得越來越糟糕！」歌蒂說，「我們不能就這樣投降！」

歐嘉．西亞佛嘉揚起眉毛，「丹先生有說過要投降嗎？」

「沒有。」歌蒂說著，臉頰發紅。「可是如果我們沒辦法離開博物館——」

「我們仍然可以反擊，歌蒂。」阿沫插嘴道，「妳跟我。」他滿心期望看著其他管理員，「你們目前沒那麼需要我們，耗子可以代替我們的位置。你們聽過他唱歌嗎？」

耗子自始至終靠在西紐的腳邊，聽著大家談話。他苦著一張臉，彷彿因為讓他興奮的瞬變結束了，所以開始想念起龐斯。但他一聽見阿沫的話，雙眼又亮了起來。

「嗯，」丹先生說，「我們沒有想過再收一個管理員，不過你說得沒錯，我確實聽過他唱歌——是你的主意嗎，西紐？故意測試他？」

「別看我！」西紐的嘴角抽了一下，「我以為那男孩就像個平凡的七歲小孩在角落開心地跟他的老鼠玩耍，結果一晃眼，他就去了大廳，哼起第一首歌。」

「博物館似乎很喜歡他——」

「喜歡他？」西紐對耗子眨眨眼，「就我聽到的，如果他願意，大概可以讓整棟博物館坐起來翩翩起舞！」

耗子笑了出來。歌蒂有點嫉妒，不過這感覺沒有持續太久。「很好，」她說，「那我和阿沫就有時間去對抗首輔了。」

「還有我！」邦妮說。

歐嘉．西亞佛嘉清清喉嚨。粗暴湯姆館陷入一片沉默，彷彿每個人都認為派三個孩子去對抗一個大人有多麼荒謬，尤其是那個人還擁有整個傭兵團可以任他差遣。

「我們可以打敗他。」歌蒂說著，討厭自己的語氣中流露著不安。

「你們當然可以了。」西紐對她微微一笑，「我們其他人無論何時，只要有機會，就會去幫忙。如果你們需要任何東西，儘管告訴我們。」

「槍。」阿沫說，「這是我們真正需要的東西！」

在歌蒂的腦中，芙西亞公主跟著低聲附和。「不行。」歌蒂立刻說，「我們要智取，不可以靠暴力，我們不準備殺死任何人。」

阿沫翻了個白眼，不過沒說什麼。擱淺的帆船再次發出嘎嘎聲，破爛的帆纜颯颯地響著期盼之聲，彷彿漲潮就要來臨。

二

孩子們聽從歌蒂的指揮，開始為今晚的任務做準備，然後，隨著白晝漸漸消失，他們暫作休息。

鄧特博物館在他們四周又是瞬變又是旋轉，因首輔的威脅而焦躁不安。粗暴湯姆館和仕女之哩互相交換位置。老爪湖的黑色湖水在地下洞穴波濤洶湧，嘶嘶作響。

丹先生和歐嘉．西亞佛嘉漫步在那些不安寧的地方，用第一首歌輕聲安撫。西紐坐在辦公室，用豎琴彈奏著相同的歌曲，一邊看著耗子哼歌，撕碎舊報紙，把紙片丟進嬰兒車，然後他的寵物鼠再把嬰兒車裡的紙片堆成許多小窩。布魯和花貓各自躺在小男孩的兩側，刻意無視對方的存在。

宵禁始於七點。到了六點，孩子們醒來吃東西，並將先前準備好的東西放進三個舊背包。歌蒂看著邦妮收起弓箭，在左手臂綁上皮套。

「妳確定妳要一起去嗎？」她說。

邦妮擔心地抬起頭，「妳不會說我不能去了吧？」

歌蒂很想這麼說。一旦宵禁開始後，街上會變得很危險。邦妮不像另外兩個孩子，她從來沒有學過隱身術的技巧。

可是如果歌蒂的計畫要成功，需要一個精通射箭的人。邦妮不去，就必須由歌蒂執行。然而拉弓就像抽劍一樣，會喚醒潛伏在她內心的狼魂。一旦狼魂被喚醒，大家在她身邊都不會安全。

有那麼短暫的一瞬間，丹先生的話似乎懸在她面前。像魁納獸一樣瘋癲……

她硬是擠出微笑，「妳當然可以一起去，我們沒了妳可辦不到。」

軍營位於猛擊運河旁，跟國庫相隔十二條街。那裡本來住著民兵部隊，現在卻成了傭兵的臨時住所。用手推車運錢的人很可能抄捷徑，也就是經過棺材廣場和針線活橋的那條路。

到了八點，歌蒂、阿沫和邦妮躲進棺材廣場盡頭的陰暗門廊底下，腳邊放著背包。他們用煤灰把臉和手塗黑，又把計畫複習了五、六遍，確保知道自己該做什麼。

歌蒂不確定那車銀幣什麼時候會到。首輔的意思是宵禁後兩小時車子離開國庫？還是抵達軍營？

她聽見北邊傳來護法吹出的哨子聲，身體立刻變得僵硬，後來卻沒有進一步的聲音。過了一會兒，她往後靠在門邊，讓手指和腳趾活動活動，好讓它們不致麻木。

三個孩子等了半個多小時，就在這時，阿沫突然輕碰歌蒂的手，用手語敲出一串訊息：「來了，還多了兩車。」

歌蒂立刻放慢呼吸。她和阿沫都是虛無術的箇中好手，虛無術是藏匿術三部曲的其中一招，他們可以完美藏匿在人群中，在一塊斑駁的影子底下，沒有人會發現他們。在今天這樣的夜晚，施展虛無術簡直易如反掌。

我什麼都不是，歌蒂讓思緒模糊，向外飄去，我是飛蛾翅膀上的絨毛……

她感覺到邦妮在旁邊，像弓弦一樣緊繃。還有阿沫，渾身是膽，心狂跳個不停。她感覺到頭頂有一群麻雀，在屋簷上疲倦地拍著翅膀，她還感覺到腳下的螞蟻，以及成千上萬住在廣場附近的微小生物。

我什麼都不是，我是一隻做夢的蜘蛛……

推車隆隆地滾進廣場時，歌蒂和阿沫踏出門外，悄悄走過石地。

其中一名推著車子的護法正在大聲地發著牢騷。「我得承認，仁慈護法，」她說，「首輔大人下這個命令的時候，我簡直不知道該如何反應。手推車？難道我們不能開車運送嗎？」

「首輔大人行事神秘，謙卑夥伴。」仁慈護法用他冷酷又高亢的聲音說。

歌蒂嚥了一口口水，緊緊握住佩斯阿姨的胸針。他們就是當初把守護者扔進大運河的那兩個護法！

在她的腦中，芙西亞低聲說：立刻殺了他們，他們是死有餘辜。

「的確很神秘。」謙卑護法說。這句話在廣場上迴盪，接著她迅速補上一句：「我沒有批評他的意思，你明白的。」

「妳當然沒有，這是個合理的問題。為什麼要用手推車？」

「你對這件事有什麼看法嗎，仁慈護法？我已經絞盡腦汁，可是怎麼也想不透。」

要是歌蒂仔細看，隱隱約約可以看見阿沫化身而成的影子。他朝著謙卑護法前進，所以歌蒂偷偷溜到仁慈護法後面。儘管處境危險，加上腦中不斷傳來芙西亞的狠話，她卻忍不住想笑。兩名護法抱怨得入了神，就算孩子在旁邊跳起舞來他們也不會發現。

歌蒂把手伸進口袋，拿出一把瑞士刀。她一抽出刀子，內心的狼魂立刻豎起耳朵，嚎叫起來。她不敢吭氣。不過刀子很小，根本算不上武器，所以過了一會兒，那股戰爭狂熱就消退了。

「事實上，我確實有一個想法。」仁慈護法說，「我認為首輔大人是在提醒那些傭兵注意自己的地位，他們不過就是一群流氓——有用的流氓，但始終都是流氓——不配像文明人用車送酬勞給他們，手推車就夠了。如果我們得因此犧牲，也只能這樣了。」

歌蒂跟上手推車的速度。我什麼都不是，我是一座沉睡城市的呢喃氣息……

她的手悄悄溜進護法的袍子下方，如奶油般滑順。她感覺到懲罰鏈的冰冷鏈條，還有一串鑰匙。然後，掛在那串鑰匙旁邊的，是一只哨子。

她將掛鉤拿穩，用極快的速度一割，接住落下的哨子。

「我想你說得對。」謙卑護法得意地笑著說，「這是個隱晦的侮辱。有點太隱晦了，你不覺得嗎？對那些未開化的腦袋而言？」

「或許等我們抵達後可以說些什麼，確實傳達這個訊息。」仁慈護法說，「走這裡，往這個方向。」

他們轉彎離開廣場，來到了硬皮街。房子漸漸在他們周圍出現時，歌蒂悄悄回到門邊，輕碰邦妮的手臂。

「是妳嗎，歌蒂？到手了嗎？」邦妮輕聲說。

「到手了。」歌蒂在她耳邊低語，拿起了其中一個背包。過了一會兒，阿沫加入她們，在適當的距離外讓虛無術退去，並拿出第二只哨子給她們看。他拿起背包，用手肘輕輕碰了邦妮一下，然後低聲說：「現在換妳了，小傢伙。來吧，小心別讓他們看見妳。」

這一次，三個孩子沿著陰暗處一塊兒躡手躡腳走在護法後面。邦妮不像另外兩人那麼安靜，但也夠安靜了，前方的一男一女沒有聽見半點聲音。

手推車經過孩子們先前勘查過的轉角，慢慢走向路燈灑下的一束光。當護法走進燈光下時，邦妮在弓上擱了一支箭，仔細瞄準目標，然後發射。

兩個護法交談的音量很大，根本沒有聽見弓弦震動時所發出的輕柔聲響。但他們不可能沒看見飛過手邊、插進木製推車的那支箭。

他們慌張叫了一聲，連忙躲到推車後面，一邊伸手找哨子，一邊東看西看，想知道箭是從哪裡來的。但是邦妮早就躲回角落，歌蒂和阿沫仍然隱身著，小徑看起來空無一人。

歌蒂越靠越近，直到她聽見兩個護法互相竊竊私語的聲音。

「我的哨子不見了！快點吹哨，謙卑護法！」

「是的，是的，我已經——等等！我的哨子也不見了！發生了什麼事？我們被偷襲了嗎？是誰？他們想做什麼？」

「當然是為了錢，不過他們不會得逞的，我們可以大叫救命，其中一位夥伴肯定會聽見我們。來吧，我們得一起叫。」

「可是如果我們叫了，他們有可能會攻擊得更猛烈！我們不知道他們有多少人。」

歌蒂緊緊靠在離她最近的牆上，從背包拿出一顆石頭。

「最多只有一兩個叛徒罷了。」仁慈護法低聲說，「一旦他們明白我們不打算把錢交出去，他們立刻就會像餅乾一樣瓦解了。妳等著瞧。」

歌蒂低低地把石頭丟出去。石頭飛過推車，打在護法身後不遠處的門上。他們猛然轉頭，邦妮趁他們看向別處的那一刻，從角落走出來，射出另一支箭，然後再度消失。

第二支箭砰一聲射中車身，謙卑護法叫了一聲：「我們被包圍了！他們隨時都可以除掉我們。看啊！這支箭綁了一封信息！上面說了什麼？」

仁慈護法從推車後面伸出蒼白的手，扯下箭桿的紙片。「用袍子蓋住你們的頭，然後臉朝下趴在地上。」他哼了一聲，「這是什麼鬼話？」

「底下還有！把剩下的讀完！」

「不要發出任何聲音，否則下一支箭直接貫穿你們的心臟。」

「我告訴過你不能叫。」謙卑護法低聲說，「或許照他們的話去做，他們就不會殺我們。」

「我們不能投降，夥伴。」仁慈護法生氣地說，「要是我們弄丟了錢，想想首輔大人會怎麼說！」

「首輔大人現在可沒有冒著生命危險躺在這裡！就算他在這裡，他也會做出我即將要做的事情。我們可以晚點兒再把錢拿回來，順便報仇！」

於是，謙卑護法大喊一聲「不要射！」之後，就從推車後面跑了出來，袍子蓋住頭，臉朝下趴在石地上。

仁慈護法壓著嗓子咒罵一聲，也用袍子蓋住頭，跟著夥伴趴在地上。

歌蒂仔細檢查，確保他們都沒有偷看，接著讓虛無術退去，朝角落揮揮手。

阿沫再次現身，和邦妮一起跑到護法旁邊。

「不要傷害我們！」謙卑護法悶在袍子裡喃喃地說，「拜託不要傷害我們！」

三個孩子不發一語。邦妮用箭頭抵著謙卑護法的脖子，另外兩人則從背包裡拿出繩子和用來蒙眼、塞嘴的布條。他們將仁慈護法牢牢綁緊，讓他看不見，說不了話，也動彈不得，接著對謙卑護法如法炮製。

殺了他們，不要留下證據，芙西亞在歌蒂的腦中低聲說。

很快地，孩子們將第一筆酬勞，總共四袋銀幣，裝進背包裡。邦妮一一收回她的箭。臨走前，歌蒂貼了一張字條在謙卑護法背後的袍子上，最顯眼的地方。

字條上面的內容是她深思熟慮想出來的。這是她作戰的第一步，目的是說服首輔城裡確實有反抗勢力——跟博物館毫不相關的反抗勢力。

但更重要的是，這張字條是對首輔的挑釁，一種文字遊戲，一個挑戰。該是時候讓首輔知道，他的秘密身分不再是個秘密。

「隱身石將揭發哈羅。」

9 諾言

儘管宵禁後外出危機重重，帶在身上的銀幣又是那麼沉重，三個孩子卻無法掩飾他們的喜悅。他們快步穿過舊城區的曲折街道時，邦妮非常安靜地模仿謙卑護法的尖叫聲。阿沫則厲聲說：「我們不能投降，夥伴！」然後假裝做出失敗的表情。

歌蒂輕聲竊笑，努力不去想芙西亞公主的那些殘忍耳語，然而那些話在她的腦中徘徊，彷彿一部分的自己仍在古梅恩城，在那死亡和暴行被視為稀鬆平常的地方。

殺了他們，不要留下證據。

太遲了，她發現有人跟在後面，接著感覺到有東西貼上她的後背。一個熟悉的聲音說：「你們把耗子怎麼了？」

邦妮立刻轉身，眉開眼笑地說：「龐斯！你從哪裡過來的？猜猜看我們做了什麼！看看我們拿到的這些錢！」

歌蒂和阿沫轉身轉得緩慢許多。「我還在納悶你什麼時候會出現。」阿沫說。

「哼，我這不是來了嘛。」龐斯沉下臉，後退幾步，讓他們可以看見他手中的槍。「錢是吧？很好，把一個袋子給我。」

邦妮的笑臉逐漸消失。「龐斯，是我們啊！」

「我不管是你們還是禿神索克的奶奶。」龐斯說，「把錢交出來，否則我就射你們的肚子。」

歌蒂聳聳肩，交出一個袋子又有什麼關係呢？至少那些傭兵得不到。但是阿沫不喜歡被威脅，尤其是被龐斯威脅。「不要。」他說。

歌蒂盯著阿沫看，「阿沫——」

「這是戰利品，我們要留下來。」

「可是他會開槍射你！」邦妮尖聲說。

「如果他開槍，」阿沫說，「他就永遠見不到耗子。」

「我當然見得到。」龐斯冷笑著說，「我不需要你們這些人。」但他的眼神透露出一分鐘前所沒有的不安。

「如果他不開槍射我們，」阿沫繼續說，「我們就帶他去博物館。我敢肯定耗子會很高興見到他。」

龐斯表情猙獰，可是顯然阿沫贏了。歌蒂彎腰靠近邦妮低聲說：「我們不能投降，夥伴！」接著兩人笑得東倒西歪。

經過這件事之後，這晚又恢復了正常。龐斯將手槍插入皮帶，大搖大擺走在其他孩子的旁邊，全然忘記了他的威脅。但是當他們轉進死巷，走上博物館的樓梯，穿過石造拱門時，他變得很不自在，消瘦的臉頰閃過一絲警覺。他彷彿可以感覺到博物館的不安，卻搞不清楚是怎麼回事。

他是個小偷，歌蒂心想，他當然感覺得到。

花貓在辦公室外面與他們相遇。牠磨蹭歌蒂的小腿，尾巴捲成一個問號。「嗷？」她說。

「這隻骯髒的老骨頭還在啊？」龐斯說，「我以為到現在老早有人把牠做成三明治吃了。」

「最好別這麼做。」邦妮說。

歌蒂摸了摸花貓拱起的背部。「事情很順利，」她低聲說，「我們拿到了錢，而且他們沒有看見我們。」

雖然時間已晚，辦公室的燈依然亮著。阿沫把門推開時，歌蒂聽見西紐說：「耗子，拜託你可不可以等我看完今天的報紙再撕碎？這裡幾乎不剩半點新聞了！」

耗子咯咯地笑了笑，接著突然看見龐斯，高興得叫了一聲，隨即跳起來。

龐斯滿臉通紅，咕噥著說：「你這個小笨蛋，少跟我來軟的。」儘管如此，他卻緊緊抱著他的朋友，在他的耳邊說了幾句歌蒂聽不清楚的話。

西紐坐在辦公桌前，拿著一張坑坑洞洞的報紙。「事情進行得怎麼樣？」他對歌蒂挑起眉毛說，並沒有理會龐斯。

歌蒂將背包放到花貓旁邊的地板上，「很好。」

「不只是好，」邦妮說，「簡直順利得不得了！」

「我真希望你們當初讓我跟著去。」一個沙啞的聲音低沉地說，「我已經很久沒有嚐到神聖護法的滋味了。」布魯從門後走出來，雙眼如紅寶石般閃閃發亮。

龐斯的嘴巴張得老大，「天啊，是大黑牛！」他往後一跳，一手拉著秏子，另一隻手急忙尋找手槍。

但手槍沒有在他的皮帶上。他把目光從布魯身上移開，匆匆瞪了阿沫一眼。「我早該知道我不能相信你。」他氣憤地說完，立刻轉向那隻暴風犬，瘦骨嶙峋的身體緊繃得像根鐵絲。「我不會讓你帶走秏子的，你這個陰險的大黑牛，我也不會乖乖就範！」

歌蒂從沒想過有人會把布魯誤認為可怕的大黑牛。大黑牛是七靈神派出去的神獸，負責帶走做壞事的人。在她的腦中，公主戰士激動地說：詭計、騙局……

「龐斯。」她說，「他不是大黑牛，他是暴風犬。」

「最好是，那我就是禿神索克最疼愛的小貓咪了。」

布魯的頭歪向一邊。「你不是貓。」他低沉地說，「你是一個男孩。」布魯的碩大鼻孔鼓了起來，寬闊胸膛突然發出隆隆聲響。「你是那個在史波克城背叛我朋友的男孩！」

「布魯。」西紐立刻出聲，但暴風犬已經衝向龐斯，張牙舞爪地發出咆哮。

秏子吹聲口哨，十幾隻白老鼠從他的手臂成群結隊地走下來，跳上了龐斯的肩膀。

布魯的耳朵輕輕地前後擺動。「小傢伙，我們之間沒有恩怨。」他對白老鼠大聲咆哮，「你們最好讓開，否則我可能會不小心吃掉你們。」

花貓從邦妮身邊擠了過去。「吃老——鼠？」牠哀號一聲，尾巴不停地晃來晃去。「不——」

歌蒂屏住了呼吸。耗子抓住龐斯無力的手，用力把他拉開，然後把自己的手放在暴風犬的肩膀上，開始輕聲吟唱。

布魯氣沖沖地哼了一聲，「如果他是你的朋友，說到底我不能殺了他。」於是他轉身坐了下來。

龐斯從頭到尾站在原地，彷彿凍住似的。現在他跟著坐了下來，雙腿再也站不住。「你真是太神奇了，耗子，真的。」他低聲說，「你馴服了大黑牛！」

「他不是大黑牛。」歌蒂說。但龐斯只是搖搖頭，敬畏地看著他的朋友。白老鼠親暱地咬著他的耳朵，然後跳到地面消失在嬰兒車裡。花貓湊到老鼠的身邊縮成一團，一隻眼睛猜忌地看著布魯。

西紐靠回椅背，假裝用衣袖擦拭額頭。當他這麼做的同時，博物館瞬變了。龐斯大叫一聲，試圖把耗子拖到辦公桌底下，但小男孩掙脫他的手。西紐抓起豎琴，歌蒂和阿沫則撫摸著辦公室的牆壁，一邊唱著歌。

狂野音樂在四周翻騰，但是一經耗子加入，唱起了他獨特版本的第一首歌，音樂瞬間中止。等到音樂安靜下來，龐斯已經從驚嚇中平復，正匆匆對他的朋友竊竊私語著。

西紐又擦了擦額頭，「關於這個地方，有件事絕對不會說錯，就是這裡永遠不會無聊……」

阿沫哈哈大笑，把他那袋銀幣用力扛到辦公桌上。「看看我們拿了什麼，隱身石成功完成了第一波攻擊！」

歌蒂也用力抬起她的背包，但首先，她抓了一把銀幣，拿給龐斯。

「就這樣？」他不知感恩地哼了一聲，把銀幣塞進口袋，然後爬起來，盡量與布魯保持距離。接著，他對阿沫伸出手，「謝謝你幫我保管手槍，現在我得把它要回來，我和耗子得走了。」

阿沫不甘願地交出手槍。龐斯一拿到手槍，立刻恢復趾高氣揚的態度。「來吧，耗子，帶上你的寵物。史曼會開始納悶我們跑到哪兒去了。」

他走出大門後，發現他的朋友沒有跟上來。歌蒂見他愣了一下，但等他轉過身時，卻在微笑。「整片海洋等著我們去探險呢，耗子，你還在等什麼？」

耗子的雙手翩翩動了起來，用的是他那獨特的手語版本。

「他在說什麼？」歌蒂問道。

龐斯不理她，「留在這裡？這個教人毛骨悚然的地方？」他放聲大笑，「不可能。」

「很好，」布魯回過頭咆哮著說，「我不希望你在這裡。」他的聲音突然成了喃喃自語，「我也不希望那隻貓在這裡。」

白髮小男孩的雙手又動了起來，他指了指那些老鼠。

「牠們當然喜歡。」龐斯帶著輕蔑的表情說，「因為這裡是個垃圾場，牠們喜歡垃圾。可是我們現在有船了，耗子！我們可以去任何想去的地方，去溫暖的地方！這樣不是很棒嗎？」

耗子搖搖頭，站得筆直又堅定，歌蒂這才發現她不是唯一被天大謊言改變的人。在古梅恩城，耗子曾經是威爾姆爵士，一位二十出頭的年輕爵士。現在望著這個小男孩，歌蒂可以看見那位年輕爵士的影子。耗子雖然只有七歲，卻比他的年紀來得成熟、聰明。

西紐清了清喉嚨，「龐斯，我們很歡迎你留下來。這座——呃——垃圾場有很多房間。」

「不了。」龐斯說，「我不打算留下來。」龐斯背對在場除了耗子的每個人，然後壓低音量：「聽著，耗子，我不打算嚇唬你說，如果待在這兒，大黑牛會時常出其不意地從角落跳出來，因為顯然你並不在意。但是現在這裡挑起了一場戰爭，這群人和哈羅之間的戰爭。」

花貓的耳朵抽了一下。耗子點點頭。

「所以讓我告訴你誰會贏。哈羅，就是他。一向都是他贏，你知道的。這表示對我們而言，唯一明智的做法就是離開這裡。戰爭對小鬼頭沒有好處，他們總是最先遭殃的一群。」

「他說得對。」西紐坐在辦公桌後面說，「這裡不是個安全的地方，耗子。你最好還是待在大海上。」

耗子的雙手激動地打著手語。龐斯哼了一聲，「看看他們，耗子！他們有什麼希望？他們連槍都沒有！」

又一次，小男孩的雙手飛快地打著手語。龐斯嘆了一口氣，「我估計等情況變得難看，你才有可能改變主意，所以我願意多留個幾天。不是留在這裡，我可不笨。我會待在城裡，遠離麻煩。如果你需要我，很快可以找到我。」

耗子微微一笑。歌蒂走到門前，擋住龐斯的出口。「你千萬不可以告訴首輔，也就是哈羅，說今晚偷走那些錢的人是我們。」她說，「你也千萬不可以告訴他有關這棟博物館的任何事情。」

布魯吼了一聲，雙眼閃著紅光。「他不會說的。」

「嗯，」龐斯立刻說，「我不會。」

阿沫哼了一聲表示懷疑。

「你保證？」歌蒂說。

「我說過不會了，不是嗎？」

耗子從嬰兒車裡拿出一隻寵物鼠，高高抱起來。龐斯翻了個白眼，但乖乖地把一根手指放在小老鼠的頭上說：「我在耗子的小老鼠頭上發誓，我不會對哈羅透露半點消息。我發誓了，這樣你滿意了嗎？快讓我出去。」

歌蒂離開門邊，心想龐斯應該會遵守諾言，至少暫時沒有問題。但如果逼不得已，他立刻就會違背諾言。如果情況對他或對耗子不利，龐斯會毫不猶豫投靠首輔。

10 首要的、也是唯一的防線

翌晨一大清早，邦妮和花貓來到博物館的樓梯前就定位。邦妮穿了一套用打扁的罐頭所拼湊而成的盔甲，又帶了一把木劍。花貓也穿了一套由錫箔紙和細繩製成的盔甲。用粉紅緞帶綁在牠脖子上的是一塊招牌，上面寫著：「小心！！！！兇猛的懶惰貓！！！！！」

邦妮一看見鏡中的自己，差點笑得跌在地上。「你覺得這樣有用嗎？」她對阿沫說，「我們有辦法騙過他們嗎？」

她哥哥把手指關節折得咔咔作響，「希望有用。」

「如果沒成功，」歌蒂說，「我們麻煩就大了。」

花貓伸長脖子看著那塊「小心」的招牌。「噗嗷——」牠低聲叫道，這又逗得邦妮再次笑了起來。

然而就在這時，正午幾分鐘前，五、六輛越野車在死巷子的盡頭停了下來。她不再覺得事情有趣，並感覺到落在雙肩的重大責任。

「他們來了！」她對花貓低聲說，「記住，不要發出任何聲音，不要抓傷任何人。你是一隻溫馴的小貓咪。」

「哈——羅？」花貓咕嚕地說。

「沒錯，我現在還看不見他，不過他會出現的。他就是首輔，現在噓！」

首先映入眼簾的是五、六名傭兵，他們衝向死巷子，背靠著石牆，舉起步槍瞄準博物館。他們一看見邦妮和那隻貓，立刻停下動作，其中一人不敢置信地搖搖頭，邦妮聽見他對其他同伴低聲說：「你確定我們來對地方嗎？」

「可能是陷阱。」另一個男子說，「提高戒備。」

邦妮的雙腿在發抖，但她還是盡力站穩腳步，看著傭兵沿著死巷子朝她緩緩走過來。

「那個擋在門口的東西是什麼，沙發？」剛才頻頻搖頭的男子忍不住輕聲地噗哧一笑，「你確定我們來對地方嗎？」

「是兩張沙發。」在他身後的男子說。

「還有一隻貓，別忘了那隻貓。」

「喔，我好怕喔。」

儘管如此，他們仍然沒有放下步槍。他們現在距離不到十步遠的地方，邦妮覺得自己就要嚇得站不住腳了。她閉上雙眼，假裝回到了看管中心，腳踝銬著腳鐐，布利斯護法不斷地威脅她，要她乖乖聽話。

她挺起胸膛，下巴抬高，睜開眼睛大聲叫道：「住手！」

令她驚訝的是，士兵們停下了腳步。他們也很驚訝，你看我我看你，暗自竊笑著。

「我是這棟博物館的守衛，我不會讓你們過去的！」邦妮說，「把槍放下，否則我就放出懶惰貓攻擊你們！」

她盡量說得兇狠，但她知道對他們這樣的人而言，根本是小兒科。那些傭兵目瞪口呆地看著她，然後爆出一陣大笑。

邦妮用力跺腳，「不要嘲笑我！我會放出我的貓咪咬你們！我是認真的！」她拿起木劍在空中揮舞，「攻擊他們，貓咪！千萬別手下留情！攻擊！」

事到如今，士兵已經笑得無可救藥，接下來發生的事情更是讓他們笑到不能自已。那隻貓──那隻不得了的貓──翻開肚皮，開始發出呼嚕聲。

巷口傳來一聲吶喊，「有什麼問題嗎？」

士兵連忙立正站好，用手擦了擦眼睛。「長官？」其中一人叫道，「元帥？你可能會想要看看這個，你也是，首輔大人。這裡，呃，看起來沒什麼危險。」

首輔和元帥穿戴著長袍和閃亮的銀飾，沿著小巷子大步走來。他們後方跟著一群護法和傭兵，爭相推擠想要一探究竟。那五、六名傭兵識相地後退一步，讓兩名長官可以看見邦妮和那隻貓。

邦妮不敢直視首輔的眼睛。他就是為了確保自己的秘密不會洩漏，而下命殺死她、殺死阿沫和歌蒂的男人。不僅如此，他還企圖殺害守護者，差點就讓他得逞。

但是讓邦妮最生氣的，是得知這男人偽裝成哈羅的時候，放過一隻訓練有素的鬥犬去攻擊花貓，只是為了好玩。雖然花貓贏了那場仗，過程中殺了鬥犬，但那不是重點。這可說是純然的殘酷行為，為此，邦妮無法原諒首輔。

她希望她的弓和箭有帶在身上，希望她和花貓不只是做做樣子，而是真正的守衛。但如果首輔看見她的弓，就會知道是誰拿走了那筆錢。為了博物館好，她不能把這件事搞砸。

「住手！」她邊說，邊在元帥的面前揮舞木劍，同時希望首輔不會想起這隻貓。「否則我就刺穿你！」

元帥和士兵們同樣吃驚，卻忍不住笑出來。「這就是你所謂的可怕博物館？」他對首輔說，「由一個小女孩和一隻貓看守？」

「這……跟我預期的不太一樣。」首輔低聲說著，越過邦妮的頭頂盯著兩張沙發看。「這或許是聲東擊西。」

「或許，」元帥說，「我們的酬勞真的被小孩和小貓偷走了。」花貓頑皮地用爪子玩著他的褲管，士兵紛紛笑了起來。

「我不這麼認為。」首輔淺淺一笑說。他提高音量，「仁慈護法，你在嗎？」

站在樓梯底層的那群人突然一陣騷動，接著仁慈護法站了出來，蒼白的臉上面無表情。「至少有十二個人，首輔大人，如同我今早被——」他的鼻孔翕張，「被其他護法發現後釋放時報告的那樣。那些人非常強壯，我們盡全力反抗，可是他們打敗了我們，當中肯定沒有什麼小孩子。」

「嗯。」首輔說著，尚未完全信服。

元帥用腳輕輕推開花貓，轉身走下樓梯。「喜歡的話，你就自己在這裡浪費時間吧。」他回頭說道，「不過在你玩著這些小孩子的遊戲時，我和我的人會去搜查隱身石這號人物。我敢打賭是那些逃跑的民兵幹的。」

邦妮看見首輔聽到小孩子的遊戲這句話，臉部肌肉抽了一下。他看了博物館最後一眼，跟隨元帥走下樓梯。「如果是民兵部隊幹的，」他冷冷地說，「我們就把他們處決，殺雞儆猴。或許我們可以把他們的家人也殺了，還有他們的寵物。」

邦妮看著他的後腦勺，恐懼萬分。可以的話，她當場就會拿箭射他，但沒了弓，她什麼也不能做。不過，或許可以說些可怕的事情嚇嚇他——

「小心瘟疫！」她大聲叫道。

「什麼？」

她用力吞了一口口水，「我——我聽說城裡有瘟疫。」

現場傳來許多慌張的聲音。「荒唐，」首輔厲聲說，「璀璨城已經幾百年沒有瘟疫了。這女孩在胡說八道。」

儘管這麼說，傭兵仍然緊張地東張西望。神聖護法提起袍子下襬，開始沿著小巷往回跑。

首輔的臉上閃過一絲憤怒，但很快就被充滿魅力的笑容給取代。「當然了，我們該好好談一談的，」他說著，親切地在元帥的背後拍了拍。「是讓你的手下收到酬勞。今晚方便嗎？這次我會派越野車運送銀幣，還有增加保全。不會再有其他麻煩了，我保證。」

邦妮對花貓露齒一笑，然後低聲說：「這只是他個人的天真想法。」

□

首輔暫時轉移了對博物館的注意力，房間也鎮定下來。正在忙著籌備第二波攻擊的歌蒂和阿沫可以感覺得到，就像空氣中洋溢著甜味。粗暴湯姆館嘎嘎作響的帆船漸漸平息，老爪湖的湖水也安靜下來，連守護者看起來都好睡許多。儘管她還沒清醒，不過歐嘉．西亞佛嘉說她的燒已經退了，也喝了些水。

到了傍晚，博物館已經相當平靜，這讓西紐可以暫且放下豎琴，趕到城裡跟一些線人談話。他回來時，把孩子們叫到廚房，放了一張紙在他們面前的桌上。

「看樣子，」他說，「你們似乎有些秘密同伴。」

這張紙看起來像是新晚報頭版的其中一塊，只是字體很模糊，文章歪歪斜斜的，更沒有黑白圖片去襯托文字。

但是寫在上面的內容本身就夠有意思的了。

首輔說謊！第一行的主標題以斗大字體聳動地報導著。

關於炸彈的真相！底下字體較小的次要標題這麼寫著。

歌蒂越讀越不敢置信。這篇報導一字不差地闡述了去年在璀璨城發生的爆炸案，說首輔是如何在背後操弄，從中又可以得到什麼好處。

最下方的署名寫著：隱身石。

「可是這是誰寫的？」歌蒂抬頭看著西紐說，「誰印出來的？」

阿沬皺著眉頭，「除了我們，沒人知道這些事。」

「你們的父母知道。」西紐看著孩子們的表情微微一笑，「他們說過要告訴大家真相，不是嗎？嗯，他們動作真快，手法也很巧妙。這些公告貼滿了城裡的每一盞路燈。公告才貼上去，那些傭兵和神聖護法就扯了下來，但很多人還是在公告被摧毀前讀完了。」

歌蒂實在難以想像。爸爸媽媽做出這樣的事情？「可是他們怎麼知道隱身石這個名字？」

「就是啊，」邦妮說，「我們可沒有告訴他們這個。我們甚至在見到那兩個護法前，都沒有想到稱呼自己隱身石！」

西紐放聲大笑，「自從今天清晨，城裡所有人都在偷偷說著這個名字。或許你們的父母聽見了，決定在最後一刻把它加到公告的下方。不管究竟是怎麼發生的，總之已經發生了，而且引起了大家的注意。」

孩子們你看我我看你，眼睛睜得老大。「我們引起了注意。」阿沬說。

邦妮跳起舞來，可笑的盔甲像一串鑰匙鏗鏗鏘鏘地響個不停。「隱身石出名了！」

「沒錯。」歌蒂得意洋洋地說，「過了今晚，這個名字會變得更出名！」

11 第二波攻擊

鯊魚號是一輛老式越野車，有著球狀的車頭燈和帆布車頂。丹先生的關節炎發作時，他會開著它在博物館跑來跑去。歌蒂已經習慣聽見蕭瑟的喇叭聲在走廊上迴盪的聲音。

可是現在，她卻親自駕駛著鯊魚號，而且可不是在博物館的走廊上，而是在舊城區，通往硬皮街的小巷子裡，在暗中等待運送酬勞的神聖護法。

她在宵禁開始的二十分鐘前把鯊魚號開到這裡，一邊緊緊抓著方向盤，一邊努力回想丹先生教過她的事。鯊魚號跌跌撞撞開過暗巷，鐵輪用繩索和毛毯包裹著，壓低了吵雜聲。這麼晚了，外頭行人寥寥無幾，歌蒂覺得應該沒人看見她。

當初要說服阿沫神聖護法會選擇前晚走過的相同路線時，過程不是很容易。「他們不是笨蛋。」歌蒂解釋她的計畫時，他這麼說過。

「他們的確不是笨蛋。」歌蒂說，「可是他們要出來抓那些自稱是隱身石的人，所以他們會裝作自己是笨蛋，希望我們因此掉進陷阱。」

「她說得對。」布魯低沉地說。他已經習慣歌蒂聞起來像個陌生人。他坐在她的旁邊，白色耳朵高高豎起，身體興奮地抽動。「他們會為了昨晚報仇。他們會假裝自己無能為力，就像裝死的蜘蛛，等獵物靠得夠近了再大開殺戒。」

歌蒂的另一邊，花貓正在清理爪子，對談話顯然沒有任何興趣。但是等他們開始講到用什麼做暗號時，花貓抬起頭說：「叫——大叫——」

「很好。」歌蒂說，「那，我們就這麼做……」

硬皮街旁邊的小巷子又冷又黑。歌蒂把圍巾拉到鼻子上方，在腦海中複習著丹先生的指令。手煞車——在她左手邊的控制桿——拉得很緊，排檔桿打到空檔，儀表板上的指示燈在發亮。等時機一到，她必須將指示燈往下轉，鬆開手煞車，把排檔桿往前推。如果一切像練習時那樣順利，鯊魚號就會隆隆發動起來。

然後……

在她的腦中，芙西亞低聲說：然後妳就殺了他們。

公主的聲音比往常大聲許多。有那麼一會兒，歌蒂覺得自己好像看見了樹木和岩石，看見了一條狹窄小徑，以及許多拿著劍和長矛的人——

她搖搖頭，視線恢復正常。「我不會殺死任何人，」她低聲說，「我們打的不是那種仗。」但是剛才的畫面徘徊不去，滿是死亡和恐懼。她知道那是公主的回憶之一，無論她喜不喜歡，現在也是她的一部分了。

像魁納獸一樣瘋癲……

「我沒有瘋，」她低聲說，「我沒有！」

話雖如此，當越野車那熟悉不過的引擎聲打斷思緒時，歌蒂還是鬆了口氣。她把手放在控制指示燈的桿子上，夜空中傳來可怕的嚎叫聲。「嗷嗚——」

歌蒂趕緊動手，轉下指示燈，然後鬆開手煞車，推動排檔桿。她的腳下發出微弱的轟隆聲，鯊魚號的引擎發動起來。「快啊！」歌蒂低聲說。慶幸的是，鐵輪開始慢慢轉動，鯊魚號就這樣搖搖晃晃開上了硬皮街。

轉角處已經透出車頭燈的光。歌蒂心驚膽戰開著鯊魚號前進，直到車身擋住街道。接著，她拉起手煞車，鬆開排檔，爬下駕駛座。

她差點沒趕上。輪子摩擦著石地嘎嘎作響。喇叭發出響亮刺耳的聲音。歌蒂蹲在兩個鐵輪中間，緊閉雙眼，不讓車燈刺傷她的眼睛。

她聽見一輛越野車緊急煞車的聲音，仁慈護法大聲警告說：「夥伴們，這是陷阱！各就各位！把鏈子準備好！」

車頭燈紛紛熄滅，數十條鏈子鏗鏘作響，接著是一片沉默。歌蒂大氣不敢喘一下……

其中一位護法嘶聲說：「要進攻嗎，夥伴？」

「不，等他們先行動——」仁慈護法突然抽了一口氣，停止說話。在他身後的某個地方傳來一聲絕望的哀號。

雖然歌蒂早有預期，但也不禁跟著抽了一口氣。哀號聲聽起來是如此絕望，如此害怕和痛苦，她的血都凍結了。

「那是什麼？」另一位護法低聲說。

「只是他們的詭、詭計，」仁慈護法支支吾吾地回答，「不過是——」他再度閉上嘴巴，因為這次哀號聲夾雜著話語。「不！不！是大黑牛！原諒我，大木神！我保證我絕對——啊！」

歌蒂從鯊魚號後方探頭偷看，瘋狂地彈動手指。

「大黑牛？」其中一位護法叫道。

「不可能！」另一位護法哭喊著說。

「不，不，看啊！」第三位護法指著他們剛剛過來的方向。

街道盡頭奔來一個駭人景象。那東西巨大、漆黑、魁梧，赤色眼睛目露兇光，頭上的角是一個人伸長手臂的兩倍寬，蹄子踏在石地上頻頻迸出火花。

而那東西的背上——歌蒂不禁打了個冷顫，背上有個男孩，衣服血跡斑斑、又破又爛，表情害怕至極。那隻巨大野獸沿著街道奔馳而來時，男孩一路上尖聲大喊救命。

「拜託不要讓大黑牛把我抓走！我知道錯了！拜託！」

他的哭聲伴隨著淒厲的哀號，讓歌蒂不得不用雙手摀住耳朵。若不是她知道真相，可能真的以為七靈神親自在這條小巷子降臨了。

神聖護法顯然這麼以為。他們提起袍子，正眼也不看鯊魚號一眼就匆匆跑了過去，祈禱的話從四面八方飛來。

「大木神，求求祢，我是一名護法，我是神聖的！」

「我有罪！救救我！」

「喔，七靈神，我不是有意的，一切只是意外！原諒我！請讓祢的神獸遠離我吧！」

他們在大街上奔跑，一邊放聲懺悔，一次也沒有回頭看，絲毫不敢與恐怖的大黑牛正面對質。

如果他們敢回頭的話，會看見牠正在哈哈大笑。

「哈、哈、哈。」布魯大笑著說，「這簡直就跟追逐拉姆怪一樣有趣，我想再來一次，不過不是現在，這些鐵鞋弄痛了我的爪子。」

他看著鯊魚號說：「我裝大黑牛裝得像嗎？」

一個貓影從旁邊大搖大擺走過去。「乳——牛。」牠低聲說。

布魯哼了一聲，「我不是乳牛，我是大黑牛——」

歌蒂從藏身處溜出來，張開雙手抱住他的脖子。「你表現得太棒了，布魯。你們三個都很棒，連我都嚇到了！」

「我們最好不要逗留。」阿沫說著，從暴風犬的背上滑下來。

他和歌蒂拿掉布魯的鞋子和牛角，然後把一袋袋的錢放進鯊魚號，兩隻動物則分別在街道兩側把風。

最後，在一行人坐上車、準備驚險地開回博物館之前，歌蒂在護法的越野車引擎蓋上留了一張紙條，再用石頭壓住。

「隱身石將制裁哈羅。」

12 命運

天一破曉，元帥就強行走進首輔的辦公室。「已經有兩筆酬勞不見了。」他厲聲說著，八字鬍豎得高高的。「那些藉口就省省了，我想知道的是，起初那些錢真的在那裡嗎？」

首輔緊緊握著剛才一直在讀的紙條，勉強擠出微笑。「真高興見到你，元帥，你吃過早餐了嗎？還是軍人不屑為這種瑣碎之事煩惱？」

元帥舉起戴著手套的手戳他的胸口，「有謠言說國庫根本沒錢，說你的護法把錢藏起來作為私用了，這就是為什麼錢會一直失蹤的原因。這是個障眼法，你一開始根本不打算付錢給我們——」

首輔緊咬著牙，盡量禮貌地推開元帥的手。然而，儘管他用盡全力，口氣中還是不小心流露出他的憤怒。「璀璨城不是一座貧窮城市，我的護法們也沒膽偷國庫的錢。那筆酬勞確實如我們協議過的上路了，可是——」他張開拳頭，秀出紙條。「在半路上被攔截了。」

「隱身石？」元帥的眼底燃燒著怒火，「你那些護法是白痴嗎？竟然被同一批人耍了兩次？」

首輔再次綻放笑容，這次露出了貝齒。「我開始覺得他們是了，但話說回來，你的人也一樣。他們應該在街上巡邏，那些人卻可以來去自如，好像沒有宵禁似的。」

「哼，」元帥哼了一聲，往後退一步，若有所思地撫摸著八字鬍。過了一會兒，他開口說：「他們知道你另一個哈羅的身分。」

「他們確實知情，這是很大的不便，我覺得他們也許在璀璨城外有朋友。」

「嗯哼。」

「至於錢的問題，國庫還有很多，下一筆酬勞我會親自監督。」

「今天就送來。」

「不行，今天有別的事要辦。」

「我的人不會——」

「你的人明天一早就會收到他們應得的酬勞，布萊斯，外加一筆豐厚獎金。如果你要的話，派一組人馬來國庫領取，這樣可以讓錢有雙重保障，也可以遏止謠言。」

元帥緩緩地點頭，「那麼今天需要完成的事情是？」

「啊，是了。」這次首輔真心地露出微笑，「讓我們給那些叛徒瞧瞧，跟我作對的下場是什麼……」

□

這天早晨，除了守護者外，大家正在用早餐。「她的氣色好多了。」歐嘉．西亞佛嘉回答了邦妮的問題，「可是她還沒吃過東西，」她無力地笑了笑，「不像我們其他客人。」

「客——人，」摩根站在阿沫的椅背上嘎嘎叫，「客——人。」

坐在西紐旁邊的耗子正吃著第三碗麥片粥。他吃到一半抬起頭，臉上堆滿笑容。花貓優雅地整理鬍鬚，彷彿清盤子的牠幫了所有人一個大忙。嬰兒車裡的小老鼠發出窸窸窣窣的聲音。

餐桌對面的歌蒂努力不去想自己可能發瘋的事實。昨晚，她夢見自己仍待在古梅恩城，現在那場夢境不斷湧現，栩栩如生，她覺得自己彷彿就站在那裡——

站在圖書館裡，站在父王菲爾杜克五世的面前，承諾自己將擊敗馮．內格爾，把他的頭顱裝進麻布袋裡帶回來——

歌蒂努力將自己拉回現實，邦妮正在詢問耗子能不能算一算守護者的命運。「這麼一來，我們就可以知道她會不會康復了。」

小男孩用手指畫了一個圓圈，把廚房裡的每個人都圈了進去。

歌蒂有種錯亂的感覺，彷彿一部分的她仍在那間歷史悠久的圖書館裡。她盡全力不去理會，然後說：「他想幫我們所有人算命。」

西紐把他的空碗推給花貓，彎腰向前傾，看起來興致盎然。「我一直想見識一下。我給一隻山羊算過命，但預言最後都沒有成真。」他咧嘴一笑，「尤其是預言我會生下十五個孩子，還有我老公會跟其他女人跑走的那部分特別不准。」

丹先生噗哧笑了出來，然後轉向耗子說：「這是我們的榮幸，小伙子，或許你可以針對往後幾天給我們一點指引，首輔不會姑息那些攻擊，可以早他一兩步也是好事。」

耗子微微一笑，吹聲口哨，窸窣作響的嬰兒車隨即變得激動，不久後，老鼠帶著紙片出現，一張張放在餐桌上。年長管理員興致勃勃地看著耗子丟掉大部分的紙片，留下五張，然後重新排列。

「上面說了什麼？」歌蒂問道。

「這像是密碼，對不對？」西紐說，「那麼，我認為這可能說的是妳。這裡第一張寫著，名字裡有歌。」

歌蒂從椅子上跳起來，越過耗子的肩膀看過去。「第二張寫著，這趟旅程。我肯定是要去什麼地方！」

嬌小的白色布魯躺在爐子旁的籃子裡，突然吠了一聲，好像正在做夢。花貓緩緩走在桌面上，用爪子輕輕碰了第三張紙片。

「我正要說了。」歌蒂說，「上面寫著，最後一次獲勝的機會。」她皺起了鼻子，「所以無論我要去哪裡，那個地方與打敗首輔有關！」

「沒錯，可是妳要去哪裡？」阿沫說。

「我不知道。下一張紙片只有兩個字：野獸。最後一張是街道的圖片。」

歌蒂看見丹先生突然變得不太自然，不多不少，就那麼一瞬間。布魯又吠了一聲，接著醒過來，兩隻小耳朵不停抽動，彷彿差點沒能逃過一場惡夢。

「你知道這代表什麼意思嗎，丹先生？」歌蒂說，「野獸？街道？」

老人的表情就像陽光一樣天真，「不知道。」

他在說謊，歌蒂心想。

——在她的腦海深處，一座古老的圖書館裡，國王的女兒不敢置信地抬起頭。說謊？當著我的面？

西紐在餐桌上敲著手指，「我很確定我聽過萬獸街。不是你提過的嗎，丹？好幾年前的時候？」

布魯爬出籃子，抬頭望著老人，微微歪向一邊。丹先生面帶微笑，「但願我可以幫上忙，可是我從來沒有聽過這條街。」

「如果丹沒聽過，」歐嘉．西亞佛嘉果斷地說，「那麼就不存在。這裡肯定指的是其他東西。」

「其——他——東西。」摩根嘎嘎地說。

歌蒂有種非常奇怪的感覺，彷彿有什麼東西企圖把她拉出現實，進入過去，彷彿她正在瞬變，像博物館那樣……

「丹先生，」她說，盡量讓聲音聽起來正常。「你確定你從來沒聽過？」

「我確定。」丹先生天真無邪地說。

——突然間，她的全身充滿皇室的傲氣和憤怒。她覺得忽熱忽冷，腦袋時而清楚，時而暈眩。這個老人對她說謊，還說了兩次！當著她的面，當著梅恩城公主的面！

她絕對不能寬貸。

「你得告訴我關於萬獸街的事！」她說，「我下令你告訴我！我命令你！」

接著，她又回到了廚房。餐桌周圍的每個人都驚訝得臉色發白。阿沫的嘴巴張得老大，西紐放在琴弦上的手愣住了，連花貓看起來也是一臉訝異。

摩根第一個開口說話。「命——令——」她用模仿的口氣發出嘎嘎的叫聲。

丹先生憂心忡忡地看了歐嘉．西亞佛嘉一眼，然後再看看歌蒂。「這個，小姑娘——」

歌蒂再次恢復自制力，卻無法在這個房間多待一秒鐘，她無法忍受大家這樣盯著她，好像自己剛剛成了一頭怪獸。「對——對不起！」她低聲說，「我不是有意的！這是——」

除了說實話，她想不到其他藉口，但如果告訴他們實情，她將失去一切——他們的信任、關愛和第五名管理員的地位。因此，她不發一語，跑出了廚房。

□

到目前為止，龐斯都遵守著他的諾言。他沒有接近哈羅，沒有對任何人吐露半個字；反之，把大部分的時間花在乞討上。

當然，有了歌蒂給的那些錢，他根本不需要這麼做，但是乞討可以讓他感覺到一座城市的情緒。他能夠分辨人們快樂還是難過，煩躁還是平靜。

而今天早晨，當龐斯帶著可憐的表情，伸長手坐在一間餡餅店的門外時，他看得出來那些身穿黑袍的護法和傭兵非常煩躁。

他敢說這肯定與歌蒂和阿沫，還有他們與哈羅之間的戰爭有關。昨天一整天加上今天早晨，他不斷聽見有關「隱身石」的流言蜚語。看來除了龐斯外，沒人知道隱身石是誰。

「願主祝福妳，女士。」一名老婦人塞了一塊餡餅到他的手中時，他這麼對她說。

「小心那些士兵，小伙子。」她低聲說，「他們來了，那些混蛋！」說完，她便匆匆離去。

龐斯抬頭一看，正巧看見一群傭兵從市中心大搖大擺地走過來，表情充滿決心，後面跟了一輛敞篷車。

「啊哈！」他對自己低聲說，「我猜哈羅決定反擊了，雖然他們根本不知道自己的敵人是誰。」

他吃著餡餅，隔著一段距離跟蹤那些傭兵。街上大多數的人已經消失，龐斯最多只見五、六個大人，低著頭，身邊緊緊牽著小鬼頭拚命向前走。

他們那麼害怕也是人之常情，這個早上一直有股不安好心的氣氛。每當傭兵往他的方向看過去，他就溜進陰暗處。

走著走著來到一座廣場，那排士兵在地面上重重一踩，停下腳步。這裡的人稍微多了些，大家個個快步穿越廣場，試著不去看傭兵或讓自己變得顯眼。

敞篷車到處開來開去，直到擋住了剛才過來的方向才停下來。

「啊哈！」龐斯再次發出聲音，慶幸自己有先見之明，走在遠遠的後方，也慶幸耗子安然待在博物館裡。

他忘了手中的餡餅，目光越過那輛越野車看得出神。傭兵拆成了幾個小隊，正忙著封鎖另外三條連接廣場的街道。似乎只有龐斯知道發生了什麼事。他咬著下嘴唇，生氣地看著璀璨城的市民。

「一群軟弱的笨蛋！」他喃喃地說，「你們為什麼不睜大眼睛仔細看看？」

當然，他們沒有聽見他說話，不過倒是很快就睜大眼睛。他們企圖離開廣場的時候，傭兵擋住去路，不讓他們通過。

大部分的人立刻逃到下一條街，然後又是下一條街，衝來衝去，像水桶裡的魚。傭兵開始從父母手中抓走小鬼頭，把他們帶上車，龐斯抱怨得更大聲了。

「咬他們！」他低聲說，「踢他們的小腿骨！打他們個出其不意，然後趕快逃命！」

可是，儘管小鬼頭不斷哭喊，他們根本不知道龐斯所熟知的街頭打鬥技巧，於是很快就被鏈條綁在車子的座位上。

他們的父母震驚到無法抗議，那些男男女女站在原地動彈不得，只是伸長著雙手，嘴巴張得大大的，彷彿有人狠狠地瞪著他們，讓他們無法移動也說不出話來。

「你們這些人是怎麼回事？」龐斯低聲說，「要是有人在史波克城這樣胡搞瞎搞，現在大街上早就見血了！」

璀璨城的街頭不會見血的。一直等到車子駛遠，等到小鬼頭嚎啕大哭，傭兵在一旁齊步離開後，附在父母身上的咒語才終於解開。即使到了這步田地，他們還是發不出半點聲音，只是追在車子後面，默默哭泣，一邊攙扶彼此。幾個父母走起路來搖搖晃晃，彷彿腳下的地板正慢慢崩裂。

龐斯看不下去。他把最後一口餡餅塞進嘴裡，然後匆匆離開，邊搖頭邊喃喃地說：「一群可憐又軟弱的笨蛋，他們需要有人幫忙，一個知道怎麼打鬥的人。如果我去對抗那些傭兵的話——」

這時，他突然發現自己在說什麼，接著放聲大笑。現在誰才是軟弱的傢伙？他們當然需要有人幫忙，但那人不會是龐斯。

「不，」他說，「我才不會笨到跟哈羅作對，不會是我。」

他回頭看著那些哭泣的父母，胸口有股陌生的疼痛。「不會是我，」他說。但這一次，他的聲音沒那麼確定。「不，不會是我。」

13
精心散播的謠言

「芙西亞公主的記憶一直留在我的腦中。」歌蒂輕聲說，「還有她的聲音也是。可是這次情況不一樣，我人在那裡，我回到了古梅恩城，我成了芙西亞！」

可以對人坦承她的秘密是一大解脫，儘管那人沒有意識，也聽不見她的話。璀璨城的守護者躺在一張小床上，只有頭和一隻手臂露出棉被外。歐嘉．西亞佛嘉說得沒錯，守護者的氣色確實好多了，但她的雙眼緊閉，頭髮稀疏，臉頰過於消瘦。

「也許到頭來還是被丹先生說對了。」歌蒂低聲說，「也許我開始發瘋了，也許我會發現自己在一個月黑風高的夜晚，又割人喉嚨又砍人耳朵的，卻認為是一件尋常不過的事！」

她想到這裡，不禁全身發抖。守護者的呼吸突然變得急促，彷彿在回應她。

歌蒂湧起一股同情心。「真希望妳可以醒過來。」她低聲說著，緊握守護者那隻無力的手。那隻手回握歌蒂的手，她嚇得跳起來，但床上這個女人沒有進一步的動靜，除了臉上那抹淺笑，彷彿神賜一般。

歌蒂嘆口氣，知道自己不能再躲下去。她必須告訴歐嘉．西亞佛嘉，守護者有了甦醒的跡象。她必須鄭重地跟丹先生道歉，為她的無禮編些藉口。

然後，她必須跟阿沫談一談有關第三波攻擊的事。

□

她在一間名叫鐵石心腸館的房間裡找到阿沫，他正在練習劍術。邦妮和花貓看著他，身邊圍繞著許多盔甲和骨頭模型。在他們上方，捕人器在夢中不安穩地磨著牙。

歌蒂知道阿沫一直持續在練習，但這是她第一次親眼見識到。她在門邊停下來，好奇地看著他在骨頭之間來來去去，鞋子重重地踏著地板，表情專注地皺著眉頭。

長刺、攻擊、格擋。迴避。長刺、攻擊、攻擊。阻擋。反攻。

這些動作是如此熟悉，歌蒂打從心底感覺得到，她的手腳更是蠢蠢欲動，就好像她仍是芙西亞公主……

「你的對手是葛雷夫．馮．內格爾嗎？」邦妮說，「你殺死他了嗎？喔耶！我們贏了！」

阿沫回頭咧嘴一笑，然後見到歌蒂，表情突然變得警覺。

但是在他還沒說話之前，西紐突然跑進房間，眼睛閃閃發亮，琴弦奏著三連音符。「妳說得對，歌蒂！守護者終於醒來了！還有──」他的語氣彷彿在報導戰爭傳來捷報似的，「她喝了一點湯！」

「喔耶！」邦妮說，「她會幫我們一起對抗首輔嗎？」

西紐笑了笑，用比較正常的聲音說：「我敢說她會的，但是我們或許應該多給她一點時間康復，畢竟她現在還沒辦法自己拿湯匙呢，要拿武器打仗可能暫時有些困難。」

阿沫哈哈大笑。西紐用豎琴又彈了一組三連音符。「但這不是唯一的新聞。」他說，「布魯在淡水魚館殺死了一隻大老鼠。」

邦妮做了個噁心的表情。

「生病的老鼠？」阿沫問道。

「我不這麼認為。」西紐說，「自從首輔到別的地方尋找隱身石後，博物館就一直很安靜——」

「哈——羅。」花貓用厭惡的語氣低聲說。

「——不過你這一問給了我一個主意。昨天邦妮警告過傭兵和護法有關瘟疫的事情。」

「他們很害怕。」邦妮說著，對歌蒂露齒一笑。「雖然首輔否認，可是大家突然變得很神經質。」

「那麼再加上幾個精心散播的謠言的話，」西紐說，「應該可以讓他們更緊張。所以我準備再進城——」

「我可以跟你一起去嗎？」邦妮打斷他的話。

「妳和花貓不是應該在前門看守嗎？」阿沫說，「免得首輔跑回來。」

「他不會回來了。我們吃完早餐後就一直站在外面，沒有半個人接近我們。我很無聊，那隻貓也是。是不是啊，貓咪？」

「不——」花貓說。

「是，你很無聊！我們想要做點別的事情！有趣的事情！」

「不幸的是，」西紐說，「妳哥哥說得對。」

「她哥哥一向都是對的。」阿沫說。

邦妮打了他一下。

「我們真的需要你們待在前門。」歌蒂首次開口說話，「我知道這件事很無聊，可是很重要。首輔可能會回來，或許是今天，或許是明天，又或許是下個禮拜。博物館必須盡量看起來可笑又沒用。」

「那就是我，對不對？」邦妮兩手扠腰，「可笑又沒用？」

「不是，但——」

「所以從現在開始，所有有趣的事情都由妳和阿沫去做，而我只能像個蠢蛋站在博物館前面？這不公平！」

「當然不是這樣。」西紐溫柔地說，「這一切都不公平，邦妮。但是在這種非常時期，我們每個人都必須盡我們應盡的責任。」他擺出哭笑不得的表情，「我相信這一切結束後，我們都會對有趣的事情感到相當厭煩，甚至是妳。」

邦妮抽抽鼻子，不太信服的樣子。「來吧，貓咪。」她說，「讓我們出去裝作可笑又沒用的樣子，給在場這些重要的人繼續拯救世界吧。」

「噗嗷——」花貓低聲說完，抬高鼻子，跟著邦妮走到前門的樓梯上。

不久後，西紐也離開了，留下一連串繞樑餘音。歌蒂看了阿沫一眼。現在只剩下他們兩人，她很肯定他一定會質問她早餐時所發生的事。

相反地，他卻只是說：「妳知道下一筆酬勞會守得很緊，我們根本沒辦法接近吧？」

歌蒂點點頭，鬆了一口氣。「如果我是首輔，我現在會改變模式。雖然他想抓住隱身石，可是讓傭兵拿到酬勞更重要。」

在她腦中的芙西亞開始低語。歌蒂有種往下滑的感覺，接著突然間，她——

站在一座山坡上俯瞰著一片戰場，她的父王就站在旁邊，兩人正在討論戰略。「如果敵人改變方向，」國王說，「那麼我們也必須跟著改變，比他們搶先一步到達目的地。」

在他們腳下，六千名奮力廝殺的戰士聽見號角聲，立刻隨之轉向。

就在這時，歌蒂又回到了博物館，兩條腿如小草般不停顫抖。

又來了，她心想，腸胃一陣翻攪。她努力回想剛剛說到了哪裡。「所以——所以——所以我們也要改變模式。我們——我們需要摩根的幫忙。摩根在哪裡？你覺得她夠強壯嗎？拿得動鐵鉤嗎？她不必拿太遠，或許我們可以找個小一點的鐵鉤。」

她知道她有點胡言亂語，但她沒辦法控制。她實在太害怕阿沫會發現真相。「哪裡可以拿到一些鉛塊？」她說，「或許早期移民館會有一些，我們去看看。」

幸好，第三波攻擊有太多事前準備，阿沫很快就轉移了注意力。兩個孩子在博物館的後廳走來走去尋找需要的東西，同時注意有沒有大老鼠出沒。不過西紐當初說得沒錯，博物館很安靜，他們沒有發現任何不尋常的地方。

倒是出現了一次瞬變，就在他們把罐子裡的鉛管拿到火上熔化，再倒進模具裡的時候。雖然有好幾個模具被毀，得再做一次，不過房間很快就穩定下來。

他們見到布魯好幾次，以小狗模樣在長廊上跑來跑去，白色毛皮沾著泥巴，看起來無憂無慮。這時候，歌蒂已經全心投入在準備工作中，不禁放鬆了戒心。

因此，當阿沫不經意地說出：「我從沒見過布魯討厭一隻動物像討厭那隻貓那樣。」歌蒂只是點點頭，然後喃喃地說：「嗯，死對頭。」

阿沫語氣中的不經意消失了。「就像芙西亞公主和葛雷夫．馮．內格爾那樣？」

歌蒂突然愣了一下，「你為什麼這麼說？」

「沒什麼。」

「肯定有什麼！」

「好吧。」阿沫說著，轉身看著她。「我一直在想，為什麼妳從來不曾談論在古梅恩城發生的事情。邦妮一天到晚都掛在嘴邊——」

「邦妮才十歲。」

「——我多少也會說一說，可是妳絕口不提，而且每當——」

「如果你注意到的話，還有很多其他的事情正在發生！例如我們的城市被佔領了！還有一場仗要打！」

「——每當有人提到這件事，妳總是一副遭人偷襲的模樣，就像現在。」

歌蒂張著嘴巴，眼睛眨啊眨地看著他。「呃——」她說。確實有種遭人偷襲的感覺。

她多麼希望可以告訴他真相，可是她做不到。對阿沫而言，梅恩城就像一場已經消退的高燒。他出來後成了訓練有素的劍術家，而且像邦妮一樣記得在那裡發生的所有事情。但是他的腦海沒有卡著另一個人生，威脅著讓他發瘋。

如果她告訴他真相，他就再也不會信任她了。

「嗯——」她說，「你知道瘟疫有哪些症狀嗎？」

「什麼？」

「因為——我們應該知道要注意哪些事，以免大老鼠真的生病了。」

阿沫瞪著她，「我以為我們是朋友。我以為發生了那麼多事情之後——」

「瘡，」歌蒂孤注一擲地說，「是不是會長瘡？在腋下的地方？」

她看見阿沫臉上的憤怒和失望，以為他會轉身離去，反之，他卻緊咬著牙，開始滔滔不絕地說：「不是瘡，是腫瘤，他們稱為淋巴結炎，脖子、腋下、胯下都有可能會長，還會發燒和嘔吐。根據丹先生的說法，妳會覺得非常疲倦，常常想睡覺。喔，對了，皮膚還會長黑斑，從底層長出來。這樣妳滿意了嗎？」他沉下臉，「我去看看西紐回來了沒。」

「等一下！」歌蒂在他身後大喊著，「我跟你一起去。我們必須問問他關於國庫的事。」

西紐回來了，不過也是剛剛的事。他和丹先生在辦公室交頭接耳，耗子在旁聽他們說話，小小身軀看起來緊綳又難過。

「怎麼了？」歌蒂說，「發生了什麼事？」

西紐轉身面對她，滿臉愁容。「傭兵在街上抓走了一些孩子，把他們關進了懺悔之家。傳言說這是對偷走酬勞的報復。首輔不知道是誰拿走了錢，於是他就懲罰整座城市。」

在歌蒂的腦中，芙西亞咒罵了一聲，教人拿她的劍過來——

「這改變了所有計畫。」阿沫說，「我們必須就此打住，不能再讓隱身石出現了。」

「什麼？」歌蒂說著，努力集中思緒。「不可以！」

丹先生揚起眉毛看著她。

「如果我們放棄，」她說，「首輔就贏了。他就可以為所欲為，沒人敢反抗他，再也沒有了！難道你們看不出來嗎？我們必須打敗他！」

「可是那些孩子怎麼辦？」阿沫說，「關在懺悔之家的孩子怎麼辦？要是因為我們，他們又發生了更糟糕的事情怎麼辦？」

歌蒂無可奈何地搖搖頭，但願事情不需要那麼複雜。「我不知道，我只知道今晚我們非得展開第三波攻擊不可。」

丹先生嘆口氣，在辦公桌前坐下來。「無論怎麼選，都是壞決定。無論怎麼做，都有人受苦。可是——」他對著歌蒂苦笑，「我同意妳說的話，小姑娘。」

「真的嗎？」

老人點點頭，「首輔已經被權力沖昏了頭，必須有人去阻止他。我想決定權在我們身上。」

「同樣的，」西紐說，「阿沫說得也沒錯。許多無辜生命可能會被犧牲。」

無辜生命是戰爭的代價，芙西亞在歌蒂的腦中低聲說：戰爭可不是靠軟心腸贏來的。

可是對歌蒂來說，如果她願意犧牲其他人的性命換取勝利，那麼她就跟首輔沒兩樣。「我們會盡全力救他們。」她說。

這句話似乎說服了西紐和阿沫，至少暫時是如此。

14 第三波攻擊

即使在和平時期，國庫仍是璀璨城裡戒備最森嚴的建築物，大門口不分晝夜都有五、六支民兵部隊駐守。現在，雖然那些民兵不是死了就是遭到囚禁，國庫卻比以往任何時候看守得更嚴密。

「我們不想盲目地衝進去。」歌蒂對西紐說，「阿沫認為你可能知道金庫在哪裡，還有進去的最佳路線。」

西紐擺出若有所思的表情。「是的，我們以前擁有璀璨城裡大部分公共建築的原始平面圖。讓我看看，我放到哪裡去了……」他撥弄著琴弦幫助思考。

「啊哈！」過了一會兒，他說。他邁步走向廚房，兩個孩子跟在後面。

平面圖封在一個麵包盒，輪流存放在廚房各個櫥櫃的深處，就在一袋紅蘿蔔和一台絞肉機中間。

「完美的文件歸檔系統！」西紐說著，從櫥櫃深處冒出來，上衣口袋還放了一根紅蘿蔔。「只有我找得到，其他人都不行。」

他撥掉頭髮上的蜘蛛網，撕開封住麵包盒的那層蠟。「我從來沒有真正用過這些平面圖，」他說著，在平面圖堆中翻找，直到發現了他需要的那些。「但我一直留著，以防萬一。如果在一棟奇怪大樓裡，想知道廁所在哪兒的時候，這個東西可是出奇實用。」

他的笑話無法掩飾眼中的擔憂。「西紐，我們會沒事的。」阿沫說。

「當然了，」西紐微微一笑，「我從沒懷疑過。」說完，他攤開平面圖。

無論是誰在很久以前設計了國庫，對於安全措施可謂相當在意。石牆無法攀爬，後門從內部架了鐵欄杆，連最精明的小偷都打不開，而且沒有半扇窗戶。

「不過，」西紐說，「你們也知道夏天的璀璨城是什麼模樣。任何沒有窗戶的地方很快就會變成烤箱。儘管設計者不知道，建造者可沒有忘記這一點。」

他把手指放在平面圖上，跟著褪色的墨水線移動。「這個是屋頂建造出來的應有面貌，而這個——」他指著墨水線上一連串淡淡的鉛筆刻痕，「這個是實際建造出來的樣子。看到這些隱藏的通風口了嗎？它們讓建築物的空氣得以流通，讓這裡成了城市中最舒適的地方之一。」

歌蒂目瞪口呆地看著他，「你認為我們可以從通風口進去？可是通風口沒有被封起來嗎？」

「我想沒有。妳要了解，當初建造國庫的人處在一個很為難的狀態。那時，掌管璀璨城的是第一任守護者，一個頑固又易怒的男人。為了安全起見，他命令建造者完全按照他的計畫行事。我猜測建造者企圖解釋空氣流通的必要性，但他不肯聽，所以，為了明哲保身，他們偷偷做了改變，沒有告訴任何人，唯一留下的證據就是這些刻痕。而平面圖——嗯——」西紐看起來有點不好意思，「——在沒有其他人看見之前就失蹤了。」

□

當天稍晚，歌蒂和阿沫潛伏在黑暗中，她滿腦子都是那些淡淡的鉛筆刻痕。街道對面，四名神聖護法站在國庫門廊的一側，剛起的霧輕輕掠過他們的腳踝。門廊另一側站了四名傭兵。兩組人馬各有兩人仔細觀察街道，認真看守這棟重要的建築物。其他人則注視著對方，之間的氣氛非常緊張，歌蒂可以感覺得到。

她和阿沫不發一語退到角落，摩根正在那裡，棲息在兩人的背包上方。他們拿起沉重的背包，沿著國庫旁邊的街道悄悄走去。

離開門廊，又見精細雕刻的橫柱，國庫看起來就像一座城堡。霧漸漸升高，歌蒂抬頭看著令人生畏的城牆，血液沸騰著恐懼和興奮。

「屋簷在那裡，就沿著那個地方。」阿沫往上指了指，低聲說道。他從背包拿出一條繩子，綁在一個小型鐵鉤上，然後拿給殺戮鳥。「摩根，記得我們練習過的嗎？拿著這個勾住屋簷，確定有勾牢了。我們可不想爬到一半掉下來。」

他在手中掂了掂鐵鉤的重量，突然不安地看著歌蒂。「這面牆比我想的高，我不確定摩根能不能勝任。」

但是這時，摩根朝他大搖大擺走過來，眨著那雙滿是皺紋的眼皮。「飛上去——」她喃喃說完，伸展她的爪子，然後拱起背，羽尖隨風飄動。緊接著，那雙強壯的翅膀用力一拍，她升到半空中，從阿沫手裡抓走鐵鉤，開始奮力往上飛。

兩個孩子仰著頭，張著嘴，觀望著。

「太高了。」阿沫低聲說，「她到不了的。看，她在往下掉！不，等等！她想要趕上一股上升氣流！」

巷子裡的霧隨著氣流盤旋打轉，摩根也跟著轉個不停，那雙巨大翅膀拚命地拍動，鐵鉤就像船錨一樣將她不停往下拉。

歌蒂的指甲深深掐進手心。她輕聲地說：「加油，摩根！妳可以的！加油！」

終於，殺戮鳥找到了一直尋尋覓覓的氣流。氣流帶她前進，離開兩個孩子，同時又像一股多出來的力氣，從翅膀下方將她往上推。歌蒂和阿沫拖著背包追在後面。

「你看得見她嗎？」

「看不見，不過她從這附近飛上去了。聽！我聽到了什麼！」阿沫站在原地動也不動，一隻手放在歌蒂的肩膀上。這時候突然傳來颯颯聲，繩子在他們面前降下來，從牆頂一路垂到地面。

「快，」歌蒂說，「你先上去。」

阿沫爬上繩子時，歌蒂負責看守。等她感覺到阿沫傳來的暗號，她就把其中一個背包綁在繩子尾端，然後拉了拉。背包順勢上升。繩子再次降下來，她又把另一個背包綁好，送了上去。

接下來輪到歌蒂。她用雙手緊緊抓著繩子，縱身一跳，雙腿一繞夾住繩子。霧從她身旁飄過，帶來運河的潮濕氣味，帶來城市的寧靜。腦海中，古梅恩城的世界正在召喚她。

歌蒂緊咬著牙，開始一路往上爬。

□

兩個孩子花了將近一小時，終於完成此行的目的。等到他們從通風口爬出來的時候，霧已經瀰漫了整座城市，短期內看來不會散去。

歌蒂站在屋頂上，濃霧遮蔽了璀璨城的每個角落。腦海中，芙西亞正在焦急地輕聲細語，她還沒意會過來——

就和父王來到了梅恩城的高原地帶，追捕跨境來到賀柏城的一群人，馮．內格爾的手下。霧自一小時前開始聚集，像牛奶一樣慘白，越來越濃密。

芙西亞站在父王旁邊，身邊充斥著馬兒和濕土的味道。一隻老鷹在空中傳來嚎叫，但她什麼也看不見。

「我們可以利用這場霧。」國王說，「一般而言，士兵是很迷信的動物，而馮．內格爾的手下不像我們對這片高原如此熟悉，我們可以打擊他們的士氣，嚇嚇他們——」

「歌蒂？」有人輕碰她的手臂。

有那麼一會兒，馬兒的氣味和父王那低沉的嗓音徘徊不去。「把手拿開！」她突然厲聲說——

然後她又回到了璀璨城。阿沫目瞪口呆地看著她，無能為力的感覺讓她雙腿發抖。

「我——我是說，」她結結巴巴地說，「你嚇到我了。我在思考，有關傭兵的事情，還有那些護法。」

她看得出來阿沫不相信她，但她還是繼續往下說，因為以某種奇怪的角度來說，她說的是實話。還有，她無法忍受他臉上的表情。

「如果霧氣遲遲不散，我們可以利用它去嚇嚇他們。」她說，「我們可以請西紐幫忙，還有歐嘉．西亞佛嘉。」

阿沫緩緩點點頭。歌蒂幾乎可以看見他的腦袋在打著什麼主意。「我們也可以找布魯幫忙。」他說完這句話，雙眼閃閃發亮，危險的一刻就這樣過去了。

他們一個接一個從建築物邊緣滑下去。摩根解開鐵鉤，隨後跟著降落，並在最後一刻張開翅膀，著陸時幾乎沒有發出半點聲響。

兩個背包看起來跟之前沒什麼不同，仍然重得要命，歌蒂很想要把它們扔進運河，趕回博物館睡覺。可是萬一背包被發現了，他們整晚的辛勞將前功盡棄，所以她再次把背包拽到肩上，與阿沫一起悄悄上街。

到了轉角處，她猶豫了一下。她的手腳發疼，過著兩個相隔五百年的人生讓她筋疲力竭。更糟糕的是，芙西亞顯然變得越來越強大，她連面對自己，都不願承認有多害怕。

話雖如此，這實在是個不容錯過的大好機會。她透過濃霧，望著那看不見的地方，那個護法和傭兵互看不順眼的地方。她用手肘輕推阿沫，「這花不了多少時間……」她低聲說。

歌蒂和阿沫經常有不言而喻的默契，這一刻就是如此。他露出一抹賊笑，「……而且會讓明天更精采。」

他們把背包藏在一道圍牆後面，再次由摩根負責看管。接著，他們讓霧圍住他們，這麼一來沒人看得見他們——我什麼都不是，我是街上的灰塵，我是一顆會做夢的石頭——

傭兵和護法之間的空地就像一個交戰地帶，除了自視甚高的神情和各種謾罵侮辱，沒有任何東西可以跨越。歌蒂和阿沫從旁邊悄悄走過，來到傭兵這一邊。他們無精打采地站在原地，壓低帽子遮住額頭。

歌蒂選了個現場最高大的男子。每當其他傭兵叫囂著「黑烏鴉」或「神聖護髮霜」的時候，他就會激動地竊笑。歌蒂悄悄溜到他旁邊，貼得很近，要是他剛剛突然轉身，她可能就失敗了。

我什麼都不是，我是遠古戰場上的一記無聲槍響……

雙腿的疼痛不再重要，此刻就是她訓練了那麼久的原因，這也是幾天以來，第一次有做自己的感覺。

她的手像條鰻魚熟練地溜進傭兵的口袋。她的手指碰到菸斗、幾枚硬幣、一塊乾掉的餅乾，還有摸起來像兔腳的東西。她拿了菸斗、硬幣和兔腳，把餅乾留在原位。她慢慢向後退，看見一道影子從隔壁士兵的身邊悄悄飄開。

要把硬幣和兔腳神不知鬼不覺放進一名護法的口袋，可說是易如反掌。歌蒂繼續拿著菸斗，然後就在準備離開之際，她突然鬆手，菸斗掉了下來。

菸斗掉在石地上所發出的鏗鏘聲出乎意料地響亮。神聖護法嚇了一跳，開始大聲嚷嚷。傭兵舉起步槍，警覺地繃緊身體。

儘管霧氣很重，那名高大的傭兵不用五秒鐘就看見自己的菸斗躺在一名護法的腳邊，又不用兩秒鐘就明白發生了什麼事。

「嘿，那是我的！它在那裡做——」他摸了摸口袋，「我的錢呢？還有我的幸運物？」他氣得沉下臉，「我被搶了！那些可惡的護髮霜搶走我的東西！」

「少胡說八道了。」一名護法大聲說。但傭兵們因為酬勞又遲了一天，早已氣得要命，根本聽不進去。他們走向護法，把他們扭打在地，搜起身來。

「看吧，看吧！」高大傭兵大聲叫嚷，一邊拿起兔腳。「我說得沒錯！你們這些可惡的護髮霜！」

第二個聲音發出怒吼，「這一隻奸詐的烏鴉拿了我的小刀！同伴們，給他們一點教訓！」

歌蒂偷偷摸摸地溜走，化作影子的阿沫跟在她旁邊。那些殘暴的聲音讓她很不舒服，她必須提醒自己這是她的目的。她在分化敵人的武力，她在打一場仗。

絕不手下留情，芙西亞在她的腦中低聲說，戰爭不是手下留情的地方。

15 首輔的交易

「你看吧？」首輔說著，露出最迷人的微笑，同時提高音量，好讓那群傭兵可以聽見他。「我是不是承諾過你和你的手下今早就會拿到酬勞，萬無一失？」

昨晚瀰漫在舊城區的霧纏繞著首輔的雙腳，然後從他面前這些傭兵旁邊緩緩飄過。他們滿臉怒容，對剛剛從國庫搬出來的一袋袋硬幣沒有半點反應。

「他們怎麼了？」首輔對布萊斯元帥低聲說，「他們想拿到錢，不是嗎？」

元帥撫摸其中一只皮手套的手指部分，「昨晚出了點麻煩。」

「我聽說了。我的護法今天一大早就跑來抱怨你的手下對他們動粗。」首輔不在意地揮揮手，「這種事情難免的。」

「他們有告訴你是怎麼開始的嗎？」

「說是偷東西，我相信只是誤會。」

「嗯。」布萊斯端詳他的靴子，「我的人不相信這筆錢是真的。」

「什麼？」首輔笑了出來，「我昨天下午親自監督他們數錢，在那之後這些袋子就一直放在國庫等著你們的人來領。如果這樣還不夠，我不知道什麼是真的了！」

傭兵聽見他的笑聲，立刻傳來一片不滿的譁然聲。首輔連忙卸下所有表情。這件事比他當初想的還要嚴重。

首輔慢慢走向一袋袋的硬幣，步伐帶著軍人的俐落氣勢，雙眼冷若冰霜。他召喚了前排的一名士兵，「你。」他厲聲說。

男子自動向前一步。首輔指著最近的袋子，「打開，檢查裡頭的硬幣。」

那名傭兵就像隊伍裡的其他人一樣骯髒又粗俗，但他明白什麼是該做的。他在最近的袋子旁邊蹲下來，抽掉袋口的結，其他同伴紛紛伸長脖子。傭兵在袋子裡東翻西找，接著舉起手讓一把銀幣從指尖滑落。

不滿的吵雜聲成了遂心的竊竊私語。首輔點點頭，轉身離開。很好，這件事告一個段落。現在他們可以繼續設圈套，抓住躲在隱身石這荒唐稱號後面的始作俑者——

「等一下。」傭兵說。

他的聲音有些令人玩味，讓首輔不禁連忙轉身，速度快得差點失去重心。但沒人注意，大家通通盯著那名傭兵，看他落下第二把硬幣，並仔細聽著落下時發出的聲音。

聽起來絲毫沒有銀製品該有的清亮鏗鏘聲。

那群傭兵發出一聲怒吼，氣得咬牙切齒，彷彿狗看見晚餐被公然搶走一樣。布萊斯元帥趕緊衝向前。

「安靜！」他厲聲叫道，「我們會把這件事弄清楚。尼都，檢查其他袋子，其他人，閉嘴。」

首輔驚訝地看著士兵拿出小刀，刮著那些硬幣。硬幣上的銀色就像廉價油漆紛紛剝落，在那之下，硬幣不過是一堆毫無價值的鉛塊。

傭兵群起勃然大怒，地面幾乎要震動了起來。他們叫著「騙子」、「我們的錢在哪裡」，還有「就跟昨晚一樣」。

首輔無法思考。到底發生了什麼事？這些錢可是直接從國庫拿出來的啊！他可以用半數護法的性命保證，那是貨真價實的銀幣！可是——

他的頸背突然寒毛直豎。隱身石！肯定是隱身石搞的鬼！

首輔怒火中燒，推開憤怒的群眾往前擠。「確實有騙子，」他叫道，「但不是我！找找看有沒有什麼訊息！你們聽見了嗎？找找看有沒有訊息！」

所有人都對他不屑一顧。部分的傭兵已經大步離去，消失在霧中，並回頭對同伴大喊著說：「我們已經受夠了！這裡根本沒有錢，至少沒有給我們的錢！」

布萊斯企圖叫他們回來，成效不彰，只得氣沖沖地瞪著首輔。首輔已經放棄教人聽他的命令，自個兒在一袋袋的硬幣裡翻來翻去，尋找他深信肯定在裡頭的那張紙條。

「有了！」首輔終於放聲大叫，在頭頂揮舞著一張紙。「又是隱身石在搞鬼！等等！快回來！我們都被耍了！」

「上面說什麼？」布萊斯問道。

「上面說——」首輔咬牙切齒地說，「隱身石將擊敗哈羅！」

「嗯，」元帥喃喃地說，「嗯哼。」

「你想說的就這樣？」

「嗯，這樣很方便，對不對？」元帥凝視著那群離去的手下，「我的意思是對你來說很方便，不必付錢給我們。」

「方便？你瘋了嗎？看看發生了什麼事！我已經失去四分之一的軍隊了！」

布萊斯清清喉嚨。「是我的軍隊。你不能沒給酬勞還奢望他們留下來，戰場規矩，永遠記得準時犒賞手下。」

「我、正在、盡、我的、全力——」首輔覺得腦袋就要氣炸了，但是他設法壓抑自己，免得說出後悔的話。失去這男人的支持，不是他承擔得起的後果。

首輔竭盡所能，在臉上擠出類似微笑的表情。「跟我來，」他忿忿地說，「你想帶多少人就帶多少人，我們要打開國庫，當場付錢給他們。」

「嗯。」元帥又說了一遍，然後對剩下的人點點頭。他們聚在一起，對首輔抱著敵意。「我不確定這麼做是不是足以把他們留在這裡，一旦失去信任……」

首輔再也控制不住自己，他放聲咆哮：「我不會就這樣投降！你的人會留下來，我們會徹底解決那些叛徒！他們以為我們昨天把孩子們關起來是在虛張聲勢嗎？讓他們看看我們有多認真！」

布萊斯突然警覺起來，「我希望你的意思不是要我們處決那些孩子吧。根據戰場規矩，首輔——」

首輔其實就是這個意思，不過他搖搖頭，有個非常有意思的主意在他的腦中打轉。

「不必到處決的地步。」他說。現在他已經控制住自己，說起話來輕聲細語。「還有其他辦法。我有沒有跟你說過我被放逐時結識了一些盟友？當然，他們都不如你有價值，不過很有意思，喔，沒錯，非常有意思。」

「盟友？」布萊斯說著，毫不在乎的模樣，但迷濛的雙眼中閃爍著光芒。

「其中一位盟友特別有意思。」首輔帶著堅定的微笑，把頭一甩。「來吧，布萊斯，情況準備好轉了。讓你的手下沐浴在銀幣堆中吧，這次可是貨真價實。我會給盟友送個消息，跟她做個交易，一個對我們所有人大有好處的交易。」

他對元帥眨了眨眼。「當然，除了那些孩子以外，還有他們的父母。喔，是了，還有隱身石。他們絕對不會喜歡！」

16 不祥之日

儘管首輔說了那番話，對傭兵們而言，接下來這幾天卻瀰漫著不祥的氣氛。霧變得越來越濃，在城市巡邏的傭兵——沒有離開崗位的那一群——拉高衣領將脖子圍住，氣沖沖地大肆抱怨。當然，這時候他們已經拿到酬勞，口袋沉甸甸地裝滿銀幣，但元帥說得沒錯。信任已經消失。

「誰知道這是不是真的。」一名壯碩的下士發著牢騷，拿出一枚硬幣懷疑地盯著看。

「可能只是檔次更高的假貨。」四名同伴當中的一個說道。

「是啊，我覺得那些離開的傢伙做得對。這是什麼鬼差事啊？我們是戰士，不是嗎？」

「當然了！」

「那麼戰爭在哪裡？在哪裡？」

「肯定不在這裡。」

他們拿出水壺，靠在最近的牆壁上，步槍則倚在一旁。霧很濃，到處都只能看見幾步的距離。

「討厭的城市，討厭的天氣。」下士低聲抱怨，然後，他的臉突然亮了起來，開始翻找背包，說：「你們知道市集附近的那家餡餅店嗎？我剛剛說服他們給了我們很多餡餅，哈哈哈！來吧，這會讓你們的唇齒留香！」

就在他遞出第四塊餡餅時，事情發生了。濃霧突然間散開，沒有任何預警。有個龐然大物對他們發出怒吼。牠又黑又大，雙眼閃著紅光，鮮豔得宛如大木神鑄鐵廠的火焰。牠突然出現在傭兵面前，用巨大的牙齒搶走下士手中的餡餅……然後消失。

五名傭兵站在原地目瞪口呆，「那——那——那是什麼？」

下士嚥了口口水。「我不知道，可是如果那東西回來的話——」他伸出顫抖的手，拿起步槍，或者應該這麼說，他本來打算拿起步槍。

「嘿，」他看著牆壁說，「我的槍呢？你們哪個傢伙拿了我的槍？」

濃霧彷彿活了起來，團團繞住下士和他的同伴。他們看看彼此，再看看空蕩的牆壁，就是一會兒之前，步槍倚著的地方。

「或許被那頭野獸拿走了。」一名士兵低聲說。

「野獸要我們的槍做什麼？」

「仔細聽！」另一名士兵嘶聲說。

那聲音被濃霧包覆，略顯低沉，讓他們從驚訝中清醒過來。在馬路的盡頭，有人把某樣東西扔進了運河。

撲通、撲通、撲通、撲通、撲通。總共五次。

「我們的槍！」

他們心急如焚地上路狂奔。可是等他們到達運河邊時，已經什麼也看不見，除了五樣東西打破水面所產生的漣漪。

這些傭兵不是膽小鬼。他們曾經在最血腥的戰場上打過仗，對打打殺殺早已麻木。他們可以面對一支強大的外來軍隊，絲毫不感畏懼，甚至對著滿山遍野的屍體放聲大笑。

但是他們有兩個弱點：第一個是害怕疾病，疾病可不是靠步槍和狠勁就能夠打敗的；第二個就是迷信。

他們每一個人，包括下士，都隨身帶著幸運物。兔腳、缺一角的硬幣、中間有洞的石頭等等。現在他們紛紛把幸運物拿出口袋，在手中摩擦。

「我不喜歡這種感覺。」下士說，「這裡很不對勁——嘿，那是什麼？」

他們完全沒有料到會聽見豎琴的聲音，聲音似乎從四面八方傳來，旋律像霧一樣包圍他們，滲入他們的腦中，抓住他們的恐懼，然後拉到燈光下。

起初只有音樂，但後來有個男子開始唱歌，聲音充滿嘲弄。他的歌是他們都很熟悉的那一首：關於一名愚蠢將軍帶領軍隊來到一個神秘地方的古老民謠……

這兒有邪惡的魔鬼，
瘋狂的女巫。
來到這裡的人們，
再也見不到他們的至愛。

下士知道他應該說點什麼。讓士兵掛心著魔鬼和女巫可沒有好處，對他自己也沒有好處！可是，那頭紅眼野獸（是魔鬼嗎？）和莫名消失的步槍（是女巫嗎？）把他嚇壞了。

當可怕的歌曲進入尾聲，他慢慢走近同伴身邊，納悶危險到底在何方，面對的敵手究竟是人是鬼，還有多久才會遇上。

□

濃霧持續了兩個禮拜，阿沫和歌蒂除了偶爾小睡，一直馬不停蹄地攻擊，從士兵手中偷走餅乾，從口袋偷走幸運物，從身邊偷走步槍。他們借了歐嘉．西亞佛嘉的手帕——四邊打結、存有各式各樣風兒的手帕——把水坑的水吹到傭兵的臉上，把淤泥吹到他們的食物裡。

西紐只要有空離開博物館就過來幫忙，唱著關於背叛的歌曲，暗暗放出瘟疫的流言。布魯在霧中出沒，像惡夢派來的使者。摩根飛到士兵上方扔石頭，石頭裂開時聽起來就像槍聲一樣。

同時，在病房裡，守護者慢慢恢復力氣。如今，她已經可以坐起來自己吃東西，對自己的無能為力感到氣憤。

歌蒂和阿沫一有時間，就會花幾分鐘坐在她旁邊，告訴她他們在做什麼，問她怎麼做可以惹惱首輔。

不久後，他們在報告情況時，已經不是挑起事端的唯一主角。首輔囚禁那麼多孩子，實在做得太過分，現在連最軟弱的市民也棄他而去，轉為支持隱身石。隱身石的英勇事蹟在濃霧瀰漫的大街小巷流傳，彷彿飄在風中的樹葉。璀璨城的市民聽著故事放聲大笑，笑聲給了他們勇氣去創造屬於自己的惡作劇。

在軍營負責煮飯的廚師在傭兵的麥片粥加了引發嘔吐的粉末。幫懺悔之家洗衣服的女人在神聖護法的內衣褲偷偷放了蜘蛛和黃蜂。雖然普遍而言，大家說的遠比做的多，但過不了多久，有一群市民開始盡其所能讓傭兵和護法的日子過得苦不堪言。

有些人遭到逮捕，被關進懺悔之家的地牢，不過卻有更多人逃過一劫，並且因此變得更大膽。精心變裝的歌蒂送了一封信給神聖護法，署名是布萊斯元帥。信中他向手下們的暴行道歉，說他已經下令要他們在接下來的這幾天伺候護法，以彌補他們的不是。

「他們會幫你們洗鞋子，刷廁所——」

阿沫給傭兵送了一封類似的信，只是這封署名的是首輔，信上說護法會伺候傭兵，幫他們洗鞋子，刷廁所。

結果，護法和傭兵都認為自己是有理的，雙方之間的紛爭激烈到布萊斯元帥差點氣得帶手下離開城市。只是他和首輔有過協議，再加上國庫那一大筆分紅，才讓他留了下來。

自始至終，歌蒂過著兩個人生。一個在璀璨城，另一個在古梅恩城。她盡力對周圍的人隱瞞這件事，但並不容易。她腦中的公主戰士確實變得越來越強。

「我是歌蒂．羅絲，第五名管理員。」每次獨處時，她就這樣低聲說，「我是歌蒂．羅絲，第五名管理員！」

這些話聽起來空洞又沒有說服力。在她的腦海中，一個更有自信的聲音低聲說：我的父王驍勇善戰，我是他的女兒……

阿沫看著她，卻沒說什麼。

一天下午，在舊城區，歌蒂的麻煩終於來臨。她和阿沫正沿著劣酒運河趕路，這時突然聽見有人放聲大叫。濃霧讓他們無法判斷聲音是從哪來的，他們在原地打轉，提防危險。

但危險來得無聲無息，沒有預警，連懲罰鏈的鏗鏘聲都沒有。兩名神聖護法從濃霧中出現，用力撞了歌蒂一下。

她被撞倒在地，手肘重重摔在石地上，全身頓時湧起一股痛楚。歌蒂痛苦地大口喘氣，然後像個公主戰士那樣做出反應——

她滾到一旁，連忙站了起來，手肘隱隱作痛。不過她知道等戰爭結束後才會有感覺，現在算不了什麼。

她伸手拿劍，劍卻不在位置上，弓箭也消失了，還有她的軍隊。眼前除了她的朋友華格納，峽角城的年輕侯爵，以及兩個黑衣人外，看不見任何人的蹤影。

她完全不知道他們是誰，可是她知道他們是敵人，這樣就夠了。

我要殺了他們，她心想，我要徒手殺了他們。於是她到心底去找，找她剩下的唯一武器：狼魂。

她以前在戰爭途中這麼做過，現在她準備再做一次。她幻想她的劍，感覺它從劍鞘抽出來，感覺它在手中的重量。

剎那間，狼魂竄上心頭，熾熱得彷彿森林大火。紅霧從天而降。公主放聲尖叫，發出戰帖，然後擺出攻擊姿態，抱著毀滅的心衝向敵人。

「歌蒂？」其中一個黑衣人開口說，「歌蒂，妳在做什麼？是我啊！菲佛！」

沒有多少人可以把陷入狼魂的歌蒂喚回來，但菲佛．柏格肯定是其中一個。從小到大，她一直是歌蒂最好的朋友，無論發生什麼事，她總是陪在歌蒂身邊，個性帶著歌蒂甚是喜歡的倔強。

兩個女孩已經幾個禮拜沒有見到對方，但菲佛的熟悉聲音立刻將紅霧掃到一旁，將芙西亞掃到一旁，留下歌蒂心有餘悸地喘著氣，雙手扶著膝蓋，胸口不停上下起伏。

「妳為什麼叫成那樣？」菲佛張開手臂抱著歌蒂說，「我撞到妳的時候把妳弄傷了嗎？歌蒂？怎麼了？」

就在這時，阿沫出現了。他輕輕鬆開菲佛的手臂，讓歌蒂能夠呼吸。「她沒事，」他說著，站到兩人中間。「妳只是暫時撞飛了她的理智，給她點時間恢復就行了。你們從哪裡拿到這些袍子的？誰在大叫？聽起來像傭兵的聲音。」

歌蒂從來沒有像這一刻那麼感激阿沫，她不由自主地發著抖，無法說話。她剛剛差點徒手殺死自己最好的朋友！如果菲佛晚一步開口的話……

「這些袍子？」菲佛說，「是將軍找到的，起碼他是這麼說，不過我覺得他是用偷的。我們一直假扮護法對士兵丟臭雞蛋。」她試圖推開阿沫，「歌蒂，我一直想要見妳！我們以為妳已經死了！至少有些人是這麼想，可是我知道妳一定會出現。妳確定妳沒事嗎？」

「誰是將軍？」阿沫問道。

「當然是龐斯將軍了。」菲佛說。

歌蒂驚訝得幾乎停止發抖，「龐斯？」

「我們是他軍隊的一份子。」菲佛的同伴說，「他一直在訓練我們。」

「傑比？」歌蒂一看見她的老同學，又是一陣驚訝。「是——是你嗎？」

傑比露齒一笑，動了動他的手指，然後從口袋拿出手錶說：「我們該走了，菲佛。妳媽媽在等妳呢。」

菲佛再次抱住歌蒂。「祝妳好運，歌蒂！看見妳真開心！我們很快就會再見面！還有很多話要聊呢！」

「是啊，」歌蒂說著，緊緊抱住她的朋友。「是啊！祝妳好運，菲佛！保重！不——不要被抓住了！」

接著兩個黑衣人就消失了，留下博物館的兩個孩子。

現場沉默了良久。「歌蒂——」阿沫說著，盯著她看。「是歌蒂吧？」

歌蒂低頭看著地面，覺得很沉重。「是。」

「可是剛剛不是？」

又是一陣沉默，「不是。」

「很好。」阿沫說。

「很好？」歌蒂突然抬起頭，「我正在慢慢變成一名五百年前的公主戰士，你覺得這樣很好？」

「不，當然不是。」阿沫立刻說，「我的意思是妳告訴我了，這樣很好。我一直很擔心妳，大家都很擔心妳！丹先生和歐嘉・西亞佛嘉要我好好注意妳。」

「你不會告訴他們吧？」

「為什麼不？」

「不要就對了，答應我你不會告訴他們！」

「可是如果他們問起——」

「不要告訴他們！」

「好吧，好吧，我不會告訴他們。」阿沫停頓了一下，「越來越嚴重了嗎？丹先生認為這種情況可以把人逼瘋，但是——」

「這個我明白，不需要提醒我！」既然秘密已經曝光，歌蒂開始滔滔不絕地把話一吐為快，停都停不住。「你難道看不出來剛剛發生什麼事嗎？我差點殺了菲佛！我有可能不加思索就殺掉她。我已經開始瘋了，卻什麼也——」

「聽我說，歌蒂！」阿沫緊緊抓住她的肩膀，「別說了，停下來！聽著！妳是鄧特博物館的管理員！妳知道各式各樣的事情，是大部分的人一輩子都學不到的。妳勇敢又聰明，而且、而且要不是妳，去年璀璨城早就成了一堆殘垣破瓦，我們認識的每一個人早就不是死了就是遭到奴役！」

「可是丹先生說——」

「那不重要，妳還不明白嗎？妳不只是一般人！妳可以戰勝這件事！妳不必被搞瘋！」

歌蒂凝視著他，又是漫長的沉默。最後，她小聲地說：「你真的這麼想嗎？」

「當然了！妳只需要找到方法去控制！」

真是神奇，這些話改變了一切，知道阿沫相信她，知道他不認為她瘋了。

歌蒂顫抖著吸了一口氣，「要是——要是我再也不聽芙西亞的話應該有辦法控制……但問題是，我需要她。她對戰爭瞭若指掌。」

阿沫擺出若有所思的表情，這讓歌蒂突然發現，過去幾個禮拜已經讓他褪去了男孩子的稚氣，變得更成熟、更專注。

「我們剛從史波克城回來的時候，」他說，「妳堅持我們以智取，而不是靠暴力的方式擊敗首輔，當時我認為妳是錯的。我想要光明正大地戰鬥，不只是像孩子一樣在那兒胡鬧。」

「我知道，有時候我納悶是不是——」

「可是妳是對的。」阿沫插嘴道，「只需要看看那些傭兵，就知道戰爭影響一個人有多大。我不想最後變得跟他們一樣。走吧，霧終於散了，我們最好趕快回去博物館。」

兩個孩子沿著運河旁的小徑，肩並肩向前走。「但是你仍會繼續練劍？」

「這個嘛，凡事還是有備無患的好。」阿沫突然咧嘴一笑，「況且，練劍很有趣。」

歌蒂看著他，「我覺得芙西亞不知道什麼叫有趣，在她腦中全是戰爭和戰略之類的東西。」

「這就是為什麼，」阿沫走著走著，勾住歌蒂的肩膀說，「妳絕對不能被她控制的原因。我們需要妳，歌蒂。比起什麼公主戰士，我們更需要妳——」

他突然停下腳步。一個熟悉的身影沿著小徑朝他們邁步跑來。

「西紐？」阿沫說著放下手臂。

歌蒂一陣不寒而慄，彷彿早有預感。西紐穿著襯衣，她從沒見過他如此心急如焚的模樣。

「他們跟你們在一起嗎？」他一走到兩人聽得見的距離，立刻大聲叫道。

「誰？」阿沫說。

西紐屏住呼吸，在他們面前停下來。「他們不在這裡？我就害怕這樣，我們連他們離開了都不知道。可是現在博物館一片混亂……戰爭館和瘟疫館開始蠢蠢欲動……我必須立刻趕回去……那隻貓也不見了……」

「你在說些什麼？」阿沫問道，臉色蒼白。

「老天啊，這還不夠明顯嗎？」西紐厲聲說，「耗子想必是算了命，我們發現兩張紙片，一張寫著一大群人在追捕，另一張寫著朋友，救救我！但我們找不到耗子或邦妮！他們失蹤了，我們認為他們跑去找龐斯了！」

17 鮮紅色的帆船

龐斯從來沒打算涉入對抗哈羅的這場戰爭，就連現在他也不確定事情到底是怎麼發生的。可能是因為他太無聊，可能是因為看見那些哭泣的父母，又可能只是因為他是個大笨蛋，不懂得學會遠離麻煩。

無論原因是什麼，他玩得很開心。他替自己找到一票小鬼頭，他們個個覺得他就像六尾狐狸一樣聰明。跟他們相較之下，他確實是如此。那些小鬼頭連自己城裡的藏身處都不知道！

不過，多虧了龐斯，他們很快就知道了。他們也學會了偷拐搶騙，學會分散逃跑，讓人不知道該去追誰。目前為止，所有人都沒有被逮到，這可說是奇蹟，因為他們不如龐斯那麼敏捷，而他已經有兩次差點被抓住。

話雖如此，他知道這種情況不可能持久。以長遠來看，哈羅總是獲勝。所以那天稍晚，當他看見一群哭哭啼啼的小鬼頭被強行帶到碼頭，像熊一樣用鏈條給綁住的時候，他一點也不驚訝。

「喔！」龐斯對自己低聲說，「他們是我在兩個禮拜前看見的那群被抓走的孩子。發生什麼事了？」

一陣微風輕輕吹來，濃霧像一件脫了線的舊背心。透過縫隙，龐斯看見許多臉色陰沉的護法，身後跟著小鬼頭的父母。他們在懺悔之家外面守夜多時，現在以奇怪又無力的方式揮著手，彷彿忘了該怎麼正確使用。他們的嘴巴張了又合，沒有發出任何聲音，但每個人的內心彷彿都在吶喊。

龐斯用力吞了口口水。「可憐的傢伙，」他低聲說，「還好我不是其中一員！」

他忙著注意被鎖住的小鬼頭和傷心欲絕的可憐父母，結果沒看見隊伍盡頭的那一小群傭兵，也沒聽見他們正從後面偷偷摸摸接近他。若不是有人叫了一聲，他可能已經像塊熱騰騰的餡餅被抓到街上了。

龐斯認出那微弱的叫聲，就像自己的氣息那般熟悉。他及時轉身，看見一套雜牌制服出現在他上方，看見兩隻手伸出來準備抓住他，又聽見傭兵發出得意的輕笑，以為胖嘟嘟的鴿子已經是囊中之物。

但這隻鴿子沒打算被逮住。龐斯用力咬下靠近他的那隻手，傭兵疼得大叫，握緊拳頭。他抬起一隻手保護自己。這時傭兵抓住他的衣袖，於是他迅速低頭，奮力一抽，傳出了一聲撕裂聲，縫合處才在幾個晚上前仔細拆掉的衣袖——隨即從傭兵手中脫落。

龐斯蹦蹦跳跳地來到馬路上，看著傭兵的表情笑得歇斯底里，一邊不停尋找耗子的蹤影。他很肯定那聲警告是耗子發出來的。那個小鬼頭就在附近，躲在門邊或躲在一輛車後面。他已經離開博物館和裡面的管理員，回到老朋友的身邊。

龐斯有多高興啊！他覺得雙腳輕如鴻毛，翻了兩個跟斗，對傭兵吐舌頭。那傭兵仍在遠方惡狠狠地瞪著他。龐斯仔細觀察街道，尋找那個會算命的白髮小男孩。

「出來吧，耗子。」他低聲說，「我知道你在附近。」

就在這時，他看見他了，就在剛才那條街上，靠近龐斯不久前所在的地方，在那群傭兵的附近。他們正在厲聲謾罵，對彼此大聲咆哮，一邊東張西望，尋找另一隻鴿子，以彌補弄丟的那一隻。耗子沿著街道躡手躡腳走在他們後面，邦妮也跟在旁邊。兩個嬌小影子在高大士兵旁邊，宛如雞蛋般脆弱。

龐斯覺得彷彿有人在他的腸子打了個結，然後拿把刀刺穿過去。「小心點，耗子。」他低聲說，「慢慢來！他們還沒看見你，別做出任何吸引目光的事！」

但現在傭兵們已經認真起來，龐斯從他們站立的方式可以看得出來。他看得出來他們想起了那聲警告，於是對彼此竊竊私語，然後散開，往陰暗處走去。

往耗子和邦妮走去。

小男孩的雙眼發現龐斯，表情彷彿初春一般亮了起來。他向龐斯揮手，以為自己沒有危險。

「不要啊，耗子！」龐斯呻吟著說。

四名傭兵同時回頭，目光鎖定了正在揮舞的那隻手。那一群大塊頭，渾身肌肉，卑鄙齷齪，朝著龐斯那寶貝的白髮男孩撲過去。

龐斯放聲尖叫：「耗子！快跑啊！」

大街上的每個人肯定都聽見了他的聲音。傭兵回頭，發現龐斯的所在位置，眼神陰險如蛇，接著他們衝向秏子。他正在小徑上狂奔，快如狡兔，邦妮跟在他旁邊。

但是傭兵的動作更快。龐斯在原地跳上跳下，看著四雙沉重的靴子慢慢逼近他的朋友。

「快跑！」他呻吟著說，「快跑啊！」

小男孩盡全力衝刺，邦妮也一樣。兩人拚命地跑啊跑，手臂不停擺動。跑到一半時，有樣東西從他們身邊脫隊，帶著尖牙利爪撲向傭兵。是那隻貓！那隻從史波克城跟著他們過來的骯髒老貓！牠發出憤怒吼叫，對傭兵展開猛烈的攻擊，並趁他們企圖反抗的同時，成功攔住其中三人。

然而第四人從花貓身上跳了過去。他一個轉身，用槍托用力撞那隻貓，一邊大叫支援。突然間，不知道從哪裡又冒出了三名傭兵，繼續追下去。街上充斥著各種叫聲。龐斯的心像一只破鐘在胸口跳個不停。

「快跑啊。」他用一種自己不認識的聲音低語著，「秏子，拜託，快跑。」

這些話還沒說出口，邦妮忽然絆了一跤，其中一名傭兵把她從地上抓起來。另一名傭兵伸手準備逮住秏子，小男孩往旁邊一跳，沿原路折返，跳到一輛車的車尾，然後爬到車頂，從車頭爬下去。

可是他的身後有兩名大人緊追著，要抓住他只是遲早的事。龐斯看不下去，於是閉上眼睛。

這麼做只是讓情況變得更糟。

於是，他睜開眼睛——

看見耗子被包圍了，困住了。小男孩抬頭看著追捕他的人，體內的空氣彷彿被抽乾。龐斯體內的空氣彷彿也被抽乾，簡直無法呼吸。當耗子和邦妮與其他小鬼頭被綁在一起、遭強行帶走的時候，耗子像個老人搖搖晃晃走在他們後面。他無力地揮著手，嘴巴張了又合，沒有發出任何聲音，但內心在吶喊。

他以為這已經是最糟糕的情況，但是他錯了。那群被綁住的小鬼頭逐漸接近碼頭時，有個女人開始歇斯底里尖叫起來，聽起來就像一隻受傷的狗，很嚇人，尖銳又絕望。龐斯徹底嚇壞了。有個男人的聲音加了進來，接著又是另一個女人。傭兵對著他們大吼大叫，但他們沒有注意。現在所有家長開始嚎啕大哭，小鬼頭個個連哭帶叫著。

龐斯東張西望，嚇得驚慌失措，卻不知道為什麼。他抬起頭，在碼頭後方，一直到海面上——

他看見了一艘船，一艘駛得很快的帆船，外表如老鷹般富有光澤，又充滿侵略性，乘風破浪朝他們駛來。水手沿著船桅排成一列，拉起鮮紅色的帆。帆船緩緩接近碼頭，龐斯可以聽見內燃機啟動時的震動聲。

帆船的前甲板站著一個高大的老女人，她有一頭黑色長捲髮，迎著海風吹到一旁。她穿著馬褲和皮外套。帆船越駛越近時，龐斯似乎看見她的手中握著一把手槍。

他立刻就知道她是何方神聖。他聽過很多水手壓低嗓音在談論著她。他見過她的新船，希望之光的海報貼滿了史波克城的大街小巷，上面印著「徵奴隸」的字樣。

他聽見自己開始啜泣。他尋找著耗子的白色腦袋，想到即將發生的事，眼淚從臉頰流了下來。

哈羅把璀璨城的孩子們賣給了老巫婆史金。

18 老巫婆史金

老巫婆史金就像站在碼頭等著迎接她的傭兵們一樣高大，甚至是他們的兩倍寬。她的胸前有一群甲蟲正在爬上爬下，被絲線束縛著。

龐斯看見一名傭兵用力嚥了口口水，向後退了一步。老巫婆史金對他微微一笑，嘴唇繃得很緊，看起來彷彿要裂開一樣。她的下巴動來動去，殘酷的黑眼睛無比冷靜。

「全部就這些了嗎？還是只是第一批？」她抬起下巴，對著被綁住的小鬼頭指了指說。

「還有一些。」一名傭兵說，「首輔說過幾天再把他們帶過來，確保城市裡的每個人都明白發生了什麼事。他認為市民這樣才會真正學到教訓。」

龐斯重新恢復理智，心中每個想法都跟下水道一樣黑暗。他絕對不會讓這個可惡的甲蟲老巫婆把耗子帶走，得想個辦法把他救出來。

問題是，那個老巫婆的船員——他們的臉頰有兇狠的黑色條紋刺青——已經在催促孩子們走上希望之光的踏板。在他們的身後，家長哭得更淒厲了。

「笨蛋！」龐斯生氣地說，「哭沒有用，你們得動腦子，像我一樣！」

然而，他並沒有想出任何點子。雖然這艘船看起來暫時不會離開，但即使它在這裡停泊一兩個晚上，龐斯還是看不出有任何方法可以帶著耗子安全離開。這裡又是鐵鏈又是傭兵，還有凶神惡煞般的船員，連自己都有被抓的危險。

要是他倆都在奴隸船上困住了，腳踝銬著鐵鏈，對耗子又有什麼幫助呢？

不，他得更精明些。他得忘記那些船員，忘記傭兵，忘記那個渾身都是甲蟲的巫婆。要是把這些人都摒除在外，還剩下誰呢？

哈羅。

照龐斯的經驗，什麼是哈羅一直不嫌多的東西？

情報。

「我遵守我的承諾，耗子。」龐斯低聲說著，悄悄地離開哭泣的群眾，回到碼頭往城裡走去。「我沒有接近哈羅，沒有對任何人提到半點有關那三個小鬼頭或隱身石的事情。可是情況不一樣了，你明白的，對不對？我必須透露點什麼，否則他不會聽我說話。」

他感覺耗子彷彿正在旁邊與他爭辯。他咬著嘴唇，「這樣吧，我不提邦妮，不說她在奴隸船上的事。我只告訴他歌蒂和阿沫的事，他們兩人已經夠大了，也夠狡猾，可以照顧自己。」

他低頭穿過一座橋，沿著大運河奔跑，想要忘記讓他腸胃糾結的那股強烈恐懼。拜訪哈羅向來冒險，你永遠不知道他目前處於怎麼樣的情緒。儘管龐斯確實握有可靠情報，但是有幾件事他打算保密。

例如克德死掉的時候，他在當中扮演的角色，以及豬仔號現在就停在附近的海灣，準備往南方群島出發航行。當然，還有龐斯將軍和小鬼頭軍隊的事……

哈羅不喜歡秘密，或者該這麼說，他不喜歡其他人有秘密。這讓他惱火。

而當你惹毛了哈羅，永遠不知道會發生什麼事。

□

「他們大概只是太悶了，跑到外面閒逛去了。」歌蒂和阿沫匆匆走過差勁詩人橋的時候，她這麼說。「西紐只是在白操心，我們很快就會找到他們。」

阿沫點點頭，對歌蒂這番話不信服的程度不亞於歌蒂本人。他們已經走遍了大半個舊城區，卻絲毫不見那兩個孩子的蹤影。現在，附近的街道上擠滿了男男女女，每個人都望著碼頭，對彼此竊竊私語，眼神中充滿恐懼。

歌蒂見到那群人，突然有種被鐵絲勒住喉嚨的感覺。她和阿沫不發一語，開始跑了起來。他們來到碼頭，及時看見耗子和邦妮走在一艘怪船的踏板上。他們不一會兒就發現這艘船的主人是誰，以及現在進行的是什麼交易。得知這個消息無疑像是肚子重重挨了一拳。

阿沫跌坐在地，彷彿受了重傷。歌蒂在他旁邊蹲下，附近圍著一群嚎啕大哭的家長。

她想要安慰他們，她想要說：「一切都會沒事的，別擔心，我們會想出辦法度過難關！」但這些沒有用的謊言卡在她的喉頭，她說不出話來。如果這一刻，她手中有一把劍，她會抽出來，不計任何後果。

她用盡努力，吞下憤怒和絕望。「我們需要情報，」她對阿沫說，「越多越好。半小時後跟我在這裡會合。」

濃霧被微風吹散後，早晨變得陽光明媚。通常，虛無術在這種天氣下是行不通的，除非附近有人群。

歌蒂找到一個不會被人撞見的角落，接著閉上眼睛，放慢呼吸，讓自己成為碼頭、木樁、海上空氣的一部分。

我什麼都不是，我是鹹鹹的海水味……

她的心思開始向外延伸，人群中散發出的悲傷就像拔釘錘用力打了她一下。她倒抽一口氣，連忙將心思收回來，緊緊抓住，不讓自己被情緒淹沒。等虛無術像件斗篷一樣裹住她後，她從角落溜出來，往老巫婆史金的方向前進。

老巫婆史金正在跟兩名神聖護法說話，船員在一旁隨行。在她的胸前，五、六隻被束縛的甲蟲拉扯著絲線。

我什麼都不是，我是一場被遺忘的自由之夢……

歌蒂緩緩靠近，發現其中一個黑衣人是仁慈護法，他正在跟老巫婆史金爭吵。

「妳似乎不明白，」他說，「這是一份榮幸。崇高守護者沒送出很多邀請——」

「那是哈羅，是吧？」老巫婆史金插嘴說，「崇高什麼鬼的？」她放聲大笑，船員也跟著大笑。「這個哈羅，總是喜歡一些華麗的稱號。他何不乾脆自立為王算了？」

「呃——我們沒有什麼國王，」謙卑護法站在仁慈護法旁邊低聲說，「不過我和我的夥伴會確實把妳的建議傳達——」

「我需要答覆！」仁慈護法厲聲說，「妳和船員們今晚到底會不會光臨守護殿？我警告妳，如果妳不出席，這事我們看得很嚴重。後果會怎麼樣，我可不敢說。」

站在歌蒂兩旁的水手傳來憤怒的低語，臉上的條紋刺青抽了一下。

老巫婆史金在碼頭上吐了一口痰，接著微微一笑。「我希望你不是在威脅我，護法。」

「當然沒有。」仁慈護法咬牙切齒地說。

「我們只是想確認食物的分量，」謙卑護法看著那些水手說，「要準備多少甜點這類的事情——」

她的聲音越來越小。老巫婆史金的其中一隻甲蟲咬掉隔壁甲蟲的腦袋，然後逐步把身體吃掉。

「嗯，」史金說著，用指尖撫摸甲蟲的外殼。「我想，參加一場宴會換換口味或許是個不錯的選擇。」

她提高音量，「怎麼樣，怪胎們？我們該接受他們的美食嗎？烤羊鑲雲雀？」她的一邊眼皮眨了一下，「烏鴉凍佐他們的自負？」

水手們哈哈大笑起來，用手肘輕輕推擠對方。歌蒂悄悄閃過手肘，如回憶般寂靜無聲。我什麼都不是，什麼都不是！

老巫婆史金舉手示意大家安靜，「好，我們會出席，大部分都會出席。你說今晚？在守護殿？」她舉起拇指點名兩名水手，其中一人只有半邊鼻子。「明斯和強格，你們留下來看守。你們還有姐博。」

兩個男子提出抗議，但船長打斷他們的話。「別擔心，我們會替你們帶一些烏鴉凍回來。」

仁慈護法對侮辱不屑一顧，接著他說：「只留下三個水手看管這麼多孩子？如果我是妳，我會慎重點。要是其中一個孩子逃跑了，首輔會很不高興。」

「逃跑？」史金挑起眉毛說，「從老巫婆史金的身邊逃跑？」她轉向船員，揮舞著一隻肥胖的手，彷彿在指揮交響樂。「有可能發生這種事嗎？」

「不可能！」水手們大聲喝道。

史金裝模作樣地鞠了個躬，「怪胎們，謝謝你們的信任票。現在趁我還沒把你們吊起來之前，快回去幹活！」

此話一出，水手們紛紛散開，一邊吃吃輕笑著。歌蒂被迫跟他們一起離開，否則會有被發現的風險。

□

龐斯平常絕對不會來到懺悔之家附近，但是今天他別無選擇。他悄悄經過大砲，走進前院，許多護法在裡面盛氣凌人地走來走去，交頭接耳，袍子隨風飄動著。

「嘿！」龐斯叫道，「你們這些傢伙！」

交談聲像水龍頭突然停止。護法個個橫眉怒目地瞪著他。

「我要見哈——」龐斯突然住口，他們在這裡是怎麼稱呼他的？「嗯，我要見瘦輔那傢伙，我要見他。」

就算有隻水溝來的老鼠抬起前腳開口說話，護法們的表情也不會比現在還要嫌棄。「你要見首輔？」其中一人慢條斯理地說，「這個嘛，我非常懷疑他會願意見你！」

然後，他們放聲大笑，轉過身去。

但是龐斯沒那麼容易被打發，「我有情報要給他！重要的情報。」

護法們回過頭，沉著臉，讓腰間的鏈條發出鏗鏗鏘鏘的聲音，天真地以為幾個舊鏈條就可以嚇跑在史波克城街頭長大的孩子！

龐斯偷偷走近些，好讓自己不必用喊的。「當然，你們不必帶我去見他，」他口氣輕鬆地說，「我可以等他出來。不過要是他問我為什麼那麼慢才得知這個重要情報，我就必須告訴他：『都是因為你的寵物烏鴉，』我會這麼說，『我告訴過他們這個情報有多重要，但他們都自以為聰明。』」

護法們停下腳步，不安地看著彼此。

「我好奇到時候他會怎麼說。」龐斯笑著說。

從這兒開始，一切就簡單了。兩名護法突然抓住他，拖著他走上長長的樓梯進入屋內。龐斯本可以輕易逃走，但畢竟這就是他想要的。

至少，他是這麼以為。

他沿路保持沉默，直到他們拖著他走進一間前所未見的豪華房間。地板鋪著像草地一樣厚重的毯子。巨大的椅子擺滿牆壁四周。偌大的閃亮燈飾掛在天花板上。龐斯張大嘴巴，生平頭一遭想不出半句聰明話。

哈羅，也就是首輔，正坐在一張桌子後面寫東西。他全身穿著銀色和黑色，就像國王一樣，前方放著一把華麗的劍。他一見到龐斯，立刻露出嫌棄的表情。

「這是什麼？」他說。

之前只有護法和龐斯在場的時候，他們個個看起來都很強硬，現在卻拚命地哈腰鞠躬，面帶微笑，然後再次哈腰鞠躬。

「抱歉，首輔大人，」其中一人說，「這個小人渣說他有重要情報。他可能在說謊，可是我們認為最好——」

首輔揚起一邊眉毛。

那名護法用力吞了一口口水。「是的，首輔大人，我們會帶他去牢房處以鞭刑。是的，首輔大人，我們就這麼辦，首輔大人。」

他開始向後退，拖著龐斯跟他一起走。龐斯站穩腳步。「嘿，哈羅。」他說，「還記得我嗎？」

其中一名護法重重甩了他一巴掌。「稱呼他首輔大人！」

「是，好吧。」龐斯揉揉臉頰說，「首輔大人？」

首輔又揚起另一邊的眉毛。

「我是龐斯，首輔大人。我在史波克城幫你辦過事。」

「啊，是了，我記得。」首輔對護法們揮揮手，留下他倆獨處。

龐斯等護法都離開了，向前踏了一步。「事情是這樣的。」他說，「我有一個朋友被你的傭兵抓走，交給了老巫婆史金。他只是個發育不良的小不點，在奴隸市場賣不了半枚銀幣，說不定更少，你甚至可能得貼錢請人帶走——」

首輔舉起一根手指頭打斷他。「你想要回你的朋友。」

「是的，就是這樣。」

「你拿什麼回報？」

「這個嘛——」龐斯準備開口，又停了下來。供出歌蒂和阿沫換回耗子應該是件容易的事，但他承諾過他什麼都不會說。他摸著白老鼠的頭頂承諾過，他和耗子都知道這是非常神聖的舉動。他們兩人從來沒有打破這樣的誓言。

首輔不耐煩地敲著劍柄。在龐斯身後，大門打開了。

「抱歉，首輔大人。」一名護法喃喃地說，「您有別的訪客，是——」

突然出現一隻手把他推到一旁。身穿綠色破舊大衣的人影從旁邊大步走過，來到首輔的桌前。「霍普護法前來回報進度，首輔大人！」

19 背叛

歌蒂和阿沫分開半小時之後，又重新碰頭。他們急著想要告訴對方自己得到了什麼消息，但是一想到邦妮和耗子困在希望之光的奴隸船艙，他們就立刻跑回博物館，趁有機會喘氣的空檔，在途中對彼此斷斷續續地分享情報。

「有些人口販子和傭兵互相認識。」阿沫輕聲說，「我聽見他們在交談。人口販子想知道哪裡可以弄到酒，而傭兵警告他們要小心瘟疫，還有魔鬼！」

「今晚在守護殿有一場宴會，他們準備只留下三名水手在船上！我不知道誰是妲博——」

「妲博？她是老巫婆史金的副船長——」說到這裡，他們正沿著老奧森納山往上跑。「水手們猜她是生病了，」阿沫繼續說，「她從昨天開始就一直待在她的船艙裡——」

「所以她應該不是問題。但是另外兩個——」

「我們可以把他們打昏，」阿沫說，「或是帶布魯一起來。他可以趁我們把邦妮和耗子救出來的時候牽制他們。」

歌蒂在死巷子的入口停下腳步。芙西亞又在腦中竊竊私語。她還弄不清發生什麼事，就發現自己——

來到梅恩城的高原地帶，跟峽角城的年輕侯爵華格納在一塊兒。昨晚他們失去了五名手下，被賀伯城的入侵者給俘擄了。芙西亞下定決心要把他們救回來。她的計畫是——

「歌蒂。」華格納說。

被打斷的芙西亞搖了搖頭。她的計畫是——

「歌蒂！醒一醒！」華格納說完，甩了她一個耳光。

「你好大的膽子！」她放聲叫道——

然後想起了她是誰。

「妳回來了嗎？」阿沫激動地說。

「嗯。」歌蒂說著，希望雙腿不要抖得那麼厲害。

「妳確定？別再這樣了！」

「但是芙西亞有個計畫可以把她的人救出來！如果我可以找出計畫是什麼——」

「我不在乎芙西亞的計畫。」阿沫叫道，「我們需要一個小偷，不需要什麼發了瘋的公主戰士！我們需要的是妳！」

「可是沒了她，我們無法救出邦妮和耗子——」

「我們可以！我們必須把他們救出來！要是我們在辦什麼重要的事情，途中妳又變得怪裡怪氣怎麼辦？要是妳開始殺人怎麼辦？」

歌蒂想起了菲佛，於是停止抗議。

「走吧。」阿沫說著，抓起她的手臂，拉著她走進巷子裡。

就在這時，兩人一起停了下來，因為那隻貓就站在他們正前方，毛皮上沾著許多血塊。牠想要踏上博物館最後幾階樓梯，爪子不停抓著石地。

「貓咪！」歌蒂大叫一聲，撲到那隻可憐又憔悴的動物旁邊。「發生什麼事了？」

花貓激動地對她嘶嘶叫，然後跌作一團。

「我去找歐嘉．西亞佛嘉過來。」阿沫說完，三步併作兩步跳上博物館的樓梯。

歌蒂跪在花貓旁邊。芙西亞公主正在她的腦中低聲細數戰場上的傷兵人數，然後——

她感覺到額頭上的汗水和瘀青，聽見遠方傳來的打鬥聲——

「不！」歌蒂用盡力氣，把自己拉回巷子裡。但是古梅恩城仍在那裡，不過咫尺之遙。芙西亞公主又開始低語——

歌蒂喘著氣說：「我是歌蒂．羅絲，第五名管理員！」

這麼做還是不夠，她可以感覺到自己被拉回梅恩城，拉回另一個人生……

她搖搖頭。阿沫說得對，這裡才是她要的人生！她曾經努力爭取過的人生，曾經逃家，費盡千辛萬險去成為她現在的樣子，任何公主戰士都不能奪走！

她緊緊握住胸針，放慢呼吸，彷彿準備隱藏自己。不過她沒有讓心思飄出去，而是收到心裡，直到她感覺到自己的心跳，體內跳動的血液，跟著跳動的希望、恐懼、夢想。這才是我，她告訴自己，這才是真正的我！

她像這樣待在原地，不讓自己去想其他事情，最後阿沫終於回來，布魯跟在他的旁邊奔跑，歐嘉・西亞佛嘉則在後面一兩步的地方。

「讓我看看。」老婦人說著推開歌蒂，在她的位置跪了下來。「嘖，你打了場仗啊，貓咪！」

她感覺到額頭上的汗水和瘀青——

「不！」歌蒂低聲說，「這才是我！」

布魯低下碩大的腦袋，聞了聞花貓結成一團的毛皮。「誰把你弄成這樣的？」

「傭——傭——傭兵。」花貓氣喘吁吁地說。

暴風犬的胸膛發出隆隆的怒吼。「傭兵？他們好大的膽子！你是我的敵人，他們沒有權力碰你！告訴我他們在哪裡，我要把他們吃了！」

「不是現在，布魯。」歐嘉・西亞佛嘉說著，輕輕把手放在花貓的肋骨上。花貓發出嘶嘶聲並亮出爪子。

「別傻了。」老婦人說，「你知道我想要幫你。」

她盡可能小心地抱起那隻貓。花貓因為疼痛叫了一下，後來就閉上眼睛，只剩下胸膛輕微起伏，證明牠仍然活著。

「牠會沒事吧？」歌蒂說。

「貓很堅強的。」歐嘉・西亞佛嘉說，「懶惰貓的後代更是堅強。」

一票人匆匆上樓之際，歌蒂和阿沫告訴老婦人邦妮和耗子發生了什麼事。

「人口販子？」布魯低沉地說，「我要撕碎他們的骨頭！我要把他們咬碎，碎得彷彿不存在過！」

「碎——」花貓低聲附和，眼睛連睜都沒有睜開。

「噓。」歐嘉．西亞佛嘉說，「省點力氣，貓咪，我現在帶你去病房，我們會在那裡跟西紐和丹先生會合，還有守護者，然後好好討論接下來該怎麼做。」

然而他們還沒接近病房，博物館突然瞬變了，接著又再次瞬變。他們頭頂的蜘蛛網在晃動，老爪湖的湖水開始波濤洶湧。

在博物館的核心深處，陰險門的後方，戰爭館的將軍紛紛拿出地圖，談論起入侵事宜。瘟疫館充滿了上千隻老鼠的聲音，每隻老鼠都帶著上千隻跳蚤，換句話說，帶著百年來璀璨城從未見過的病毒。

□

不久前，霍普護法一度以為自己再也見不到家鄉，當時的她像隻野生動物，在史波克城的大街小巷遭人追捕。

她仍記得在豬仔號上，第二次捲入天大謊言時，那可怕的一瞬間。就在那群獵犬差點咬到她的腳後跟的時候，她以為自己完蛋了。但不知怎地，她繼續不停奔跑，直到黎明破曉，天大謊言結束的那一刻。

在那之後，她一直渴望回到璀璨城。不過，她卻繼續留在史波克，完成她的使命。讓她得以堅持下去的，是知道歌蒂．羅絲和阿沫．哈恩終於死了，以及有一天，她的獎賞將會來臨。

現在這一天已經到了，她決定應該讓首輔知道，她是多麼出色地解決了那些小兔崽子。她開始概括地報告進度。「我有好消息，首輔大人！你所要求的一切都已經完成了——賄賂、敲詐、威脅都搞定了。入侵史波克的時機已經成熟！」

首輔點點頭，彷彿沒有太多期待。霍普護法清了清喉嚨，「呃——我猜克德已經跟你說過那些孩子的事了？我知道這是舊消息，可是——」

「克德還沒回到璀璨城。」首輔說。

霍普護法頓時湧上一股喜悅。「喔，天啊，太可惜了！」她說著，雙手緊緊握在胸前。「我正納悶他上哪兒去了？我告訴過他直接回到這裡，但是他一向不太可靠——」

「那些孩子？」首輔提醒著說。

「喔，是的，那些孩子！我們之前使用加密訊息，所以沒辦法告訴你那兩個小兔崽子的身分，不過現在我可以說了！其中一個是名叫邦妮．哈恩的女孩，另一個是她的哥哥康森納瑞，他稱自己叫阿沫。」霍普護法露出一抹竊笑，「這個名字很耳熟，不是嗎，首輔大人？想想，當我發現這個替我們惹來那麼多麻煩的男孩終於落到我的手上時，我有多高興！」

首輔揚起眉毛，彷彿對她的喜悅不感興趣。霍普護法繼續往下說，她知道最精采的部分還沒到。

「不幸的是，如同你所知道的，首輔大人，我們——呃——跟他們出了一點問題。有另一個孩子出現，幫助他們逃跑了。不過我在這裡向你報告，我們重新逮到他們了，而他們現在已經死了。阿沫・哈恩、邦妮・哈恩，還有——」她頓了一下，享受這一刻。「還有歌蒂・羅絲！通通都死了，奉我的命令丟去餵鯊魚了！」

首輔靜靜看著她，端詳了好長一段時間，看起來對孩子們的身分毫不訝異，聽到他們的死訊也沒有很高興，跟霍普預期的大不相同。「這事妳確定嗎？」他說。

「當然了，首輔大人！我讓你失望過嗎？」

「嗯。」首輔噘著嘴說。

就在這個時候，霍普護法注意到那個男孩。他叫什麼名字？邦斯？龐斯？他向前一步，表情相當急躁。「她滿口都是胡說八道，首輔大人！讓我的朋友離開老巫婆史金的船，我會告訴你真正發生了什麼事！」

首輔靠回椅子上，「那好吧，龐斯，讓我們聽聽這個情報。如果真像你說的那麼精采，我就讓你的朋友自由。」

「很精采，絕對沒問題。」龐斯對霍普護法陰險地笑了笑，「雖然我不知道邦妮怎麼了，不過歌蒂和阿沫沒有死，他們還活著，而且人就在璀璨城。事實上——」龐斯猶豫了一會兒，彷彿在與良心拉扯，後來他臉色一沉，繼續說：「事實上，他們就是這陣子一直在惹事生非的那些人，隱身石所做的事情，都是他們幹的。他們住在一棟博物館——」

霍普護法無法沉默下去，「守護大人，我親眼看見那些孩子被綁住，動彈不得！」她對龐斯冷冷一笑，「我猜你準備告訴我們，他們想辦法掙脫繩子，然後制伏了克德和史曼？呸！你當時根本不在那裡！」

首輔緩緩摸著下巴。「她說的有道理，龐斯。你當時人不在場，對吧？不在豬仔號上？你有沒有對我隱瞞什麼秘密？」

「沒有。」龐斯立刻說，「我只是有很好的消息來源，就這樣。不像芙蘭絲，總是慢一拍。」

霍普護法對他的侮辱氣得火冒三丈，但同時，她也閃過一絲懷疑，畢竟，她並沒有親眼見到鯊魚吃掉那些小兔崽子……

「真是太振奮人心的消息了。」首輔說著，下巴輕觸著劍柄。

「所以你會放耗子走囉？那是我的朋友。你現在可以去見見老巫婆史金——」

「有點耐心，孩子，有點耐心。」首輔大人微微一笑，「我猜你的消息來源應該不知道克德和史曼跑到哪裡去了吧？他們現在本應該在這裡了，卻一直沒有回來。」

那抹微笑帶著某種特質，讓霍普護法想起那些無情追逐她的獵犬。一股憤怒湧上心頭。如果歌蒂．羅絲真的逃跑了……

「也許他們很害怕，」龐斯說，「因為他們讓小鬼頭跑了，沒辦法面對你。」

「嗯，」首輔說，「真教人如夢初醒。問題是——」他把椅子往後推，笑容赫然消失。「問題是，我不相信你！」

他邁步走到門邊，用力把門一開。「史曼！」他放聲大叫。

霍普看到龐斯臉上的表情，不禁暗自竊笑。哈！她心想，這你可沒料到吧！

史曼拖著腳走進房間，看起來比平常還要高大，還要愚蠢。他一見到龐斯，立刻難過地搖搖頭。「我一直在等，船長，就像你吩咐過的。可是你一直沒有回來，所以我就過來找你。」

霍普短暫的快樂就此蒸發。「我不明白，」她轉向首輔，「為什麼他叫這男孩船長？如果史曼在這裡，為什麼克德不在？豬仔號上到底發生了——」

龐斯突然一個箭步往門口衝出去，史曼大叫一聲。首輔大人舉劍揮過門邊，擋住男孩的去路。

「你不是想要離開我們吧，龐斯？我以為你想去見見老巫婆史金呢？」首輔露出惡狠狠的表情，「你會見到她的，孩子。今天下午你可以跟下一批孩子一起去，綁著鏈條去！」他對一名在門口徘徊的護法點點頭，「把他帶走！還有，找點有用的事給史曼做。」

他們離開後，首輔轉身面對霍普。「妳不明白？這再簡單不過了。史曼已經告訴我豬仔號上發生了什麼事。簡單來說，是一場災難。應該活著的克德死了，那三個應該死了的孩子卻活得好好的！現在就是他們替我惹出了那麼多麻煩！妳太讓我失望了，霍普。我給妳一件簡單的任務，妳卻徹底失敗了！」

倘若首輔大人是在六個月前對她說出這番可怕的話，霍普護法可能早就已經在他面前畏首畏尾，跪地求饒。然而待在史波克城的那段日子改變了她。當首輔在懺悔之家，佯裝成謙遜的囚犯時，她正統治著一幫邪惡罪犯。當天大謊言把她捲入時，她的性命曾經遭到威脅，甚至差點死掉。

她站直身子，挺起胸膛。「我做了你要求的所有事情，甚至做得更多。」她厲聲說，「我不會站在這裡因為克德的失敗而受到責備！」

首輔不習慣這樣的直言不諱，他的臉一沉，霍普彷彿看見地牢的幻影從頭頂飄過，但她不能讓步，現在可不能，成敗就看這一次了。

「如果像你所說，那些孩子還活得好好的，」她連忙繼續說，「那麼我們得盡快把他們抓起來，否則大家會以為他們可以藐視我們。幸好，我有個主意。」

在這驚心動魄的一刻，她的命運生死未卜。首輔大人把劍放回桌上，用衣袖抹去一塊汙漬，接著開口說：「那個主意是？」

霍普有種獲得平反的感覺。伺候了二十年，首輔終於願意聽她說話了！現在她只要在首輔改變心意前，趕緊想出一個捉住孩子的好主意。

隨後，她想到了——又捨棄了——五、六個策略。事到如今，那些小兔崽子肯定比以往更謹慎。她可以用什麼聰明伎倆抓住他們呢？

她突然想出了答案，彷彿是七靈神送來的禮物。「龐斯聽起來非常渴望我們可以釋放他的朋友。我可以利用他嗎？」

「如果妳堅持的話。」

霍普護法露出惡毒的微笑。「既然這樣，你儘管把事情交給我，首輔大人。我會設下一個陷阱，讓那些孩子下半輩子只有做奴隸的份。這一次絕對不會再有任何閃失！」

20
陷阱

在病房裡的這場討論是歌蒂見過最為沉重的一次，連西紐都笑不出來。不過等歐嘉・西亞佛嘉替花貓包紮完受傷的爪子和肋骨後，五名管理員和守護者已經想出了一個計畫。

「聽好了，我並不喜歡這個計畫。」丹先生抱怨著說，「有太多地方可能會出錯。」他咬著大拇指的指甲，表情痛苦地看著歌蒂和阿沫。「我真的希望可以跟你們一塊兒去。」

歐嘉・西亞佛嘉點頭附和，西紐也頻頻點頭。但等一下他們就必須分頭對著那些不安寧的房間歌唱，年長管理員顯然抽不出時間。

等孩子們準備完畢，歐嘉・西亞佛嘉送他們去補點眠，這麼一來他們就可以精神飽滿地展開夜間救援。可是歌蒂睡不著。博物館騷動不安，每隔幾分鐘房間就開始瞬變，她知道三位年長的管理員正在努力控制局面。粗暴湯姆館裡的一艘帆船早已瓦解，像堅果一樣裂開來。只要有人冒險接近，空曠大道上的樹木就會垂下樹枝攻擊。陰險門嘎嘎作響，彷彿隨時會打開，釋放無數慘絕人寰的事物到毫無防備的城市裡。

歌蒂的腦袋同樣騷動不安。這晚，她不斷地複習他們的計畫，一遍又一遍，她差點想要放聲尖叫。因此，當歌蒂聽見摩根拍著翅膀經過門口，大叫「小——偷！小——偷！」的時候，她簡直鬆了一口氣。

她跑出房間，正巧撞見了阿沫。他們跟隨摩根來到廚房，發現龐斯塞了一堆餃子在嘴裡，口袋放滿了銀湯匙。

他見到他們，只是聳了聳肩，把湯匙放回餐桌上說：「我認為這些餃子壞了，我在幫你們的忙，把它們處理掉。」這時候，他的臉色一變，然後說：「聽著，你們知道老巫婆史金來到城裡了嗎？」

「是的，」阿沫面無表情地說，「我們知道。」

「你們知道她抓走了耗子和邦妮？」

「知道。」

「這個嘛，有件事你們一定不知道。我剛剛看見一批新囚犯被帶上奴隸船，這次不只有小鬼頭，還有一些大人。我覺得其中一個傢伙長得有點像我認識的人，所以我四處打聽，查出了他的名字——」

「名——字。」摩根嘎嘎說著，爪子停在一張椅背上。

「是羅絲，亞森．羅絲。」

歌蒂突然覺得皮膚又燙又緊繃。她開口說話時，聲音似乎屬於其他人的。「亞森．羅絲？」她低聲說，「爸爸？」

「沒錯。」龐斯說，「亞森．羅絲和他的太太葛麗絲。」

「還有媽媽？」歌蒂害怕她可能要昏倒了。

「還有他們的朋友，哈恩一家。」

阿沫搖搖頭，彷彿想要把龐斯的話甩掉。「不！不！」

「我猜老巫婆史金正在收集奴隸到鹽礦工作。」龐斯說著用餘光觀察歌蒂，「那種工作一般人撐不了太久，我猜她是來替死掉的奴隸找替代品。」

「死——掉，」摩根嘎嘎說著，舉起爪子撓撓耳背。「死——掉。」

「不！」阿沫又說了一遍，這次聲音帶著椎心刺骨的悲傷，讓歌蒂幾乎無法承受。

「這不會改變任何事。」她這麼說，雖然她的胸口就像被鐵箍收緊一樣疼痛不已。「我們只是多了幾個人要救罷了。」

「妳的意思是什麼？」龐斯說著，又拿起一個餃子，慢慢走到門邊。

「不管怎麼樣，我們今晚都會把邦妮和耗子救出來，而且——」她突然閉上嘴巴，不希望把他們的計畫跟龐斯說太多。

龐斯的下巴差點掉了下來。「你們要去救耗子？」

「你不會以為我們要把他留在那裡吧？」

「我不知道，有可能。」龐斯看了歌蒂一眼，又移開目光。「他只是個沒用的小鬼頭，除了我以外，根本沒人關心他。」

「他是我們的朋友。」歌蒂說完，轉回阿沫的面前說，「我們就照原定計畫行事，除非——」她突然有了一個想法，於是抓住龐斯的手臂。「如果你必須在耗子和豬仔號之間做選擇，你會選哪一個？」

「別傻了。」龐斯說著，把手抽開。

「不，我是認真的。你願意犧牲豬仔號去救出你的朋友嗎？」

龐斯聳聳肩，一副兩者他都不在乎的模樣，但是歌蒂看得出來他正努力忍著淚水，於是她知道了答案。

「這樣的話，」她說，「你最好跟我們一起來。」她轉向阿沫，「你和龐斯去佔領豬仔號，我一個人進去希望之光。」

「不行，」阿沫拚命地搖頭，「妳不能自己去。」

「可是這麼做才是對的，阿沫，你知道是對的。如果我被抓住了，你們仍有機會再試一次。如果我沒有被抓住，豬仔號最後的出現可能成了勝負的關鍵。」

阿沫氣呼呼看著她，彷彿想要反駁，可是又知道她說得沒錯。他咬著嘴唇，瞪了龐斯一眼。「我不相信他。」

「這就是為什麼你要跟他一起行動的原因。」歌蒂說，「不過我不認為他會背叛我們，他就跟我們一樣自身難保，對不對，龐斯？」

龐斯不敢看她的眼睛，「是啊。嗯——你們真的要去把耗子救出來嗎？」

「如果我們做得到的話。」歌蒂說。

「那麼，」龐斯說，「那麼……」接著，他很快地、靜悄悄地說：「你們最好加倍小心。

老巫婆史金和哈羅不是笨蛋，他們會留意任何想去救人的笨蛋。」他臉頰漲紅，「他們說不定會——設陷阱之類的！」

歌蒂硬是擠出笑容，「別擔心，龐斯。無論有沒有陷阱，他們都看不見我的。我向你保證，除非我願意，不然他們什麼也看不見。」

□

奴隸船像一隻巨大的捕食鳥在原地停泊，甲板上掛著許多燈籠，鮮紅色的帆綑在船桅上。船艙的某個地方，上百個孩子正在絕望地哭泣。

只有半邊鼻子的水手明斯在踏板上面站崗。歌蒂悄悄走向他，我是飛蛾翅膀上的絨毛，我什麼都不是……

海水拍打著船身，明斯清清喉嚨，吐了一口痰到海中。歌蒂經過他的身邊，走上希望之光的甲板。

如今，阿沫和龐斯應該正在前往豬仔號的路上。當初他們分開前，他給了她一個擁抱，然後說：「妳確定妳知道自己在做什麼？」

「我當然確定。」歌蒂曾經這麼回答，但她並不確定，一點也不。她把包裹抱在懷中，找地方準備藏起來，以免出錯。

希望之光比豬仔號大得多，她把包裹安全藏好後，又花了點時間才找到奴隸船艙。她側著身，緩緩走下狹窄的樓梯，一邊注意另一名水手強格的蹤影，一邊祈禱妲博仍病懨懨地待在她的船艙，不會突然出現。

歌蒂越往下走，才發現可怕的根本不是水手。雖然船還很新，恐懼卻籠罩了每個角落，歌蒂可以聽見上千個哭喊聲傳來的回音。她的頸背忍不住寒毛直豎，等她到達船艙後，已經全身大汗。在她的腦中，芙西亞公主咒罵著人口販子，並要求復仇。

船底十分漆黑，只有一兩盞燈籠，但燈籠之間相隔甚遠，幾乎無法照亮陰暗處。空氣中瀰漫著恐怖和汙穢的氣氛，哭泣聲大得歌蒂必須用雙手摀住耳朵，否則沒辦法繼續往下走。

她在船的最深層發現了爸爸媽媽。他們趴在骯髒的稻草堆中，就像附近的其他人一樣。沿著這條駭人隊伍的不遠處，歌蒂覺得自己好像看見了阿沫的父母。他們也在睡覺，一盞燈籠在頭頂發著光。

這一區沒有孩子的蹤影，歌蒂納悶邦妮和耗子在哪裡，希望不會太難找。

她深吸一口氣，然後鼓起勇氣，退去了虛無術。

有個囚犯在盡頭呆滯地看著她，但沒有說話。歌蒂從口袋裡拿出開鎖工具和小刀，在爸媽身邊蹲下來。他們的手腳銬著鎖鏈，不過鎖的類型很簡單，她知道花不到一兩分鐘就可以解開。

「媽！」她輕聲說著，碰了媽媽的肩膀一下，感覺到她很害怕。「是我！噓！不要說話！不要亂動！」

稻草堆中傳來恐怖的悶哼聲，媽媽似乎想要說話，卻開不了口。與此同時，爸爸開始拚命想要掙脫手銬腳鐐，激動得整個人翻過身來。

歌蒂心一沉，看見蒙住他嘴巴的布條，以及眼神中的懇求。快跑，親愛的！快跑！

但是要逃跑已經太遲。兩旁的「囚犯」掙脫枷鎖，跳了起來，手中拿著槍。

其中一人是水手強格，另一個穿著單調棕色大衣的，是霍普護法。

21 姐博

霍普護法發出勝利的歡呼，「妳沒想過會再見到我吧，歌蒂．羅絲？以為在史波克城甩掉我了！現在我在這裡，妳在這裡，乖乖走進了我的小陷阱。看啊，妳把小道具帶在身邊！這些我就拿走了，非常感謝！」

她從歌蒂手中搶走開鎖工具和小刀，放進自己的口袋。歌蒂咬著嘴唇，不敢相信霍普護法竟然還活著。媽媽躺在旁邊的地板上，眼神全是哀痛。一塊瘀青在爸爸的臉頰慢慢浮現，就在蒙住嘴巴的布條上方。

霍普把歌蒂拉起來，「那麼，妳的朋友阿沫和邦妮．哈恩在哪裡？我以為我可以把你們三人一網打盡。難道他們不在乎他們的父母嗎？」

她在歌蒂的手腕銬上手銬，開始放聲大笑。「沒關係，有總比沒有好。這讓我想起了妳以前戴著懲罰鏈的舊時光，那時候的妳覺得自己很委屈，不是嗎？但現在——喔，如果能夠看見妳在奴隸市場的模樣，特地去一趟南方也值得！驕傲的歌蒂．羅絲，終於乖乖就範！」

「來，」強格說著，伸手拉住歌蒂的鏈子。「我把她跟其他小鬼頭關在一起。」

歌蒂忍不住拖著腳向後退。這時，霍普護法從強格的手中搶走鏈子。「喔，不，這個小鬼頭我可不能冒險。她太精明了。老巫婆史金什麼時候會回來？」

「明天早上。」強格說，「她現在應該在跟其他船員們忙著吃烤鴨。」

「她不在的時候，誰做主？」

「姐博。但是妳看不見她的。她肚子痛，臉色不是很好，自從我們來到這裡就沒有出過船艙。」

霍普護法哼了一聲，「這個嘛，她現在非得出來不可了。這件事太重要，禁不起風險。」

「我不認為姐博會為了一個小鬼頭從病床上爬起來。」強格說。

「這個小鬼頭，」霍普護法挺直身子說，「已經給首輔惹出一大堆你想不到的麻煩！如果她逃跑了，我保證法龍半島的所有勢力都不會讓你們和你們的船有好日子過。」

「我們以前不是沒被人追過，」強格笑著說，「他們從來沒有抓到我們。」

在強格身後，有個女人哭了起來，他踢了她一腳，連看都懶得往下看。爸爸從稻草堆中伸出手，輕拍那女人的肩膀，於是強格也踢了他一腳。歌蒂受制於她的枷鎖，知道自己什麼忙也幫不上。

「不管怎樣，」霍普說，「離開前我要見見這個姐博。」

「那是妳的事，」強格說，「她的船艙在那邊。」

霍普護法把歌蒂推到前面，走過惡臭的船艙。船艙裡的難聞氣味充斥在歌蒂的喉嚨和肺臟，她很肯定自己就要吐了。她本以為再也沒有其他事情嚇得了她，接著卻看見菲佛和她的父母，個個臉色嚇得泛黃，才明白他們是跟爸媽同一時間被抓上來的。她看見耗子像隻小蟲緊緊縮成一團，眼睛用力緊閉，彷彿想要假裝自己不在這個地方。她看見上百個孩子，有些在黑暗中默默啜泣，有些因為疲倦和絕望而說不出話來。

他們帶著絕望的眼神看著歌蒂離開。歌蒂的腸胃不停翻攪，心有如千刀萬剮。

「妳很安靜啊！」兩人上樓的時候，霍普戳著她的肋骨說，「我希望妳明白這一切都是妳的錯。首輔大人並不想採取如此激烈的手段，但是他別無選擇。」

「這不是真的。」歌蒂說，聲音氣得發抖。「總是有選擇的。」她回頭用力瞪著霍普護法，「總是有的！」

「那個船艙在哪裡？」霍普護法厲聲說完，使勁推了歌蒂一下，她撞上樓梯頂端的牆壁，差點跪了下來。

「那裡。」強格說著，指著門檻上刻有浮雕的一扇門。他用拳頭敲了敲門，「嘿，妲博？有人想見妳。」

船艙裡頭，一個聲音咆哮著說：「走開，我病了。」

霍普護法把歌蒂拉到門邊。「我是神聖護法霍普。」她湊近木門說，「我有事想要跟妳討論一下，是關於一名囚犯，一個女孩。」

船艙裡一陣沉默，接著那個聲音說：「她怎麼了？」

「妳必須出來一趟。」霍普護法臉色發紅，「我可不願意隔著一扇門說話。」

歌蒂聽見吊床的嘎吱聲，然後是不情願拖著腳的腳步聲。她的聲音沉悶，聽起來彷彿嘴裡塞滿木屑。

門閂咔嗒一聲打開，一個乾澀的聲音說：「那我把門打開怎麼樣？」

老巫婆史金的副船長有一頭金色短髮和一張條紋刺青的臉。她的雙眼紅腫，像是幾個晚上沒有睡了。

霍普護法把歌蒂往前推，讓她的小腿貼在門檻上。「這個女孩，」她說，「是惡名昭彰的逃犯。她和她的朋友殺死了史波克城數一數二的危險人物。」

強格哼了一聲，「她看起來不像殺手。」

妲博的眼神迅速閃過歌蒂的臉，然後再次移開。有那麼一會兒，歌蒂以為她在哪裡看過這個人口販子，但這是不可能的，如果看過，她肯定會記得那些條紋刺青。

「這個女孩今晚來到這裡，」霍普護法繼續說，「是為了救出她的父母。我要確定她不會再次逃跑。妳必須二十四小時監視她，而且最好仔細地搜她的身。我已經沒收了一個開鎖工具，她很可能還有另一個。」

「妳說完了嗎？」妲博抓抓腋下，打了個哈欠。

「沒有，還沒說完！」霍普護法厲聲說，「明天早上我會陪同首輔一起過來。我希望到時候這個孩子和她的父母還在這裡！」

「妳以為我們是第一次做這種生意嗎？我們從來沒有讓小鬼頭逃跑過！」

「那就確保這不會是第一次！」

兩個女人橫眉怒目地瞪著對方，然後霍普護法將歌蒂的鏈子塞給強格，頭也不回地大步離開。

妲博又打了個哈欠。「叫明斯過來。」她說，「把這個小鬼崽子跟其他小鬼頭關在一起。我要回床上去了。」她揉揉額頭，好像腦袋就跟肚子一樣痛。

「明斯！」強格大聲叫道，然後轉身對妲博說：「妳不搜搜她的身嗎？要是她跑走了，史金不會高興的。」

「跑走？」妲博臉上的條紋刺青抽了一下，「她是個小鬼頭！我們已經運送過上百個小鬼頭了，有人逃走過嗎？」

「可是萬一她是有名的逃犯——」

妲博翻了翻白眼。

「——那麼我們應該搜她的身。」

「喔，老天啊。」妲博抱怨地說，「好吧！把她帶過來，這裡燈光比較足。」

歌蒂聽見腳步聲，明斯從她的身後走來。「發生什麼事了？」

「站崗站得真是仔細啊。」妲博狠狠看著他說，「看看是什麼從你旁邊溜過去了！」

明斯仔細打量歌蒂。「不可能，我一定會看見她的。她肯定是從其他地方溜上船的。」

「對你也是好事。」強格說，「她是個殺手，真的。要是你企圖阻擋她，她可能會用小指頭扭斷你的脖子。」話一說完，兩個人爆出大笑。

妲博的雙手出奇地溫柔。她搜遍歌蒂的口袋，除了一條髒手帕什麼也沒有。她又嘆了一口氣，拉開歌蒂的外套檢查內裡。

胸針就別在外套的內領。妲博的手輕輕撫過，臉部肌肉抽了一下。

「呸！」她用力一拉，扯下胸針，拿起來讓水手們看。「殺手？逃犯？你們把我從病床上叫起來就為了這個？看看她戴的小飾品！只是個愚蠢的小女孩在逞英雄罷了！」

「她也許可以用那東西開鎖……」強格看著胸針喃喃地說。

「那麼你也許可以偶爾動動你的腦子。」妲博厲聲說，「一個像樣的逃犯，我們或許可以賣個好價錢，賣給犯罪集團之類的。可是像這樣的女孩？」她不悅地吐出一口氣，「只是佔空間罷了。」

「她身上可能有其他東西，」強格說，但聲音聽起來不再那麼肯定。「藏在更隱密的地方。」

妲博沒有聽他說話。「我猜有人會願意買她吧。」她喃喃自語，心不在焉地把歌蒂的胸針放進自己的外套口袋，轉身離開。「把她跟其他小鬼頭關在一起，我要去睡了。」

明斯不客氣地把歌蒂拉出船艙，但他還沒關門前，妲博又轉了過來。

「我以為這趟我們只載走小鬼頭。」她對歌蒂點點頭，「她的父母在船上做什麼？」

「是陷阱。」強格說，「那個護法搞的。」

妲博捧著肚子，彷彿肚子突然痛得更厲害了。「妳真的把那護法惹火了，小女孩。妳和妳的父母還真倒霉。妳叫什麼名字?」

歌蒂用盡力氣隱藏語氣中的絕望。「歌蒂・羅絲。」

「妳的父母呢?他們叫什麼名字?」

「妳為什麼想要知道,妲博?」明斯說著,咯咯笑了起來。「他們的名字是什麼不重要,一旦他們上了希望之光,就再也沒有名字了。」

妲博抬頭聞了聞,「怎麼有燒焦的味道?」

兩個水手愣愣地看著她。

「喔,」妲博嘲弄地說,「原來是你在絞盡腦汁思考啊,明斯。」

「我沒有絞盡腦汁思考!我只是在想——」

「那麼,別想!如果這裡大家都想東想西,就只剩我一個人在做事了。」她瞪著兩人,直到他們移開目光。她轉身面對歌蒂。「名字!」她咆哮道。

歌蒂用力吞了一口口水,「亞森和葛麗絲。」

妲博刺了青的臉龐底下是一道牆,表情相當漠然。後來,她開始哈哈大笑,聲音很可怕,如刀劍相接一般刺耳。「嗯,看來亞森、葛麗絲和歌蒂・羅絲今年要去南方過節了。真是幸運的一家人!記得今晚幫他們蓋好被子,明斯,我們可不希望他們抱怨我們招待不周,是吧?」

這話一出,明斯和強格跟著大笑起來,原先的爭執已經忘得一乾二淨。就連他們押著歌蒂下樓、回到剛才的船艙時,仍然不停吃吃輕笑著。

「那個妲博真是古怪。」強格把歌蒂銬在兩個哭泣的五歲小孩中間時，這麼說道，「剛剛有一會兒，我以為她心軟了要原諒我們的過失。」

「妲博？心軟？」明斯說，「不，她沒事，她很精明。過來，妳給我閉嘴！」他踢著歌蒂右邊的女孩，直到她的啜泣聲成了害怕的哭聲。

歌蒂咬著嘴唇，用力得可以嚐到血味，但她一句話也沒說。

「你覺得我們應該像那個護法說的，特別留意這個小鬼頭嗎？」明斯對著歌蒂點點頭。

「不必，妲博說得對，她哪兒都去不了。」強格說。

強格仔細檢查了歌蒂的手銬，以及在她左右兩邊女孩的手銬，然後就跟明斯又說又笑地慢慢離開，彷彿歌蒂和那些哭泣的孩子已經不復存在。

22 大木神救救我們！

霍普護法坐在宴會廳外頭，一邊撫摸著她的全新黑袍，一邊享受歌蒂．羅絲銬上手銬的畫面。唯一的遺憾就是沒能抓到哈恩家的孩子。她覺得受騙了，好奇她可以做些什麼來彌補這種感覺。

或許，霍普護法心想，她可以趁歌蒂被帶到南方的奴隸市場前好好鞭打她。是啊，有何不可？畢竟那小兔崽子是自找的！

她吃吃輕笑，聽著宴會廳大門傳來的聲音。希望之光的船員顯然都在餐桌上睡著了，鼾聲不時穿插著老巫婆史金的笑聲。她正在講有奴隸企圖逃跑的往事，及其慘重的下場。

霍普護法靠著椅背，愉快地輕嘆。夜晚漸漸過去。

終於，等到太陽升起，她聽見椅子摩擦地板，以及手掌重重打了幾個耳光的聲音。「起床了，怪胎們。」老巫婆史金大聲說，「潮汐很快就會轉向，我們準備朝南方出發。」

「我以為妳打算再待一天，史金。」首輔說。

「不了，其他地方還有重要的事。」

「可是還有另一批囚犯要運上船呢。是什麼樣的事？」

霍普把耳朵貼在門上，老巫婆史金放低音量輕聲說：「傳言這裡有瘟疫。」

「妳不會真的相信吧？這座城市就像洗過的盤子一樣乾淨。」

老巫婆史金放聲大笑，「你猜我年紀多大了？」

「像妳這樣美麗動人的年輕女人？」首輔圓滑地說，「為什麼這麼問？肯定還不超過三十歲！」

霍普護法忍不住噗哧一笑。史金再次放聲大笑。「我去年剛過六十七歲生日，我能夠活到這麼大歲數，可不是靠著跟瘟疫這種危險東西硬碰硬得來的。留這麼一天很值得，你賣給我的貨品很不錯，昨晚又受到你的熱情款待，不過是時候該走了。」

她抬高音量，「起來，你們這群傢伙！快帶著你們的懶骨頭出門去，別等我過去把骨頭打斷。」

霍普護法緊緊貼在牆邊，大門砰地一聲打開，口齒不清的船員跌跌撞撞走出宴會廳，又叫又罵，不停揉著腦袋。他們的刺青閃著油光，彷彿臉朝下在食物裡躺了好一陣子。

老巫婆史金跟在後面大搖大擺地走出來，甲蟲正在咬著從她下巴掉下來的食物碎屑。跟在史金後面的是首輔，他的劍掛在一側。儘管度過了漫長的一夜，他的制服依舊整齊優雅。

「首輔大人！」霍普護法往前一步走到他的旁邊說，「這個消息你聽了一定會很高興，我的陷阱成功了。此時此刻，歌蒂．羅絲正躺在希望之光的船艙裡，銬著手銬！」

喔，經歷過那麼多劫難，光是看見首輔臉上緩緩綻開的微笑，就都值得了！她連忙接著說：「那個女孩不會再干涉你的計畫了，首輔大人。她的前途是一片慘澹。你願意見見她，親自告訴她嗎？」

「嗯，」首輔輕輕敲著劍柄說，「我想我願意。」

附近停了許多越野車等著返回碼頭。霍普護法擠在兩個刺青男子中間，盡量讓自己面無表情。

然而，當她大搖大擺走上希望之光的踏板，緊跟在首輔後面的時候，她低聲說：「妳睡得好嗎，歌蒂．羅絲？手銬弄得妳疼不疼啊？爸爸媽媽有為了他們的命運痛哭流涕嗎？」

她已經好久好久沒有那麼快樂。

老巫婆史金和她的船員準備啟程。霍普護法叫來那名只有半邊鼻子的水手。「我和首輔大人想在你們離去前見見那個特別的囚犯。請帶我們去找她。」

希望之光的下層甲板比之前還難聞。霍普護法跟著水手和首輔一起走下狹窄的樓梯，一手抓著繩子，另一手拿著手帕掩住口鼻。老鼠和蜘蛛匆匆跑過腳邊，她拉起袍子，對哭泣女神喃喃祈禱。

大部分的小鬼頭正在睡覺，臉頰埋在手臂裡。少數幾個醒著的孩子縮在一旁離燈籠遠遠的。呻吟和哭泣的聲音讓霍普護法心煩意亂，她經過他們，腳踹了過去，懲罰讓她心煩的孩子。一隻骯髒、發白的老鼠抬頭看她，然後匆匆跑進黑暗中。

「害蟲，」霍普抱怨地說，「我最受不了害蟲。」

終於，水手指著一個四肢無力的身影。「就告訴過妳她不會逃走吧。她整晚都睡在溫暖的被窩裡。」他放聲大笑，用腳趾戳了戳那狼狽的身影。「起床！起床！」

那女孩呻吟一聲，但沒有移動。

「歌蒂．羅絲。」霍普大聲地說，「首輔大人過來看妳了。」

傳來的回答非常小聲，霍普護法必須彎下腰才聽得見。「我——我覺得不舒服。」

「不舒服？」霍普說著，轉向首輔。「首輔大人，囚犯覺得不舒服。」

首輔露出潔白的牙齒。「等我們跟她結束談話，她會覺得更不舒服。」

霍普護法高興得叫了一下，然後把歌蒂踢坐起來。鏈子鏗鏘作響。小兔崽子痛苦地發出呻吟，她抬起頭，對著燈光直眨眼睛。

有那麼一會兒，霍普護法以為水手替他們帶錯了女孩。「歌蒂？」她疑惑地說。

「霍——霍普護——護法。」歌蒂低聲說，「我覺得不——不舒服。」

啊，她確實是歌蒂．羅絲，但是有些地方有點——

「水手，你，把燈籠湊近一點。」霍普護法說。

水手發著牢騷，把燈光湊到歌蒂面前。「我看不出來——」他開口準備說些什麼，喉嚨突然發出可怕的怪聲音。燈籠不停搖來搖去。「她的皮膚！」他嘶聲說，「看！還有她的脖子！大木神救救我們！」他開始拚命彈動手指，頻頻向後退。

首輔從他手中搶過燈籠。「怎麼了？」他厲聲說，「你在說些什麼？」

「不——舒——服。」歌蒂．羅絲呻吟道，銬著手銬的雙手虛弱地抓住霍普護法的袍子。

「而且好累，好——累。救救我，救——命！」

突然間，船艙裡的每個孩子都醒過來嚎啕大哭，「不——舒——服！我不舒——服！」

霍普護法覺得自己彷彿踏進一場惡夢。哭聲和惡臭已經夠可怕了，但最可怕的仍是歌蒂．羅絲皮膚上的黑色斑點……

「有瘟疫！」霍普護法放聲尖叫，跌跌撞撞地往樓梯走去。她現在可以看見其他小鬼頭身上的黑色斑點，還有他們脖子上的腫瘤。「這艘船上有瘟疫！」

首輔把她推到一邊，搶先跑上狹窄的樓梯。到處不見燈籠的蹤影，首輔肯定是丟了。不，水手又拿了起來，他同樣從霍普護法旁邊擠過去，然後大喊著說：「棄船！貨品有瘟疫！船長，貨品有瘟疫！」

霍普護法無法想像自己被留在這裡，跟上百個生病的孩子們困在黑暗中。她拖著身子，一階一階往上爬，努力屏住呼吸，雙眼注視著那盞急遽消失的燈籠。「等等我！」她叫道。

等她爬回甲板，水手們在四周慌張地跑來跑去的時候，她才想起她的腳碰過那個叫歌蒂的小鬼頭。她踢掉鞋子，邊哭邊往踏板走去。

然而，踏板被擋住了去路。老巫婆史金站在那裡，兩手各拿著一把槍，看著那群驚慌失措的水手，下巴氣得不停顫抖。「誰在大聲嚷嚷有瘟疫？」她咆哮道，「誰敢說我這艘美麗的新船有傳染病？是你嗎，明斯？」

「真的有！」明斯用高亢的嗓音大聲說，半邊鼻子抽動著，刺了青的臉底下嚇得蒼白。「我看到黑色皮膚和腫瘤！整艙的貨品都是！」

「他說得沒錯。」首輔說著，拿劍開路走到人群前方。「我也看見了，讓我過去，史金。我不管妳要怎麼對付這些賤民，但我還有事要辦。」

老巫婆史金似乎沒有聽見他說話，「你怎麼知道那是瘟疫，明斯？有可能只是汙垢和跳蚤咬。船艙裡很暗。」

「我發誓是瘟疫，船長！」明斯叫道，「這艘船已經完了！如果我們不趕快離開這裡，我們也要完蛋了！」

「是啊，讓我們走，船長！」另一名水手說。

「妳不能讓我們留在這裡白白死掉！」

「別那麼殘忍，船長！」

霍普護法心想，她也許可以趁老巫婆史金分心之際，悄悄從旁溜走。但是，儘管船員們喋喋不休地你一言我一句，船長仍堅定不移，狠狠地看著明斯。「我不會因為一個連鼻子都管不住的人隨便說說就拋棄我的新船！」她大聲說，「我要聽聽有點腦袋的人怎麼說。妲博呢？」

霍普護法以為甲板上不可能比現在更吵雜，但她錯了。「妲博？」老巫婆史金大喊著，「快出來！就是現在！其他人給我閉嘴！」

令人驚訝的是，水手們聽話了，他們輕聲細語地對大木神和哭泣女神祈禱，同時膽戰心驚地彈動手指。只有首輔在這場慌亂中保持超然的態度，但霍普護法可以看見他那劇烈跳動的青筋。

就在這時，妲博出現了。

她看起來比昨晚還糟糕，糟糕得多。她捧著肚子，搖搖晃晃走過甲板，一邊發著牢騷說：

「我覺得有點不對勁，船長，我不舒——服。」

她伸手想要抓住其中一名船員，那人卻節節後退。妲博身子一歪，抓住她的腋下，接著驚慌得張大眼睛，彷彿剛剛發現了一顆可怕的腫瘤。

霍普護法舉起她的手臂一指。「她也染上了！」她大叫著說，「她也染上了瘟疫！」

23 瘟疫船

歌蒂蹲在後甲板的陰影處，整張臉又黑又腫。她已經解開了手銬，跟著霍普護法爬上船艙，安靜得像一支箭。她想看看希望之光的船員們驚慌失措的模樣。

她沒料到老巫婆史金竟然不願意棄船，甚至要求證據。恐懼緊緊抓住她，她多希望佩斯阿姨的胸針仍在身邊給她勇氣。他們離自由是那麼近！萬一現在失敗的話——

可是這時候妲博搖搖晃晃走了出來，而霍普護法發出大叫。

只消這樣就夠了。其他水手以銳不可擋的氣勢向老巫婆史金蜂擁而至，將她沿著踏板擠下碼頭。到了這個時候，史金的臉色早已像其他人一樣蒼白，她決定放棄奪回她的船，舉起手槍瞄準其中兩名船員。

「明斯！」她大聲叫道，「給我回到船上，你也是，強格。你們和妲博回到上面去。」

「不！」明斯和強格異口同聲地大叫，「船長——」

「你們兩個在那裡待了一整晚。」史金大吼著說，「我不會讓你們傳染給我們其他人的，回到踏板上，否則我就開槍了。」

明斯和強格一直等到多了十幾支手槍扣動扳機，才終於服從船長的命令。

歌蒂悄悄溜到耗子附近，小男孩正在敞開的天窗下方等待，臉就像她一樣古怪。在陰暗的下層甲板，那張臉看起來像瘟疫，從上面看去，顯然只是油漆和紙漿。

「記得叫底下所有人保持安靜。」歌蒂輕聲說著，把手指湊到唇邊。「除了呻吟聲外，不要發出其他聲音。」

耗子離開了。碼頭上的水手們仔細掃視海面。「那裡有一艘船，船長，就在那裡。」其中一人叫道，「雖然很小，不過可以帶我們離開這個受詛咒的地方。」

歌蒂聽見霍普護法說：「可是那艘是克德的船！」沒人理會她，水手們紛紛衝向停在希望之光後面的豬仔號。

這時候傳來一聲喊叫。「嘿，離我的船遠一點！你們在做什麼？快走開！」龐斯翻過欄杆來到碼頭上，又是掙扎又是抗議。

霍普護法的聲音從後甲板傳來，「龐斯？你在這裡做什麼？我告訴過你一旦設完餌就給我消失。」

「是啊，這個嘛，」龐斯說，「我只對一個人成功設下誘餌，所以我得改變計畫，結果進行得挺順利的。我幫瘦輔抓到另一個囚犯，所以你何不像答應過的那樣把耗子放了？還有告訴這群卑鄙傢伙把豬仔號還來，它是我的。」

「什麼囚犯？」首輔大搖大擺地走向前說。

水手們把另一個男孩扔到碼頭上。他的雙手被繩子綑了起來，表情充滿憤怒和背叛。

「是哈恩家的男孩！」霍普護法大聲嚷嚷著說，「阿沬！我們抓到他了！」她露出勝利的微笑，首輔也微笑起來。

歌蒂見到那些笑容，血液中湧起一股深層的恨意。在她的腦中，芙西亞低聲說著——

復仇！殺了他們！割斷他們的耳朵！釋放狼魂——

「不！」歌蒂低聲說，「現在不可以！走開！」她放慢呼吸，收回心思，並重複說著：「這才是我，這才是真正的我，這才是我！」直到奴隸船的甲板重新在腳底變得踏實。

豬仔號上，老巫婆史金和船員們正匆匆忙忙準備出發。首輔轉身面對龐斯，「你想要你的朋友？還有這艘船？兩個都給你，這裡。」他指著希望之光，三個可憐兮兮的水手站在甲板上，離彼此遠遠的。「這艘船是你的了。」

「不了，這是一艘瘟疫船。」龐斯話說得很快，並開始慢慢往旁邊離開。「好吧，這樣吧，你的朋友們可以帶走豬仔號，我其實不太需要，希望之光就給你，沒問題的，不需要感謝我，我只想帶耗子離開，我們會在你發覺前就消失。」

首輔從劍鞘抽出劍，指向龐斯的胸口。「這不是建議，孩子，這是命令。」他再度微微一笑，接著劍身在空中一劃指向阿沫。「至於你的囚犯——」

歌蒂躲在後甲板的陰暗處，不斷向七靈神祈禱，同時拚命彈動手指，彈到手都痠了。這部分是整個計畫中最教人無法確定的。「不要傷害他。」她低聲說。

劍尖抵著阿沫的喉嚨，他不由自主地縮了一下，鮮血緩緩從脖子流下來。

「至於你的囚犯——」首輔說，「我有幾件事要跟隱身石算帳。所以說——」

歌蒂用雙手緊緊摀著嘴巴。不要傷害他！

「所以說，他會跟你一起走。」

阿沫一句話也沒說，但龐斯立刻跪下來，害怕得扯著喉嚨高聲說：「拜託，哈羅，不要把我送到那艘瘟疫船上面！我以前替你做了那麼多事難道不夠嗎？我不是遵照芙蘭絲的吩咐，設了陷阱嗎？不要送我去死！」

霍普護法心情好得不得了。首輔對龐斯露出狠毒的表情，「你只是個人渣，孩子，貧民窟來的人渣。這世界沒有你會更好。」說完，他拿劍抵著囚犯往希望之光走去。

然而，來到踏板的底部時，阿沫突然停下腳步。「全是我和歌蒂的主意，」他回過頭說，「隱身石的事都是我們兩個幹的。你千萬不要怪罪到其他管理員或博物館身上，跟他們沒有關係。」

「你在胡說什麼，」霍普護法嘲弄著說，「他們當然——」

首輔舉手阻止她繼續說下去。「我一點也不怪他們。」他說。

即使在如此遙遠的距離，歌蒂仍然看得見阿沫緊握的拳頭。「那麼，你不會用大砲對付博物館囉？」

首輔揚起陰險的微笑。「我想都不敢想，現在快上踏板。如果希望之光沒有在十五分鐘以內離開這裡，我就把吃水線以上的船身還有船上所有人燒個精光。我不在乎你們要去哪裡死，只要離我越遠越好！」

□

十三分鐘過後，希望之光發出汽笛聲離開了璀璨港。

歌蒂已經退回老巫婆史金的船艙，耗子正在那裡等著她。兩人都想要盡快替那些被俘的孩子解開枷鎖，但他們只是繼續等待，蹲在天窗下方、船長的桌子旁邊，害怕詭計被拆穿。

明斯背對他們掌舵，強格在船底的引擎室，妲博則安靜地倚在欄杆上，看著城市在遠方逐漸消失。要是歌蒂伸長脖子，可以看見阿沫和龐斯擠在主甲板上，假裝很害怕的模樣。

不過，他們並非全然是假裝的，至少阿沫不是。因為首輔當初說他不會為了隱身石的行為怪罪其他管理員時，他說了謊。歌蒂從他的聲音和表情看得出來。這一刻，他可能已經下達命令，送大砲隆隆挺進老奧森納山。

想到這裡，歌蒂立刻產生一股強烈的急迫感。「禿神索克，偉大崇高的索克，善於詭計和偽裝的神啊。」她低聲說，「祢一直以來都很幫我的忙，請幫助我們盡快離開這艘船，回到博物館——」

耗子用手肘輕推歌蒂。璀璨城終於消失於視線之外，引擎也停了下來。明斯和強格正在拚命把一艘救生艇往下降。

歌蒂聽見妲博對他們苦苦哀求，「別這樣，明斯。我沒有我想像中病得那麼嚴重。帶我跟你們一塊兒走。」

明斯不理會她。

「這不是瘟疫。」妲博大聲說，「我只是肚子痛而已。」

「那麼為什麼她要假裝自己得到瘟疫？」歌蒂對耗子低聲說，「我不懂。」

「看到了嗎？」妲博舉起雙手說，「沒有腫瘤，什麼也沒有，就連我的肚子也不痛了。」

「我希望他們帶她走。」歌蒂低聲說，「可是他們不會這麼做的。我們最好趕快替每個人解鎖。」她把掛在門邊的鑰匙遞給耗子，「在我們沒弄清楚妲博在打什麼主意前，不要讓他們跑出來。還有，讓那些像瘟疫的東西留在臉上。」

耗子露齒一笑，皮膚上的紙漿裂了開來。他的衣袖裡，十幾隻白老鼠正睡得香甜，被先前的勞動給累壞了。

歌蒂花了將近整個晚上幫那些被俘虜的孩子們塗染得幾可亂真。起初她擔心明斯和強格會改變主意，過來查看，所以她等了超過一小時才從腋下拿出沒用過的小刀，又從腳底拿出開鎖工具。

但是，即使她成功解開枷鎖，後頭的任務也不是那麼簡單。那些比較年幼的孩子因為過度恐懼，一直哭個不停。直到歌蒂幫耗子解鎖，帶著他和寵物鼠一起走過船艙，年幼的孩子們才終於開始聽話。白老鼠有種不可言喻的安慰作用。

而且，白老鼠動作快又安靜，可以神不知鬼不覺地跑遍整艘船。歌蒂一取回她原本藏起來的包裹，就開始派老鼠上工。牠們把白紙嚼成紙漿，在大家的脖子和腋下塗上假腫瘤，又在皮膚上塗抹黑色油漆，此舉弄得孩子們動來動去，咯咯發笑。

歌蒂到處忙來忙去，一會兒查看老鼠的進度，一會兒安撫被俘擄的孩子。她幾乎沒有時間跟邦妮或菲佛說話。她只能不斷重複，一遍又一遍地說：「別怕，我們會離開這裡的！」然後祈禱自己是對的。

她也對阿沫的父母和爸爸媽媽說了相同的話。當初他們見到她時，簡直面如槁灰，後來牽著她的手，無法遏止地又哭又笑。不過，待她解釋完自己的計畫，他們立刻放手，承諾讓所有大人知道該怎麼配合。

現在，自由已經近在眼前。歌蒂聽見明斯和強格划船離開希望之光，划槳濺著水面的聲音。要是他們帶著妲博一起走就好了！

老巫婆史金的副船長坐在甲板上，頭埋在雙手中。她看起來沒有特別害怕，事實上，她看起來既失落又孤單。

「很好！」歌蒂心想，「我希望她就跟這些年來她所抓過的奴隸一樣悲慘。」

或許真是如此，因為現在換妲博被抓了。阿沫扭動身體將繩索掙脫時，龐斯拿出手槍對準妲博。「妳別想輕舉妄動，」他說，「這艘船現在是我們的了。」

妲博聳聳肩，「儘管拿去，只要給我一艘救生艇，我很快就會消失。」

阿沫和龐斯互看一眼。「好吧，」龐斯說，「可以。現在快滾。」

「要是我有辦法靠自己把救生艇降下去，」妲博用諷刺的語氣說，「我早就離開了。」

歌蒂可以聽見船底傳來的喊叫聲，她知道耗子快要控制不住那些重獲自由的孩子了。她把雙手伸出天窗，對阿沫打著手語：「快點！擺脫她！」

阿沫點點頭，動作輕得幾乎看不見，但是已經太遲。救生艇還來不及鬆開，一群孩子就從四面八方湧上甲板。他們又髒又餓，渾身是傷，塗滿油漆和紙漿，不過很顯然，他們並沒有生病。現在歌蒂已經沒有理由繼續躲下去。她從天窗扭動身體爬出來，走過甲板到妲博身邊，妲博用詭異的微笑歡迎她。

「所以護法說得沒錯，歌蒂．羅絲。」妲博說，「妳確實比老巫婆史金有一套，這種人並不多。」

歌蒂不理她，不再關心妲博發生了什麼事。「我們必須趕回博物館。」她對阿沫說。

他點點頭。他也看出了首輔臉上的謊言。

「這樣的話，妳可以順便把我放在——」妲博開口說。

「歌蒂！親愛的！」是爸媽，他們跌跌撞撞地走過碼頭，憔悴卻充滿喜悅，阿沫的父母和邦妮就在他們正後方。邦妮張開雙臂抱住哥哥的脖子，他們的父母將兩人團團抱住。爸媽親吻著歌蒂。耗子偷偷溜過大家身邊，跟龐斯歡喜地緊緊相擁。

妲博趁著這一刻跳過船的另一邊，投入海中。

「那是其中一名人口販子嗎？」爸爸叫道，「是嗎？她要逃跑了！」於是，隨著一聲憤怒的吶喊，爸爸跟著妲博跳了下去。

媽媽尖叫一聲，跑到欄杆旁邊。「亞森！亞森！你不會游泳啊！」這是真的。爸爸開始下沉，後來又浮到水面。他拚命掙扎，瘋狂打轉。歌蒂用蒼白的手抓住媽媽的手臂。「爸！」她低聲說。

此時，所有人都靠在欄杆旁，大聲出著主意。媽媽又哭又叫，懇求其他人救救她的丈夫，但其他人都不會游泳。

想到救生艇這個主意的人是阿沫。他和龐斯以及十幾個孩子一起跑到救生艇旁邊，開始東摸西找解繩子。但是小幫手們頻頻阻礙對方，不僅沒有鬆開繩子，反而越弄越緊。

爸爸不斷浮浮沉沉，雙手伸到頭頂拚命抓著空氣。

妲博自始至終穩穩地往岸邊游去。可是現在她停了下來，浮在水面上，回頭看著那些吵雜聲，想知道究竟是怎麼回事。

「拜託！」爸爸消失在海浪裡時，媽媽連哭帶喊地說，「拜託，救救他！我求求妳！」

她不會救他的，歌蒂心想，她是個人口販子，根本不在乎爸爸。

話雖如此，她仍然屏息以待。當妲博折返回來，用強而有力的雙臂拍打水面時，歌蒂跟著其他人高聲歡呼起來。

接下來的一兩分鐘彷彿幾個小時那麼長。妲博找到爸爸消失的地方，然後潛入水裡。阿沫和龐斯放棄救生艇，把一條繩子拋出去。媽媽不停啜泣，大聲地對七靈神禱告，同時彈動手指。邦妮握住歌蒂的手。

一連串的泡泡浮到水面破掉，歌蒂覺得自己的心臟也跟著泡泡一起破掉了。她閉上雙眼，想像爸爸沒入黑暗，不斷下沉、下沉、再下沉……

「她抓住他了！」阿沫的爸爸，哈恩先生在欄杆上用力捶了一下。「她抓住他了！」

歌蒂睜開雙眼，媽媽開心得尖叫。爸爸在那裡，姐博抱著他的頭浮出水面。他拍著海水，不斷咳嗽又哽咽得說不出話，不過仍然活著。

「這裡！」龐斯站在繩子的頂端大喊。

姐博將爸爸拖在身後，慢慢往船的方向游過來。她來到繩子下方時，努力想把他推上去，可是他卻緊緊抓住她，不願意放開。

於是，到最後，隨著一聲不耐煩的咕噥，她親自爬上繩子，拖著他一起往上爬。

他們搖搖晃晃跨過欄杆後，媽媽和歌蒂立刻抱住爸爸哭起來。「謝謝妳！」媽媽越過丈夫的肩膀哭著說，「謝謝妳！謝謝妳，謝謝妳，謝謝妳！」

姐博把頭低下，轉身離開。爸爸把媽媽和歌蒂擁入懷中，好像再也不願意讓她們離開他的視線。他全身濕透，不停打著哆嗦。「我真是個笨蛋，」他低聲說，「竟然像那樣逞英雄。」

歌蒂親吻他的臉頰，「你得三思而後行啊，爸爸。」

「我覺得你很勇敢，」媽媽笑得發抖，「只是有點健忘。」

「這個嘛，」過了一會兒，爸爸說：「儘管我那麼魯莽，幸好還是活了下來。就別再多說了吧。」

他拍拍姐博的肩膀，「我答應自己不會讓妳跑走，我說到做到。」

「亞森！」媽媽說，「她救了你的命！」

「我由衷感激。」爸爸說，「可是她企圖賣掉我們，她必須付出代價，加上過去她賣過的許許多多的人。」

姐博一句話也沒說。她彎腰駝背，低頭看著甲板，彷彿不想讓任何人看見她的臉。

「聽好了，我們必須回到璀璨城。」阿沫說著，推開人群來到前方。「首輔準備炸掉鄧特博物館，我們必須阻止他。」

大人小孩個個驚訝地看著他。去年大狂風肆虐時，許多人曾到博物館避難。雖然他們不了解博物館的本性，也不了解如果博物館遭到攻擊會發生什麼事，但他們不希望見到它被破壞。

「那麼，這個女人必須跟我們一起來。」爸爸嚴肅地看著姐博說。

「反正我們需要她，」歌蒂說，「帶我們到岸邊。我們不知道怎麼駕駛這艘船。」

「妳以為我有辦法載著一群沒出過海的人和上百個沒用的小鬼頭成功回到岸邊？」姐博喃喃地說，始終沒有抬頭。

媽媽聽見姐博的聲音，突然抖了一下。

「既然這樣，」爸爸說，「我們乾脆把妳銬在奴隸艙算了。我相信我們自己有辦法——」

「不行！」媽媽叫道，「不要再用鏈子了，誰都不要。」

「如果我們不把她銬起來，」爸爸說，「她又會跳船。」附近的人聽見了，紛紛低聲表示贊同。

「不，我不認為她會跳船。」媽媽說著，伸出顫抖的手碰了姐博的手臂。

姐博愣住了。

「葛麗絲？」爸爸說，「妳在做什麼？」

媽媽不理會他。「妳有一副好心腸。」她輕聲說，聲音細小得歌蒂必須彎腰向前探才聽得見。「我知道妳有。」

「我沒有。」姐博喃喃地說。

「如果真是如此，妳就會讓我丈夫溺死了。」

姐博忿忿地放聲大笑，「也許我曾經有一副好心腸。但是即便如此，也早早消磨殆盡，我把這無用的東西扔出船外了。」

除了幾個年幼的孩子，整艘船頓時陷入一片沉默。歌蒂意識到現在似乎有件重要的事情正在進行中，雖然她不明白到底是什麼。她希望自己可以把那個人口販子看清楚點，但姐博不願意抬頭。

「請幫幫我們。」媽媽說，「我女兒是博物館的管理員，其他的管理員對她來說就像家人一樣。而家人——」她突然哽咽了一會兒，「家人比任何東西都來得重要。」

「妳不知道妳在說什麼。」姐博低聲說。

「我知道。」媽媽的臉頰流下一滴眼淚，「我知道我在說什麼。」接著，她舉起手，撫摸妲博的臉頰。

「媽媽？」歌蒂說著，驚訝得簡直不敢置信。

「葛麗絲，妳到底——」爸爸說。

「噓！」媽媽低聲說。

現在，連最年幼的孩子都安靜下來。歌蒂唯一可以聽見的，是海水拍打船身的聲音，以及船持續傳來的嘎吱聲。

那個人口販子突然有些不對勁。一滴眼淚從她的臉頰流下來，落到甲板上。她慢慢地——喔，非常慢地——抬起頭來。

歌蒂先看看妲博再看看媽媽，然後看看媽媽又再看看妲博，突然明白了一件驚人事實。兩個女人肩並肩站在一起，彼此之間的相似外貌再也隱藏不住，就連妲博臉上的刺青也於事無補。老巫婆史金的副船長是——

「佩斯阿姨，」歌蒂輕聲說著，震驚地看著那個人口販子。「妳是我失蹤已久的佩斯阿姨！」

24 勇敢的佩斯阿姨

希望之光的每片木板和每根釘子跟著驚訝得震動起來。大人張大嘴巴，不敢置信。菲佛和邦妮錯愕地叫出來。最年幼的孩子突然放聲大哭，彷彿他們的世界又一次天翻地覆。

歌蒂想要跟他們一起放聲大哭。她看見大家眼神充滿批判，知道自己也帶著相同表情。

媽媽是唯一沒有注意到的人。她牽起妹妹的手。「自從妳失蹤以後，我天天都在想妳。」她低聲說，「妳發生了什麼事？妳怎麼——怎麼會成了人口販子？」

船上每個人都伸長脖子等著聽答案。

妲博搖搖頭，不想解釋，但話最後還是脫口而出，彷彿這些年已經被她積壓許久，是顆等著切除的膿瘡。「事情是在我分鏈那天之後發生的，」她支支吾吾地說，「他們——他們從街上把我抓走，準備把我賣掉，但老巫婆史金不知怎地很喜歡我，決定把我留下來，當作寵物之類的。」

她露出苦笑，「當然，我仍是個俘虜，無論怎麼努力，就是逃不掉。我試過好多次，每次被帶回來的時候，史金就會哈哈大笑，說我很有勇氣。過了六個月，她要求我加入她的團隊。我拒絕了。」

哈恩先生質疑地哼了一聲。「噓！」媽媽說著，瞪了他一眼。

「三個月後，她又問了我一次。」妲博繼續說，「我又一次拒絕了，之後又是好幾次。但是到了隔年的某一天，我開始納悶我為什麼要拒絕。你們要知道，他們對我不壞，他們很親切，以一種大剌剌的方式。過了一陣子，他們做的事情漸漸變得平凡。他們給了我另一個名字，後來我就忘了我是誰。仁慈對人的影響很大，比酷刑更有效。」

她在大腿上玩著手指，「你們大夥兒想聽我的建議嗎？小心仁慈！仁慈到了壞人手上，比槍更可怕，而且更難察覺。我親眼見識過。記住發生在佩斯．科氏身上的遭遇，堅持自我，無論周遭的人如何蜜語甜言。」

她沉默了一兩分鐘，然後低聲說：「所以就是這樣了，這就是我不太光彩的淪陷故事。我一直等到船開進璀璨城，才真正想起來……」

從小時候開始，歌蒂一直認為是她那勇敢的阿姨給了她勇氣。在遇到危險的時候，她曾經緊握小小的胸針，低聲唸著阿姨的名字。她曾經想變得像她一樣，媽媽說她們很相像的時候，她曾經引以自豪！

現在，這個想法卻讓歌蒂渾身不舒服。

一隻溫暖的手握住了她的手，阿沫把嘴巴湊到她耳邊說：「我好嫉妒，」他低聲說，「我的親戚都很無趣。」

歌蒂知道他想要安慰她，但沒有什麼可以讓她好過一點。「她不是真的佩斯阿姨，」她狠狠地低聲說，「她是妲博，我以後也會這麼叫她。」

她轉身，不願見到媽媽擁抱妲博，那不堪的一幕，接著，她提高音量蓋過喧鬧。「我們得盡快返回璀璨城，」她大聲說，「我們必須阻止首輔毀掉博物館。」

所有人困惑地看著她，彷彿過去幾分鐘的真心話大告白讓他們完全忘了博物館。

「我們有辦法阻止他嗎？」人群後方傳來一個女孩的聲音。

「不太可能。」她旁邊的男孩嘀咕地說，「他會把大砲轉向我們！」

男孩周圍的群眾紛紛低聲表示贊同。對曾經讓他們避難的博物館表達一定的感激是一回事，但是挺身對抗大砲又是另外一回事了。

「你們是怎麼了？」龐斯跳到欄杆上說，「我們騙過老巫婆史金了，不是嗎？我認為這表示我們可以做任何想做的事。」他揚起眉毛，「當然，除非你們打算像一群笨蛋躺在地上，讓瘦輔對你們為所欲為？」

歌蒂跳到他的旁邊，「龐斯說得對，如果想要奪回我們的城市，我們必須為它而戰。」

人群中又傳來一片竊竊私語。「可是我們不知道怎麼讓這艘船前進。」阿沫的媽媽說。

「她會告訴我們。」歌蒂指著妲博。她僵硬地坐著，安靜靠在媽媽的懷中，顯然對自己的坦白感到後悔。

「她會帶領我們平安靠岸。」歌蒂繼續說，「這是她欠我們的。」

她狠狠瞪了妲博一眼。*妳不是我的阿姨！*

妲博把媽媽推到一旁，然後站了起來。「你們想要靠岸？我就帶你們靠岸。可是我不會去坐牢的。」

「妳也不該坐牢。」媽媽嗓音顫抖地說，「妳並非選擇要當一名人口販子。這件事有可能發生在我們任何一個人身上。」

人群不以為然地騷動起來。爸爸搖搖頭，「我們不能保證什麼，可是如果妳幫助我們，會為妳加分不少。」

妲博看著他，看了好長一段時間，接著她說：「總比沒有的好，我想是吧。」她推開人群向前走，然後跳上後甲板。「誰對引擎略知一二？」

她其實跟媽媽沒那麼相像，歌蒂心想，媽媽可愛又溫柔，而這個人口販子的表情除了冷酷，什麼也看不見。

「我！」龐斯說著，從欄杆跳下來。

「還有我！」阿沫叫道。

「那麼到船底去吧，看看你們有沒有辦法重新啟動引擎。我給你們十分鐘，再慢我就帶著鞭子下去找你們！」

阿沫和龐斯立刻跑開。其他人到處轉來轉去，先是抬頭看了一下後甲板，再看著爸爸媽媽，他們兩人站在原地，安靜地擁抱彼此。媽媽容光煥發，心情好得教人不知所謂。爸爸只是一臉嚴肅。

歌蒂本來沒看見邦妮和秏子，但現在他們從人群中擠出來，站到她的旁邊。秏子拍拍她的手臂，發出悶哼聲，像是明白她有多難過。

邦妮低聲說：「我敢說老巫婆史金絕對不可能救妳爸爸。有壞心的人口販子就肯定有善良的人口販子。」

她錯了，歌蒂心想，媽媽也是。佩斯阿姨已經永遠消失了，最好的做法就是忘掉她，將注意力放在首輔和大砲上。

根據歌蒂的計算，引擎大約花了九分鐘才隆隆地重新啟動。甲板上的每個人都開心得尖叫起來。

姐博指著一群年紀較長的男孩女孩，蓋過喧鬧大聲說：「你們！到船錨這裡來。什麼在哪裡？當然是那裡了！你是怎麼，瞎了嗎？不，沒有我的同意不可以碰任何東西。還有妳！」她指向邦妮，「妳做我的跑腿。去告訴那兩個小鬼頭，我要以慢速前進，不多不少。如果他們耍花招，我就把他們吊在欄杆外，給他們吃鞭子。明白嗎？」

邦妮點點頭，往艙口跑去。「告訴他們之後立刻回來！」姐博大聲叫道。

接下來，她指著耗子和歌蒂：「到上面來，動作快。」

歌蒂動也不動。

「我說動作快！還是妳媽媽搞錯了？妳根本沒那麼在乎那棟寶貴的博物館？」

耗子抓住歌蒂的手，她任由他把自己拖到後甲板上。姐博提高音量大聲說：「其他人沒事不要擋路。還有，叫那些小鬼頭離我的帆纜遠一點！」

歌蒂和耗子爬上通往後甲板的樓梯時，引擎的隆隆聲變得更響亮。妲博轉動巨大的船舵，彷彿船舵不過像孩子的呼拉圈那般輕盈，接著，希望之光開始轉彎。

「璀璨城的海岸不適合這種尺寸的船。」妲博說，「我必須知道龍骨底下有多少水量。你們兩個去測水深。」

她指著船頭，解釋自己要的是什麼。歌蒂二話不說，立刻轉身出發。她可以感覺妲博在盯著她的背影，不過她沒有回頭。

岸邊沒有看起來那麼遙遠。每個人都竭盡所能服從指令，因此妲博已成功將希望之光駛進了多岩海灣的中央。引擎突然停止運轉。過了一會兒，阿沫和龐斯重新出現在甲板上，看起來得意洋洋。

趁船錨緩緩降下時，妲博把歌蒂和阿沫拉到一旁。「我們只有一艘救生艇，」她說，「讓所有人登陸需要一段時間，你們還得帶他們沿路穿過鄉間回到璀璨城。這段時間內，首輔已經炸毀一堆博物館了。」

「他必須把大砲移到老奧森納山上，」阿沫說，「這會拖慢他的速度。」

「這可不會花上一整天。」妲博看著兩個孩子說，「如果是我，我會選出最優秀的團隊——有用的、能打的、聰明的——帶著他們跟我一塊兒去，然後留下其他人，晚點兒再跟上來。」

雖然歌蒂不想承認，但這麼說確實有道理。她仔細研究周圍的人。「龐斯，」她叫道，「我們需要你，還有耗子。」

耗子站出來的時候，妲博揚起眉毛。「他要打仗也太嬌弱了，不是嗎？」

歌蒂瞪了她一眼。「要挖鹽礦你們倒不會覺得他太嬌弱！」

「親愛的——」媽媽抗議道。

然而妲博只是淺淺一笑，彷彿歌蒂說什麼都傷不了她。

「還有邦妮，」阿沫說，「妳最好跟我們一起去。」

他的妹妹綻開燦爛的微笑。

「一群小鬼頭？」妲博說，「妳就這點能耐嗎？」

龐斯鼓起胸膛。「我們五個人就跟一支軍隊一樣優秀，這裡沒有人比我們更有用。」

「他說得對，」媽媽說，「這些孩子讓我們都感到慚愧，不過——」她撥開歌蒂脖子上用紙漿做成的腫瘤，「不過親愛的，我想要給個建議。雖然我不知道你們要怎麼阻止大砲，但是要說有誰辦得到，也只有妳和妳的朋友了。我只要求一件事，我認為妳應該帶上妳的阿姨跟你們一起去。」

「什麼？」歌蒂說。

「我相信她會派上用場。」媽媽說。

在歌蒂的腦中，芙西亞公主低聲說：在戰爭中，強而有力的臂膀比慈祥臉蛋更有用。

話雖如此，歌蒂還是很猶豫。「爸？」

她看得出來爸爸就跟她一樣很討厭妲博，可是他卻說：「目前許多人的性命危在旦夕，璀璨城的未來也是一樣。如果妳的阿姨願意跟妳一起去，如果她值得信任的話──」他看起來猶豫不決，「那麼我們至少必須暫時拋開偏見。她顯然是個令人敬畏的女人。」

姐博故作諷刺地鞠了個躬。「謝謝你，亞森・羅絲。我不會辜負你這番讚美。雖然你不顧死活跳進海裡是我見過最愚蠢的行為──」

爸爸滿臉通紅。

「卻也是我見過最勇敢的行為。每場冒險都應該伴隨一個莽夫，在需要的時候願意傻傻地犧牲自己。」

現在歌蒂更討厭她了。她轉身背對姐博，對阿沫大聲說：「我想帶爸爸一起去。雖然我不想帶上姐博，但我想我們必須帶她一塊兒去。每場冒險都應該伴隨一個人口販子，在需要的時候推出去當砲灰。」

姐博輕蔑地笑了一聲。媽媽一手搭著爸爸，另一手搭著姐博說：「不要以為你們得棄我而去，因為這事不會發生。」

「我正準備這麼說。」哈恩女士說。無論阿沫爭執得多麼激烈，就是沒辦法勸退他們。

媽媽看著姐博指揮他人把救生艇降到海裡，爸爸則看著媽媽。歌蒂努力不去看他們任何一人，卻無法移開目光。她不斷想起昨晚，想起她在希望之光上，被抓到姐博面前的那個時候。

突然間，歌蒂驚覺，姐博早在一開始就知道她是誰了。她認出了那枚胸針，阻止另外兩名水手對歌蒂仔細搜身。

而今天早上，當老巫婆史金不相信船上有瘟疫的時候，是妲博讓情勢逆轉。妲博彷彿看穿歌蒂的心思，她把手伸進口袋，拿出胸針。「給妳，」她說，「妳可以拿回去。」

歌蒂搖搖頭，轉身離開。就算妲博曾幫助他們脫身，對她仍毫無意義。現在她只在乎能夠及時阻止大砲，把博物館救回來。

她擦乾臉頰那一滴憤怒的淚水。「禿神索克，」她低聲說，「請幫助我們及時趕到那裡，幫助我們阻止大砲。我不在乎該怎麼做，只要告訴我們方法是什麼。我願意做任何事，任何事——」

25 砲轟

一行人抵達璀璨城時，已經接近傍晚。他們成功溜進城內，沒有被神聖護法或傭兵發現，這稍稍提振了大家的士氣。然而，當他們開始爬上老奧森納山時，歌蒂聽見前方某處傳來拖拉機可怕又刺耳的喧鬧聲，感覺到腳下的地面在震動。

大砲幾乎已經就定位。

在這一刻之前，歌蒂一直相信他們能夠阻止大砲。根據妲博的說法，把鐵釘敲進大砲的點火孔可以讓大砲失去作用。他們從船上存放木工的倉儲拿了鐵釘，鐵錘也沒有忘記。

「要將大砲帶到那座山上，對他們而言不是一件容易的事。」當初他們離開希望之光，往岸邊划去的時候，歌蒂曾經這麼說。「到時候，那裡肯定到處都是傭兵，還有噪音和混亂。如果我們施展隱匿術，無論阿沫還是我都應該可以靠近做些破壞。」

「施展隱匿術？你們在說什麼？」妲博划著船回頭說。

歌蒂假裝沒有聽見。我們可以的，她對自己說，我們可以的！

可是，等他們追上後，大砲已經在騙徒廣場停下來，這裡是拖拉機可以到達博物館最近的地方。一群傭兵正在把人趕出家門，送他們哭著下山自行尋找避難處。另一群傭兵用絞車吊起巨大的砲管，對準目標。六十名全副武裝、戒備森嚴的傭兵在大砲四周圍成一圈，肩並肩站得很緊密，連鄧特博物館來的小偷也無法通過。

首輔終於學乖。

歌蒂看見他們守得牢不可破，心不禁一沉。阿沫皺起眉頭，她知道他同樣在尋找破綻，卻什麼也沒發現。

「如果無法接近，該怎麼阻止像那樣威力強大的大砲？」她低聲說。

阿沫沒有回答。冰冷的鐵鏽味從廣場邊緣飄過他們的藏身處，歌蒂打了個冷顫。「你覺得丹先生知道大砲在這裡嗎？」

阿沫點點頭，下嘴唇被他咬到流血。「到現在，博物館肯定已經分崩離析了。他會知道的，而且他需要我們。」

兩個孩子互看對方一眼。過去二十四小時所發生的大小事讓他們精疲力盡。他們想要洗熱水澡，吃熱騰騰的食物，還有溫暖的床鋪可以窩進去。更重要的是，他們想要離開大砲，跑得越遠越好。

但是他們不能跑，他們是鄧特博物館的管理員，大家需要他們。

他們悄悄溜回其他人等待的地方。「沒有用，」阿沫對著一張張殷勤盼望的臉蛋說，「戒備太森嚴了。」

大夥兒沮喪地低聲議論起來。「我們現在該怎麼辦？」哈恩先生問道。

「任何有理智的人都會趕快躲起來。」妲博喃喃地說，「博物館畢竟只是博物館。」

「這棟不一樣！」歌蒂厲聲說著，轉身面向兩對父母。「我和阿沫得去幫助其他管理員，不過你們——」

「不要這麼說。」哈恩女士打斷她，「如果你們要去博物館——」她的聲音有些顫抖，但看起來心意已決。「那麼我們也要去。」

「不行！」阿沫說。

「我們全部的人都要去。」哈恩先生說，他看起來就跟他的太太一樣固執。「我們已經討論過了。」

「我們或許可以幫點忙。」媽媽說。

爸爸、龐斯、耗子和邦妮紛紛點頭表示贊同，即便恐懼讓他們的臉色發白，讓他們的影子顫抖。

妲博不耐煩地吐了一口氣，「你們都瘋了！你們會死在那裡的，明白嗎？」

「如果妳想要離開，就離開吧。」爸爸激動地說。

「我沒說我要離開。」於是，妲博跟隨其他人往博物館走去。她放慢腳步，確保媽媽沒有掉隊。

首輔很自信，沒有派士兵在死巷子看守。阿沫帶著大家往下跑，歌蒂殿後。她走上正門的樓梯時，聽見砲彈滾過騙徒廣場往大砲前進的隆隆聲。

妲博突然在歌蒂前方停下腳步，「這是什麼地方？」

歌蒂沒有回答，從她身邊跑了過去。另外兩對父母跟妲博不一樣，他們感覺不到那股激烈的瞬變，即便如此，他們看起來仍相當吃驚。這裡已經不是記憶中那棟寧靜的博物館。一片黑水緩緩流過大廳朝他們湧來。蜘蛛網像繩索一樣粗，擋住門口一半的位置。空氣中滿是灰塵，灰塵中充滿著怨恨。

「快啊！」歌蒂說完，跟阿沫一起拉住他們的父母，用最快速度繞過黑水，低頭走過蜘蛛網，最後穿過前廳。在他們的身後，龐斯持續碎碎唸個不停，抱怨他們想要打敗首輔簡直愚蠢至極。但他沒有停下腳步。大夥兒衝進後廳的時候，他也跟在後面，扶起摔一跤的邦妮，並催促耗子跑快一點。

他們發現摩根、布魯和年長的管理員們聚集在博物館的深處，待在一個叫作淡水魚館的房間。守護者也在那裡，坐在一張床墊上，周圍放了許多實木桌子，還有花貓在身邊。歌蒂看見他們立刻叫了出來，歐嘉・西亞佛嘉、丹先生和西紐圍過來，暫時鬆了一口氣，疲憊的臉龐因此亮了起來。

布魯蹦蹦跳跳來到孩子們的面前，眼睛如煙火般閃閃發亮。他用巨大的舌頭舔了舔歌蒂的臉頰，又舔了舔邦妮、阿沫和耗子，然後把鼻子湊近耗子的外套，擔憂地說：「你們還在裡面嗎，小傢伙？」

老鼠一隻隻跑到暴風犬的頭頂，吱吱地打招呼。龐斯很是驚訝，呻吟一聲，然後硬是讓自己振作起來說：「嘿，大黑牛，記得我嗎？」

妲博轉身對媽媽說：「我以為我不會再對任何事情感到驚訝。我錯了。這是什麼地方？」

「地——方。」摩根在一扇門上嘎嘎地說。

歌蒂一向不喜歡淡水魚館，這裡充滿苦難和逝去的生命，那些狹窄牢房更是讓她直發抖。現在，博物館在蠢蠢欲動，她覺得自己可以聽見犯人踏著懲罰用的踏車時發出的軋軋聲，還可以聽見鐵鏈的鏗鏘聲，以及有人哭著祈求永遠得不到的饒恕。

在她的腦中，芙西亞公主痛斥她在毫無計畫又無路可逃的情況下，帶著家人和朋友進入如此險境。

歌蒂抓住阿沫的手。「我們該怎麼辦？」

「我不知道。」阿沫說，「我們會想到方法的。」

「你得想快一點。」妲博走到他們身後說，「否則我們都會成為肉餅。你們何不從介紹一下你們的朋友開始？」她對守護者和年長管理員點點頭。

從丹先生的表情可以明顯看出，他不是很高興有人口販子在博物館裡。不過當妲博詢問他圍牆能不能抵擋砲火攻擊的時候，他說：「即使是大砲打過來，也足以撐上一陣子。圍牆裡住了五百年來的原始野性，不會那麼輕易垮掉。」

「問題是，」西紐在琴弦上撥了一記疲乏的音符，「博物館不會乖乖待著，它會反擊。等這事發生，情況會比首輔對我們投擲的任何東西都來得糟糕。瘟疫館已經開始活動了。」

「瘟疫館？」妲博說。

然而，西紐還來不及解釋，砲轟開始了。

大砲發射出第一枚砲彈，轟隆聲差點讓歌蒂站不住腳。摩根嘎嘎大叫，飛到空中。媽媽放聲尖叫。等餘音漸漸消失，歌蒂聽見呼嘯聲，彷彿逐漸逼近的龍捲風——接著，有東西撞上了老舊的圍牆。

撞擊力抽乾了博物館裡所有的空氣，接著又倒灌回來，導致歌蒂無法呼吸，後來又吸得太多。博物館憤怒得不停震動。灰塵如瀑布般從天花板落下。前廳的瓶瓶罐罐紛紛裂開，風乾保存在內的蟒蛇屍體掉到地上，滑行離開。歌蒂腳下的某個地方，老爪湖的湖水湧得像海浪一樣高。

因為灰塵和衝擊而說不出話的歌蒂，慢慢爬到牆邊，把手平放在上面。狂野音樂朝她襲來，如熔岩般滾燙，她痛苦地叫了出來。她的血液在沸騰，整個人頭昏腦脹。她硬是從喉嚨發出第一首歌的旋律，又聽見了西紐的豎琴聲從附近傳來。這時，歐嘉・西亞佛嘉跟著加入，然後是阿沫、丹先生和耗子。比起狂野音樂的低沉巨響，他們的聲音不過像耳語一般。

歌蒂從餘光看見妲博和媽媽正在爭吵。爸爸和其他人正拚了命地把桌子搭成避難所。布魯在淡水魚館的前後走來走去，嚎叫著第一首歌的旋律。

耗子又唱得更響亮了，那高亢、甜美的嗓音像福音在一片混亂中穿梭。狂野音樂稍微穩定了些——

大砲發射了第二枚砲彈。

砲彈擊中圍牆，布魯開始生氣地怒吼，博物館同樣憤怒不已。雖然城牆始終屹立不搖，但在博物館內，櫥櫃紛紛摔在地上，房間不停瞬變再瞬變。狂野音樂像惡夢般左右著管理員。

第三枚砲彈擊中了鄧特博物館。

歌蒂覺得自己好像溺水一樣，耳朵嗡嗡作響，頭痛欲裂。她感覺到原始野性從四周奔騰而來，就像在一扇破窗外不停咆哮的狼群。在她的腦海深處，芙西亞公主也在咆哮，要求歌蒂釋放她。

她不知道他們蹲在牆邊拚命唱了多久，感覺彷彿好幾個小時，卻可能才過了幾分鐘。這段時間裡，捕人器像人似的鏗鏗鏘鏘地走下哈里山，狂野音樂像即將來臨的潮汐越漲越高。死亡和毀滅跨過了陰險門……

就在這時，就像突如其來發生的那樣，砲轟停止了。

當下是一陣嗡嗡作響的沉默，龐斯從桌子底下探出頭來，用手摀著耳朵說：「他們用光砲彈了嗎？」

歐嘉．西亞佛嘉擦去眼角的砂礫。「我擔心他們只是在玩弄我們，很快又會重新開始了。」

「再來五、六個像剛剛最後那一擊，」丹先生說，「我們就完了。」

「再來五、六個，」妲博大叫著說，「我們就會像比目魚一樣扁掉了！我說趁著現在還有機會，我們趕快出去！」她轉向摀著耳朵的媽媽說，「葛麗絲，妳得跟我一起走！」

「不。」媽媽搖搖頭。有那麼一會兒，她看起來就像她的妹妹一樣兇狠。「我不能丟下女兒獨自離開！」

歌蒂毅然決然地說：「我不能離開。」她覺得自己全身都是傷，害怕得只想在附近找個地洞鑽進去。可是博物館處於崩潰邊緣，就像一顆異常膨脹的氣球。如果博物館再被擊中幾次，裡頭的一切將衝出璀璨城的大街小巷。要是沒有耗子他那善於馴服野生動物的能力，悲劇肯定早就發生了。

「看在禿神索克的份上，為什麼妳不能離開？」妲博那張佈滿刺青的臉底下是一片慘白，「這才是唯一明智的做法啊！」

就在這時，博物館發生瞬變。「這就是為什麼。」西紐說著，用手指撥弄著琴弦。歌蒂和其他管理員又開始唱起歌來。儘管砲轟暫時停止，狂野音樂卻越來越強烈，即使後來音樂稍微安分了些，丹先生和歐嘉．西亞佛嘉仍然把手放在牆上，輕聲唱著歌。

西紐放下豎琴。「如果我們離開了，」他對妲博說，「那麼一切就完了，無論是這座城市，還是城裡的每一個人。我們不能讓這件事發生，必須想個辦法阻止它。」

妲博憤怒又沮喪，看起來就要抓狂了。「可是你們連個計畫都沒有！」

「我有個計畫，」布魯低沉地說，「我去殺了首輔，把他的骨頭磨成碎片！」

「嗯，這倒是個開始。」妲博說，「我們可以——」

「他被傭兵團團包圍，」阿沫插嘴說，「我和歌蒂幾乎看不見他的頭頂。沒人可以靠近大砲，也沒人可以靠近他，連你也不行，布魯。」

「他很精明啊。」丹先生咕噥著，語氣中帶著憤怒。

「嘿，」龐斯說，「耗子到哪裡去了？」

歌蒂東張西望，小男孩剛剛還在丹先生的旁邊，但是現在不見了。

「耗子！」龐斯焦急地大叫，「你在哪裡，耗子？」

他準備拉開其中一個倒下的櫥櫃，但爸爸阻止了他。「他不在那裡，我看見他一分鐘前跑出這個房間了。」

「他去哪裡了？」龐斯盤問爸爸，同時拚命東張西望。「你們有人知道他到哪裡去了嗎？」

布魯用鼻子嗅了嗅空氣，雖然他的黑色毛皮佈滿灰塵，雙眼卻像火焰般發著紅光。「他在廚房，我去帶他回來。」說完，他大步跑出房間。

「動作快啊！」龐斯在他身後叫道，「不要把他弄丟了！」

歌蒂爬到一堆桌子底下，邦妮和守護者正在那裡用顫抖的雙手擦去臉上的砂礫。「妳們兩個沒事吧？」

「感覺好像淹沒在噪音裡。」邦妮低聲說。

「的確。」守護者說完，撐著身體坐起來。「歌蒂，可以請妳叫其他管理員過來嗎？趁砲轟還沒開始前？」

管理員安靜地圍繞在她身邊。西紐在隔壁坐下，空出肩膀讓她依靠，於是她倚著他說：「博物館無論如何不能垮。這點我們都同意，對吧？」

除了妲博，所有人都點點頭。她交叉手臂，無可奈何地哼了一聲。

守護者把眼鏡推到鼻子上。「至於我們該怎麼阻止首輔，沒有人有任何建議嗎？實用的建議？」

現場一片沉默。歌蒂覺得大腦好像被逼著通過一個篩子，直到擠不出半點有建設性的主意才停止。

倚著西紐的守護者，身子變得更沉了。「依我看來，」她說，「現在只有一個解決辦法。我們必須與他協商，而且要快。」

「可是我們無法接近他——」阿沫開口準備說。

「沒錯，我們無法攻擊他，」守護者說，「但是我們可以舉著白旗接近他，那些傭兵應該會讓我們過去。我們必須貢獻出某樣很有價值的東西，但前提是他答應放博物館一馬。」

「呸。」歐嘉．西亞佛嘉說，「妳以為他會遵守約定嗎？背叛是他的本性。」

一滴汗水從守護者的額頭流下來，替灰塵開了一條道。「當然，但這樣可以給我們多點時間，這是我們需要的。」

又一次瞬變。歌蒂的嗓音像舊報紙一樣沙啞，但她仍唱了起來，其他管理員也跟著歌唱，每個人都在謹慎思考著。

等他們回頭繼續討論時，丹先生伸出粗短的手指輕拍守護者的手臂。「不，妳不能這麼做，這麼做也爭取不了太多時間。」

「她不能做什麼？」邦妮爬過來，站在歌蒂身邊輕聲說。

「她打算把自己交出去。」歌蒂低聲說。

守護者閉上眼睛，然後再次睜開。「我當然不願意把自己交到我弟弟手上。他以為我已經死了。一旦發現我沒死，他會盡最大努力修正這個錯誤。可是我是守護者，這個名字有它的意義。我對這座城市有責任。」

阿沫搖搖頭。「丹先生說得對，這麼做所換來的時間改變不了什麼。」他又出現專注的表情，讓他看起來比實際年齡成熟得多。「我們需要更……」

歌蒂身後的門邊傳來爪子的摩擦聲，龐斯立刻跳起來。「你找到他了嗎？」布魯跳進房間時，他激動地問道，「他在哪裡？」

「在這裡。」布魯說著站到一旁，耗子隨即出現。

小男生看起來彷彿剛剛爬過一堆磚石瓦礫。他的臉上佈滿灰塵，白髮雜亂不堪，卻顫抖著對龐斯微笑，身後拖著一個裝滿紙片的嬰兒浴盆走進房間。

歌蒂突然湧起一股希望。「算命！」她說，「這就是我們需要的！」她連忙站起來，幫耗子把浴盆拖到桌子底下。

「算命？」妲博說，「我可以想到十幾件比算命更重要的事情！」

歌蒂不理她，不理爸媽，也不理哈恩夫婦。他們看起來就像妲博一樣質疑。「來吧，」她對耗子說，「快啊！」

小男孩吹聲口哨，老鼠紛紛從外套裡爬出來，但是牠們的雪白身軀在發抖，緊緊抓住耗子，不願意進去浴盆裡。

「可憐的小傢伙嚇壞了，」龐斯說，「再試一次，耗子。」

小男孩吹了第二聲口哨，然後溫柔地哼著歌，但寵物鼠害怕得不敢離開他的身體。

歌蒂想起當初他們企圖從克德身邊逃跑時，寵物鼠和花貓在豬仔號上合作的模樣。「貓咪？」她說，「你可以幫忙嗎？」

從頭到尾安靜躺在守護者身邊的花貓，抬起牠那憔悴的臉。「老——鼠？」牠拖著身體站起來，一拐一拐走向浴盆。

妲博嘀嘀咕咕發著牢騷。「看來小孩子還不夠，現在還得跟毛茸茸的小動物合作。」

花貓顯然很不舒服，卻還是對小老鼠眨眨眼睛，鼓勵牠們，發出響亮的呼嚕聲，歌蒂幾乎可以感覺到牠胸口的震動。老鼠們開始吱吱叫，顫抖的小身體緩和許多。花貓威嚴地揮舞爪子說：「下——」

老鼠再次吱吱叫了起來，然後，一堆白色毛皮和粉紅耳朵如洪水般湧出來，消失在浴盆裡。紙片沙沙作響。博物館瞬變。歌蒂爬到最近的牆邊開始歌唱，同時目光一直注視著浴盆和白髮小男孩。

她用最快的速度衝回桌子底下。「上面怎麼說，耗子？」

她快速掃視放在地面的紙片，背脊頓時一陣不寒而慄。「跟上次一樣！完全一模一樣！名字裡有歌，這趟旅程，最後一次獲勝的機會，野獸，還有一張街道的圖片。」

丹先生閉上眼睛，露出悲痛欲絕的表情，歌蒂感到毛骨悚然，彷彿有人從她的墳墓前面走過。「這是什麼意思，丹先生？請告訴我。我要去哪裡？」

但是，老人沒能回答，大砲又開始發動攻擊。

砲彈撞擊圍牆時，博物館似乎憤怒得膨脹起來。空氣本來已經很炎熱，現在變得有如火燒一般，而且極度混濁。鯨魚化石裂成碎片垮了下來，古代軍服突然猛烈往前倒，打碎了展示櫃的玻璃。在一個叫作害蟲館的房間內，牙齒帶著期待格格作響。

歌蒂再也聽不見耗子、阿沫，甚至是她自己的聲音。狂野音樂席捲了眼前的一切。仕女之哩從博物館的一邊急衝到另一邊。老礦梯館的地面裂了一條裂縫，隔壁的失蹤兒童館倒了下來。

陰險門砰一聲打開。

「快唱歌！」丹先生大叫著說。管理員個個唱到嗓子沙啞。但是鄧特博物館已經忍無可忍，現在決定自行作主。原始野性正在反撲。

儘管歌蒂拚了命地唱，卻可以感覺到災難正一步步接近。黑水湧進比較低矮的房間，後面跟著的是住在老爪湖那隻難以形容的生物。饑荒從早期移民館偷偷溜出來。附近傳來攻城車啟動的隆隆聲。

然而，這僅僅是開始。令歌蒂震驚的是，一排穿著古裝的士兵從戰爭館穿過陰險門，齊步走了出來。在士兵後方，從瘟疫館不計其數蜂湧而出的，是一群大老鼠。

「那是什麼？」妲博在歌蒂耳邊叫道，「我感覺到有東西在蠢蠢欲動！發生了什麼事？」

妲博的聲音讓歌蒂從震驚中清醒。歐嘉．西亞佛嘉在她身後大聲說：「丹，告訴歌蒂有關萬獸街的事吧！說不定還有救！這是我們唯一的希望！」

老人發出可怕的呻吟。「現在已經沒有時間帶她到那裡了！大砲把博物館給逼急了！」

「他說得對！」布魯咆哮著說，「末日就要來了！」

另一枚砲彈擊中了天花板。等餘音漸漸消退後，守護者拖著身子從桌子底下爬出來。「你需要的是時間嗎？」

「是！」丹先生叫道，「如果能夠讓一切稍微慢下來——」

「可是只要大砲繼續攻擊下去，」歐嘉．西亞佛嘉說，「是不可能的！」

「那麼我會給你們時間。」守護者冷冷地說，「羅絲先生，帶我出去見我的弟弟。」

「不行，等一下！」阿沫跑到邦妮旁邊，在她的耳邊喃喃說了幾句話後，就跑出房間。

「他上哪兒去了？」阿沫的媽媽叫道，「邦妮？他在做什麼？」

邦妮蹲在桌子底下，害怕得說不出話來。一枚砲彈擊中博物館正上方，木屑石塊在歌蒂四周直直落下。她舉起手臂擋住臉，盡量往牆邊靠攏。她感覺到死神在積滿灰塵的走廊上無情地走動。她強迫自己繼續歌唱，雖然她知道這麼做只是徒勞無功，這座城市和所有市民可說是大勢已去。

傳來最後一記轟隆隆的撞擊聲後，攻擊再次停了下來。

這次的沉默教人恐懼，歌蒂簡直無法承受，耳朵不停嗡嗡作響。她感覺士兵放慢了步伐，老鼠跟著慢下來，彷彿剛剛驅動他們前進的力量已經減弱。

「邦妮！」歌蒂叫道，她沒料到可以聽見自己的聲音。「阿沫去了哪裡？」

房間中央那堆桌子動了起來，哈恩先生率先出現，接著是邦妮。她正在哭，眼淚在佈滿灰塵的皮膚上開了兩道深深的細流。

「他說——」她開口準備說話，卻傷心得不能自已。

她的爸爸張開雙臂抱著她。「一切都會沒事的，寶貝。」他說。

「不，不會的！」邦妮甩開他，大步走向歌蒂。「我不知道——」她停下來抽了一口氣，「我不知道萬獸街是什麼，也不知道妳該怎麼過去那裡。但妳最好動作快，因為阿沫已經去幫妳爭取時間。」

「怎麼爭取？」歌蒂說。雖然她很害怕自己早就知道了。

「他——他準備手舉白旗出去談判，他打算跟首輔決鬥！」更多淚水從邦妮的眼睛湧出來，這一次她沒有擦乾。「日落時的決鬥。一場至死方休的決鬥！」

26 本地人和陌生人

大砲在騙徒廣場停下來的那一刻起，首輔就一直在等待他的敵人會耍出什麼花招。他警告過布萊斯要嚴加提防，讓持有武器的士兵掩護他。要是有任何險惡的東西從博物館跑出來，不出幾步路就會被擊斃。

但是他萬萬沒料到，會看見一個小男孩從濃煙瓦礫中爬出來，揮舞著白旗又帶著一把劍。令首輔訝異的是，大砲的隆隆聲立刻停了下來。他揉揉耳朵，覺得裡面滿是沙子，接著對元帥大喊：「怎麼回事？我說怎麼回事？你對我保證過你會把這裡炸成平地！」

布萊斯對男孩點點頭，阿沫正小心翼翼地走向軍隊。「白旗。」

「胡說。」首輔把手放在眼睛上方，「那不過是一條舊桌巾。」

「那不重要。」布萊斯說，「桌巾是白色就算數。戰場規矩。衝突雙方都得尊重白旗。」他聳聳肩，「況且，他們可能想要投降。」

首輔目瞪口呆地看著他。「可是我不要他們投降！我要摧毀他們，對那個小兔崽子開槍，不要讓他再靠近一步！」

現在換元帥目瞪口呆地看著他，「你瘋了嗎？那是一面白旗！」他說得清楚響亮，彷彿首輔是個傻瓜，「意思是他不能開槍射我們，我們也不能開槍射他。這是戰、場、規、矩！」

首輔對戰場規矩一點也不感興趣，他激動地說。接著，他握住他的劍，重複下達開砲的命令。

「我不會這麼做的！」元帥說著，生氣地鼓起臉頰。

「記住是誰付錢給你！」

「我只記得，」布萊斯厲聲說，「那筆錢有多難到手！」說完，他用力甩動八字鬍，轉身離開首輔身邊。「讓那男孩過來！看看他想說什麼。」

阿沫全身蓋滿灰塵，看起來像一尊會走路的雕像，不過眼睛清楚地露出來。他彷彿集結了所有勇氣，才能從容地朝大砲走來，雖然知道每走一步都有可能被炸成碎片。

直到最後一刻，首輔才認出他來，而且會認出來，純粹是因為霍普護法發出害怕的尖叫聲。「是阿沫．哈恩！可是他有瘟——」

「安靜！」首輔大聲咆哮，打斷叫到一半的護法。他的怒氣越升越高。為什麼他的身邊總是圍繞著一群笨蛋？先是布萊斯和他那荒謬的「戰場規矩」，現在又換霍普護法，在這種時間點竟然喊著瘟疫，一點理智都沒有。

他狠狠瞪著逐步靠近的人影，納悶這個小兔崽子是怎麼逃離希望之光的。他有被感染嗎？首輔想要拿劍刺他，然後把屍體燒了。想當然耳，布萊斯會抗議，還會碎碎唸著有關白旗的大道理，可是如果他速度夠快的話……

然而，男孩在十幾步以外的距離停了下來，把白旗舉到頭頂。「我——」他的聲音抖個不停，於是又重新說了一遍。「我要決鬥！」

首輔忍不住張大嘴巴，對這番荒唐言行放聲大笑。有些傭兵開始跟著咯咯發笑，不過很快又安靜下來。這個男孩的站姿、眼神有股特質，給人一種非常認真的感覺。

霍普護法拉了拉首輔的手肘，表情害怕得走了樣。「首輔大人！」她低聲說，「那個男孩！他有瘟——」

首輔狠狠瞪了她一眼，她只得把話吞下，不敢得罪。但她不願意閉嘴，不肯完全閉嘴。「你知道他有什麼毛病！」她嘶聲說，「殺了他！趁現在！讓人民免於慘死！」

首輔巴不得殺了那男孩，可是布萊斯元帥凝著他。還有，整齣瘟疫船的戲碼已經越來越沒意思。這件事太過巧合，太……精明了。

「事實上，」他喃喃自語，「這件事明顯是隱身石搞出來的荒謬詭計。」

「什麼詭計，首輔大人？」霍普說著，仍在首輔旁邊晃來晃去。

「那艘船，妳這個笨蛋！現在這場可笑的戲碼大概也是詭計。」首輔把霍普護法推到一邊，提高音量說：「這不過是他們的詭計罷了，布萊斯，我們不需要那麼認真！開槍射他，除掉他，博物館在耍我們。」

元帥不理他。「你要怎麼決鬥，孩子？」他說。

在傭兵團裡找到一席之地的史曼，用手肘輕推同伴然後大聲說：「他在對話的那個人叫阿沫。我認識他。」

阿沫用力抽了一口氣。「我——我要跟首輔單挑！」

「什麼？」首輔說，「你瘋了嗎，阿沫．哈恩？大砲在你的笨腦袋打了一個洞嗎？你想要跟我單挑？」

「日——日落時的決鬥，」他的聲音飄忽不定，接著突然變得堅定。「至死方休！」

「呸！」首輔說著轉身離開，「我才不會浪費我的時間！」

布萊斯元帥不滿地看著他。「你不能拒絕，尤其是在白旗的名義下所發出的戰帖。戰場規矩。」

首輔發現自己氣急敗壞地說起話來，「別鬧了！他只是個孩子！我不會跟個孩子決鬥！」周遭的人紛紛發出反對聲浪。「決鬥就是決鬥。」布萊斯擠出微笑說。

「這是拖延戰術，你難道看不出來嗎？那棟博物館裡有危險的東西，你現在給了管理員時間去安撫！你是士兵，布萊斯！我建議你像樣點！重新開砲！」

然而首輔抗議得越厲害，元帥的立場就越堅定。他派了一名士兵看守阿沫，以免一切真的只是詭計，然後再派了一些手下看守博物館。剩下的人開始為決鬥清出適合的場地，並在周圍升起火。

首輔氣得咬牙切齒，把牙都給弄痛了。「霍普護法，」他用虛偽的溫和口氣說，「看來如果想要保住我們的盟友，我只得加入這場可笑的戰局了。」他壓低音量，只有霍普護法和阿沫可以聽得見。「但是我會照我自己的方式去做。妳的手槍還在身上嗎？」

「在，首輔大人！」

「很好。」首輔低聲說，「仔細注意任何企圖逃出博物館的人。那些傭兵不會對孩子開槍，不過要是妳見到那男孩的妹妹，我准許妳開槍射她。」

蒙著灰塵的阿沫，臉色漸漸泛白，但什麼也沒說。

霍普微微一笑，「沒問題，首輔大人。」

首輔轉身對布萊斯說：「好吧，元帥，我接受挑戰。我會跟這個男孩決鬥，至死方休。等我打敗他——等我殺了他之後——我們再摧毀鄧特博物館！」

□

一想到阿沫落在首輔的手上，歌蒂就害怕得喘不過氣。有那麼一會兒，其他事情已經顯得不重要。她望著周圍一張張的臉蛋，在上面看見了自己的恐懼。

但就在這時，歐嘉．西亞佛嘉挺起胸膛，像個不達目的絕不罷休的古戰士。「現在太陽還沒下山。」她說，「而且阿沫不是傻瓜，他有辦法暫時拖住首輔的——」

「可是首輔會殺了他！」邦妮哭著說。

哈恩女士不停啜泣，哈恩先生喃喃地說：「我去找他，我會把他帶回來。」

「不，讓我去。」守護者說，「我們不能讓他這樣犧牲自己。」

「所有人都給我安靜！」老婦人的眼睛閃了一下，「陰險門已經打開，戰爭和瘟疫正在這些走廊上走來走去，尋找可以將它們釋放到城市的大門。多虧阿沫的決鬥，它們現在走得非常緩慢，但是仍在活動。目前我們唯一的希望是讓歌蒂走上萬獸街。」

「什麼是萬獸街？」媽媽叫道，「那裡危險嗎？」

「可以阻止妳說的那些士兵嗎？」爸爸說，「可以阻止老鼠嗎？」

「那首輔呢？」姐博說，「還有大砲。有辦法阻止嗎？」

「有辦法救出阿沫嗎？」哈恩女士低聲說。

丹先生依序看著每個人，表情相當嚴肅。「我們不確定到了萬獸街有什麼用，也許可以解決所有的事情，也許一件事都解決不了。但我們必須試一試。」

大家在歌蒂周圍此起彼落問著問題。她想要為即將來臨的事做好準備，腦袋卻是一片空白。她聽見姐博提高嗓音，凌駕其他人之上。

「好吧，假設歌蒂確實走了一趟萬獸街，那同一時間我們其他人要做什麼？坐在這裡閒聊嗎？難道我們不能讓那些老鼠和士兵稍微放慢速度嗎？要是沒人願意，我可要試一試。」

「我也要！」邦妮說。

「很好。」歐嘉．西亞佛嘉說，「妳的弓箭在哪裡，孩子？」

哈恩先生的臉色變得比先前更蒼白。「妳不會真的打算牽扯年幼的孩子進來吧！難道我兒子的處境還不夠——」

「無論我們願不願意，這些孩子都會牽扯進來的。」歐嘉．西亞佛嘉打斷他，「先生，你有沒有見過城市遭到瘟疫肆虐，或是被四處打劫的軍隊弄得四分五裂？」

「沒——沒有，可是——」

「我見過。我告訴你，我們必須竭盡所能去阻止事情發生，你明白嗎？」

哈恩先生嚥了一口口水，然後點點頭。歐嘉．西亞佛嘉轉身面對邦妮，揚起眉毛說：「妳的弓箭呢？」

「在辦公室。」

「麻煩你去拿過來，西紐。」老婦人說，「再順便幫我拿一把弓箭、打火器、幾塊用來裹住箭頭的布，還有手槍，如果你找得到的話。」接著，她對邦妮說：「我們要把箭點上火，射那些老鼠好嗎？用這種虛弱的武器雖然無法阻擋牠們，因為數量太多了，可是妲博說得沒錯，或許我們可以稍微減緩牠們的速度。」她轉向耗子和龐斯，「你們兩個跟我們一塊兒去嗎？很好。你們各有擅長的能力，盡力而為吧。」

歌蒂正在聆聽博物館的聲音。在後廳的深處，地面承受了幾千雙靴子的重量而不斷震動。老鼠又油又髒，成群結隊走下樓梯，鑽進地板。博物館發著脾氣，布魯跟著抓狂，全身頻頻顫抖，渴望戰鬥。

「西紐，快去吧。」歐嘉．西亞佛嘉說，「我們沒有太多時間了。丹，告訴歌蒂有關萬獸街的事。」

丹先生緩慢且悲傷地點點頭，然後用一種神秘的童音，開始唱了起來。

萬獸街誰走過？
肯定是要三人行。
兩個世仇兼天敵，
加上一人在中間，
那人是友抑是敵，
是本地人也是陌生人。

那是我，歌蒂吃了一驚，恍然大悟，我和芙西亞公主！本地人和陌生人！

萬獸街通何方？丹先生唱道。

永恆之地，遭時間遺忘，
未曾有人返回的地方。

「什麼？」爸爸表情震驚地說，「未曾有人？」

「你要把我的女兒送去哪裡？」媽媽尖聲說。

萬獸街存什麼？丹先生繼續唱。

存恐懼於趕路人。
存死亡於逗留者。
然對法魯魯納島而言，

存在著救世之道。

他停下來，眨了眨眼。歌蒂清清喉嚨，覺得自己彷彿被捲入一股強大的力量之中，連想都不敢去想。

恐懼。

死亡。

……還有救世之道。

「法──法魯魯納島？」她顫抖地說，「法魯魯納島已經不存在了，是嗎？」

「要說哪裡還存在法魯魯納島，」丹先生說，「也只有在鄞特博物館了。」

「救世之道是什麼意思？」

「不知道，小姑娘。以前的人總說那是某個必須去尋找，去帶回來的東西，但沒人確定那是什麼。」

歌蒂全身疼痛不已，她只想倒在床上，連續睡個幾天。反之，她只是把喉嚨裡的一顆砂礫用力嚥下，然後說：「兩個世仇兼天敵，指的是布魯和貓咪。」

暴風犬豎起耳朵，「我也要去？很好。要是那裡存著恐懼，我就咬它一口！」

「犬──」花貓厭惡地低聲抱怨，但同時也搖搖晃晃站起來，來到歌蒂的旁邊。遠處某個地方，銅鼓開始敲打起來。

「至於那個是本地人也是陌生人的人，就是我——」歌蒂猶豫了一下，現在已經沒有時間再隱瞞秘密，她必須告訴他們。「還有在我腦中，芙西亞公主的聲音。」

「什麼？」妲博說。

「真的嗎？」邦妮說，暫時忘了對阿沫的擔憂。「妳真幸運！」

丹先生和歐嘉．西亞佛嘉互看了一眼，接著歐嘉．西亞佛嘉低聲說：「我們大概猜到了幾分。這表示妳也有狼魂囉？」

歌蒂點點頭。有那麼一會兒，她的眼前除了兩名年長管理員，其他人似乎都消失了。「你們——你們該不會認為我瘋了，是吧？」她低聲說。

「妳？」丹先生說，「我沒見過比妳更正常的人了。看來妳遇上這種事仍然很堅強。」他給她一個擁抱，「不過一直以來，妳背負著多麼沉重的負擔啊，小姑娘。」

歌蒂把臉埋在老人的肩膀，一句話也沒說。他們終究是明白的，她早在很久之前就應該告訴他們，她應該相信他們的。

「妳很害怕狼魂，是嗎？」歐嘉．西亞佛嘉溫柔地說。

「是！」歌蒂把頭抬起來，「當初我們從天大謊言出來的時候，我差點殺了耗子，後來我也差點殺了菲佛！」她突然驚訝發現，那不過是昨天的事情，感覺起來卻像幾個禮拜前的事了。

「但是妳並沒有殺了他們，孩子。下次狼魂控制住妳時，記住這一點，記住妳仍在那裡，在妳的內心深處。」老婦人緊握歌蒂的手臂，堅定不移。「即使是芙西亞，也覺得帶著狼魂過日子很不簡單。但這不過是一個武器，就像所有武器一樣，該怎麼使用是由妳自己作主。記住，永遠有選擇的機會。」

歌蒂湧上一股溫暖和力量。他們信任我，她心想，他們信任我。

她離開丹先生的懷抱，整個世界重新映入眼簾。不遠處，號角響起，上千條沒有毛的尾巴拖著走過積滿灰塵的走廊。吱吱，吱吱。淡水魚館感覺到即將到來的危險，館內空氣嘶嘶作響。

「我要從哪裡開始，丹先生？」歌蒂說，「我要去哪裡尋找萬獸街？」

老人準備回答，卻被西紐給打斷，他帶著兩把弓箭和箭筒，以及幾把手槍，匆匆跑進門。「差點沒能成功。」他心情愉悅地說，「我準備離開的時候，辦公室的屋頂正好坍塌。來，邦妮，妳的弓箭沒事，我的神經可就不是這麼回事了。」

他對歌蒂眨眨眼，「弄清楚萬獸街了嗎？我想妳應該搞定了。有什麼我可以幫忙的嗎？」

「不是你。」歌蒂說，「我想請爸媽幫個忙。」於是她對爸媽和守護者簡單吩咐了幾句。

「我相信妳會回到我們身邊，親愛的。」爸爸說著，心事重重地將她的頭髮從眼角撥開。媽媽咬著嘴唇，「我們都為妳自豪，妳知道的，對吧？」

歌蒂點點頭，說不出話來。

「我們快要沒時間了。」西紐說著，遞給妲博一把槍，剩下的則交給邦妮的父母。哈恩夫婦小心翼翼接過來，表情盡是困惑、恐懼，卻又充滿決心。

「沒錯，」歐嘉．西亞佛嘉說，「我們必須走了。丹會盡快跟上我們。」她邊說邊把弓箭拽上肩膀，然後拿出手帕，解開所有的結，除了角落的大結外。

剎那間，淡水魚館刮起陣陣微風，將灰塵揚起一陣沙暴。吹過牢門時，刮得牢門格格作響。在這片吵雜聲中，歌蒂聽見西紐匆忙走出房間時，說話的聲音。「看來就剩我們幾個勇士了，對吧，邦妮？還有歐嘉．西亞佛嘉的微風，千萬別小看它們。話雖如此，這確實是個挑戰，是吧，耗子？祈禱我彈得夠難聽，可以阻止一支軍隊！」他在豎琴上彈出一道愉快的音符，「來吧，龐斯、摩根。來吧，哈恩先生、哈恩女士。快跟上，否則就看不見你們了！來吧，姐博……」

摩根尖叫一聲，起飛追上西紐，哈恩夫婦則跑去加入歐嘉．西亞佛嘉。但是姐博沒有移動，反而從口袋裡拿出胸針，放進歌蒂的手心。「妳大概不喜歡有個當過人口販子的阿姨。」她連忙接著說，「沒錯，我見過妳看著我的眼神，我是自作自受。我做過許多讓我一輩子良心不安的事，但是我不會眼睜睜看著我的外甥女送死，卻沒人救她。如果妳沒有回來，我就去找妳！」

話一說完，她給了歌蒂一個大大的擁抱。歌蒂發現自己也緊緊抱著阿姨，從那雙強壯的手臂得到了意想不到的安慰。爾後姐博也離開了。

「動作快，」丹先生說，「妳得抱著那隻貓，牠仍然非常虛弱。」

布魯低沉地說：「我才不會讓自己像個喝奶的小寶寶一樣被抱來抱去！我們不能不管這傢伙嗎？」

「噓，布魯。」歌蒂說，「你們兩個我都需要。」

她把花貓抱在懷中，然後轉身對丹先生說：「我準備好了。」

27 永恆之地

萬獸街始於博物館的中心，在一座叫惡魔廚房的山丘深處。歌蒂站在入口，手中抱著花貓，布魯跟在後面。燈籠發出小小的光暈，但其他地方是一片漆黑。隧道裡的空氣很乾燥，石牆佈滿尖銳的水晶。

她來過這裡，至少該說，她曾經路過這條隧道入口，卻不知道裡面是什麼。在她腳下的某個地方是回憶之地，還有老骨頭和會發出颯颯聲的頭骨。

丹先生向前一步，在口袋裡東翻西找，手中的燈籠輕輕搖曳。「小姑娘，我們並不知道妳要去哪裡，也不知道妳到了那裡會發現什麼，所以把這個收下吧，以防萬一。」

他放了一疊銀幣在歌蒂的手心，然後拍拍她的肩膀。「去吧，快要日落了，沒時間可以浪費。」

歌蒂緊緊摟住花貓。「布魯？」她說。

暴風犬溫熱的氣息吹在她臉上。「我來領路。」他低沉地說，「跟緊了。」說完，他大步走進隧道。

歌蒂跟上他後，才真正感受到漆黑所帶來的壓迫。黑暗自四面八方壓著她，充斥她的眼耳口鼻。燈籠的光線瞬間變得無足輕重。

她蹲下來，把花貓放在膝蓋上，想要把燈芯拉高。可是，火焰非但沒有變大，反而越縮越小，最後閃爍不定，熄滅了。

她到處不見丹先生的燈籠，應該在身後幾步之遙的地方，但是丹先生消失得很徹底，彷彿從來沒有來過。

「布魯？」歌蒂突然害怕地說，「你還在嗎？」

「我在這裡。」暴風犬低沉地說，濕潤的鼻子輕輕頂了她的額頭一下。

「燈籠怪怪的。」她說著，把硬幣放進口袋，開始笨手笨腳尋找打火器。

「我們不該逗留。」布魯說。

「我知道，可是我看不見。」她嘗試重新點燃燈芯，但現在連打火器都變得怪怪的，只能冒出零星火花。

「我們應該回去拿另一盞燈籠。」她說，「為了安全起見。我們不知道前方有什麼在等著我們。」

「存死亡於逗留者。」

「可是我看不見！」歌蒂感覺喉嚨辛辣，呼吸不過來。現在黑暗已經偷偷地爬進大腦，她覺得自己幾乎無法思考。

她緊緊抱著花貓溫暖的身軀。「貓咪？你看得見嗎？」

「牠當然看不見。」布魯輕蔑地說，「我先走，我的鼻子比任何一盞燈籠都厲害。」

花貓在歌蒂的懷中挺起身子。「下——」牠要求道。

「不行，你還不能走。」歌蒂說。

「能——」花貓厲聲說完，從歌蒂的懷裡翻到硬地板上。「先——」牠說。歌蒂聽見花貓一拐一拐走過布魯身邊時，傳來了扭打聲。

暴風犬從靈魂深處發出怒吼，「我先走！不要擋路，沒用的貓，否則我就殺了你！」

「不行！」歌蒂說著，伸手抱住布魯。她感覺到他的身體緊繃得不停顫抖，她也知道，儘管兩隻動物像孩子般爭吵，之間的仇恨卻是真實的。她的旅程還沒開始就已經瀕臨失敗。

「聽我說。」她連忙說。現在有事可做，她覺得自己稍稍平靜下來。「我們不知道危險會從哪裡來，所以我希望布魯走在我的後面，保護後方。」

暴風犬開口準備抗議，但歌蒂把他拉近，在他耳邊低聲說：「這隻貓非常虛弱，我需要牠走在前面，以免牠倒下來。而我需要你在後面給我力量。」

然後，她大聲說：「貓咪，你確定你可以走路嗎？我們不能走太慢。」

她感覺花貓在磨蹭她的膝蓋。「先——」牠發出呼嚕呼嚕的聲音，然後猛然拉直尾巴。「抓——」

他們在黑暗中重新出發，周遭漆黑得伸手不見五指，歌蒂還以為自己瞎了。她拖著腳步，與布魯肩並肩往前走，手抓著花貓的尾巴——尾巴會不時垂下來，然後花貓再用虛弱的身體用力拉直，讓尾巴用力抽起。不過歐嘉．西亞佛嘉說得沒錯，懶惰貓的後代很堅強。他們平安無事地通過隧道的第一個區塊。

丹先生的話在歌蒂腦海迴盪。存恐懼於趕路人，存死亡於逗留者。他們走得太快了嗎？她好奇，還是不夠快呢？她完全沒有概念。她能做的只有在這片漆黑中硬著頭皮往下走，努力不去想她的朋友可能發生了什麼事。

走在這裡很容易失去時間觀念，歌蒂覺得他們不過走了幾分鐘，就聽見布魯在旁邊低聲說：

「我看見——」

這個時候，他的聲音被打斷了，既突然又徹底，彷彿有面牆在他前方落下。與此同時，花貓的尾巴消失在歌蒂的指間。

歌蒂的直覺告訴她不可以發出聲音，於是她忍住喘氣的衝動，沒有大聲呼叫布魯和花貓。反之，她停下腳步，四處摸索，尋找他們溫暖、踏實的身軀。

卻到處找不到他們。

她在隧道牆上摸來摸去，努力保持鎮定。一分鐘前牆壁乾得像老骨頭，現在卻是濕的，她聽見附近有水滴的聲音，還聽見了自己的呼吸聲，以及每分每秒在內心逐漸增長的恐懼。發生了什麼事？她在哪裡？她的同伴到哪裡去了？她應該繼續前進，還是回頭找他們？

她想起其他管理員正在努力拖延死亡和毀滅的逼近，而阿沫——如果他仍然活著的話——也準備與首輔決一死戰，她知道自己無論如何都得繼續走下去。她伸出顫抖的腳，往前踏一步，碰到堅硬的邊緣，彷彿前方的路突然到了終點。

不對，不對，她突然發現。路沒有結束，只是變得很窄，沒什麼，只是突出的岩石。歌蒂貼緊牆壁，慢慢往前走。雖然不知道自己身在何方，但這裡真是寒冷。水從上方滴落，沿著頸子滑下來。她感覺到左邊有一處偌大空間，像是一個天花板低矮的洞穴。

遠方的水濺聲傳來之際，她當場愣住了。聲音聽起來很響亮，更糟糕的是，聽起來異常熟悉。過了一會兒，就如她所擔心的，水面升了起來，在腳邊飢渴地拍打。

她在老爪湖。

歌蒂完全不知道自己是怎麼來到這裡的，但這裡是她最不想待的地方。她的呼吸變得急促，過於輕率地往前踏出一步，結果腳滑了一下。她又聽見水花濺起的聲音，這次更靠近了，她知道住在水底的那隻生物可以嗅出她的恐懼。

而且正在追捕她。

她從來不曾如此害怕。恐懼緊緊包圍她，讓她無法思考，無法移動，心狂跳不已。黑暗像毛毯罩住她的臉。

但這時候，她想起阿沫和所有人都指望著她，她知道自己絕對不能失敗。

她正色面對恐懼，將它放在手心，彷彿一顆長滿釘子、抖個不停、醜不拉嘰的球。她禮貌地歡迎恐懼，就像丹先生很久以前教過的那樣。後來，儘管如此，她仍做了該做的事情。

拔腿狂奔。

她沿著突出的岩石，在一片漆黑中奔跑，雙腳伶俐地踩在黏乎乎的石磚上，旁邊的牆壁指引著她。她在奔跑的同時，可怕的水濺聲越來越靠近，湖水在面前湧起，抓住她的腳踝和膝蓋。她不停跑啊跑，最後在牆上找到一扇木門。她手忙腳亂地尋找門把，砰一聲打開跌了進去。她用力一推，關上身後的門，氣喘吁吁地在地上摔成一團。

等她再次睜開眼睛，有兩名男子站在對面。

起初，她沒辦法將他們看清楚。光線太刺眼，她的眼睛無法適應。她先眨眨眼睛，用力閉了一下，然後再眨了眨。她把手放在地上攙扶自己，指尖摸到草地的觸感。

「是個小女台。」其中一名男子用熟悉不過的口音說道。恐懼再一次降臨在歌蒂身上。

她到了陰險門的另一邊。她到了戰爭館。

這不是真的，她拚命轉動腦袋，陰險門已經打開了，這些人應該早就不在這裡了，萬獸街只是想要嚇唬我，這不是真的！這只是一場夢！

其中一名男子抓住她的手腕，用力把她拉起來。歌蒂抬起頭，瞇起眼睛看著他。他穿著灰色大衣和馬褲，只有一隻手臂。

他的同伴臉上有一道嚇人的弧形疤痕，疤痕消失在一隻沒有眼珠的眼窩。他剩下的藍色眼珠瞪著歌蒂看，彷彿他的眼傷都是她的錯。「是同一個小女台。」他咆哮著說。

歌蒂倒抽一口氣，發現這兩人就是幾個月前捉住她和阿沫的那些士兵，就在他們穿越陰險門去尋找丹先生的時候。當初他們差點命喪黃泉，幸好有歌蒂的聰明才智，以及布魯和摩根的強悍救了他們。

現在，歌蒂見識了兩隻動物的強悍所造成的傷害。

她的膝蓋軟弱無力。這不是真的！她再次告訴自己。

但是士兵抓住她手腕的力道再真實不過，同樣真實的還有另一名士兵刻意裝在槍管上的刺刀。軍營的惡臭陣陣飄來，歌蒂明白這不是夢，而是博物館的秘密之一，她也明白如果自己死在這裡，就真的完蛋了，將沒有人去尋找救世之道，沒有人去阻止首輔殺掉阿沬，也沒有人去拯救博物館和璀璨城。

絕望的歌蒂把空出來的那隻手伸進口袋。她沒有什麼東西可以自救，只有一些銀幣，而且對這兩個男子而言，這些銀幣根本不夠拿來換她的命。要是她擁有更多銀幣，要是她擁有的金額足以讓他們稍微分心……

她伸展手指，忐忑不安地伸手經過獨臂士兵的面前，在半空中取出一枚銀幣。「先生，謝謝。」她說。

士兵們先是目瞪口呆地看著她，再看著那枚硬幣。歌蒂將銀幣放進口袋裡。

「喔，還有？」她說，祈求自己的聲音沒有她所想像的那麼顫抖，然後再次把手伸出去，憑空取出了另一枚銀幣。

歌蒂把那枚銀幣同樣放進了口袋裡，或者至少看起來是如此。實際上，她把銀幣藏在手心，等到第三次伸出手，抓進手裡的還是同一枚銀幣，但是怎麼看都像有個隱形人把銀幣給了她。

就在這時，她舉起手。「不要再給了。」她說，「你只是在浪費錢。」她指著刺刀，「你瞧，這筆錢我是用不上了，不過還是謝謝你。」

她把銀幣放進口袋，閉上雙眼，彷彿已經做好赴死的準備。

「尼在跟誰說話？」聲音離她的耳朵很近，她的臉頰可以感覺到士兵的氣息。

「那邊那個男人。」她沒有睜開眼睛伸手指著說，「拿著大皮包的那個。」

「那裡沒有人。」士兵說。

歌蒂聳聳肩，「你說沒人就沒人吧。」

現場一片沉默。歌蒂連閉著眼睛都快要撐不下去。

士兵再次抓住她，「錢從哪裡來的？」他咆哮道。

歌蒂帶著極度困惑的表情，張開了眼睛。「他就在那裡，在你旁邊。」

兩個男子凝視著她所指的位置。

「你們看不見他嗎？或許他是鬼。」歌蒂說著，從口袋拿出一枚硬幣舉高，讓陽光照在上面。「錢看起來倒是挺真的。」

獨眼士兵從她手中搶過硬幣，在邊緣處咬了咬。那張慘遭毀容的臉露出貪婪和迷信。他轉向隱形人站著的位置，伸出自己的手說：「尼，給我錢。」

什麼事也沒有發生。

歌蒂把手偷偷伸進口袋，又握了一枚硬幣在手心。現在士兵拿走了一枚，她還有九枚。她可以看見左邊五十步外的陰險門所透出的微光。當初離開的世界，陰險門是敞開的，在這裡卻是關上的。九枚硬幣夠不夠讓她走到門邊呢？

「我可以要更多錢，」她說，「可是你們得保證不能殺掉我。」

兩個男子不懷好意地看著她。「我們向尼保證，小女台。」擁有刺刀的那名士兵說，「尼給我們很多錢，尼就自由了。」他飢渴地哈哈大笑，再對他的同伴眨眨眼。

歌蒂點點頭，彷彿相信了他，然後伸出手，從半空中取出硬幣。她給了獨眼士兵一枚，再給了他的同伴一枚。

還剩下七枚硬幣。

她的眼神飄到左邊，「你要去哪裡，先生？」

「他要走了？」獨眼男子說，「叫他留下來！」

「他不肯留下來，」歌蒂說，「不過我們可以跟上他。」說完，不等士兵的准許，她就開始離他們而去。她聽見他們在身後怒吼，背部一陣緊繃。她趕緊讓另一枚硬幣出現，遞了過去。

還剩下六枚。

歌蒂提著膽子，帶領兩名士兵快速穿過草叢，這又花了她兩枚硬幣。不過到這時候，她已經站在陰險門的旁邊，只差一步就能脫險。

陰險門不是實心的，而是用鐵管焊接成一面巨大的蜂巢。它在草叢裡安靜地閃閃發亮。除非知道確切位置，否則幾乎看不見它的存在。歌蒂見過布魯從其中一個蜂窩般的洞孔扭著身體鑽進來。只要陰險門是關上的，士兵們就無法用這種方式逃脫，瘟疫館的老鼠也一樣。不過歌蒂可是第五名管理員……

兩名男子嚴密監視她。她打起精神做好準備。她只有一次機會。

她不安地舉手一指。「喔，不。」她大聲叫道，「他要走了，而且他——快看啊！」

士兵們忍不住朝歌蒂指的方向看過去。歌蒂拿出口袋裡最後四枚硬幣，高高拋到空中。硬幣落在遠處的草地上，像是鬼扔了出去，當作離別禮物。兩名士兵前仆後繼追過去，貪心地用手肘推擠對方。

歌蒂立刻鑽進了陰險門的洞孔。

她勉勉強強擠過去，完全不知道門的另一邊有什麼東西等著她。事到如今，萬獸街顯然在測試她，她以為自己已經做好萬全的心理準備。

但是，就在這個時候，她看見頭上高聳的玻璃圓頂，知道自己來到了璀璨城的大禮堂，那不復存在的建築物。霍普護法也在場，還有一群父母和孩子，以及許多做著筆記的記者。臉上沾滿灰塵和血跡的首輔站在台前，正在發表聲明。

歌蒂低頭看著綁在手腕的白色絲帶——那條繫在媽媽身上的白色絲帶。就在她對博物館的所有記憶準備消失前，就當過去宛如老爪湖的湖水，狡猾又冷酷地緩緩逼近時，她發現萬獸街把她一路帶回了分鏈日的那天……

……分鏈儀式正準備取消！這天她已經等了一輩子！不可能！不可以取消！不可以！

但是媽媽催促她到銀匠那兒去，讓銀色手銬再次銬上她的手腕，上面還附有銀色鏈子。爸爸輕拍她的肩膀，低聲說：「外面太危險了，親愛的。或許守護者明年會重辦。」

「又或許是後年。」媽媽說著，親暱地摟住她，同時把她推向銀匠。

「不，我等不了那麼久！」歌蒂說。這些話就這樣脫口而出。「我今天就得分鏈！」

她的聲音響遍大禮堂。霍普護法轉過身，胖嘟嘟的臉同情地皺起來。「可憐的孩子，妳很期待自由，是嗎？」

歌蒂沒料到霍普護法的反應會是如此，害她忘了本來要說的話。

霍普護法抬頭挺胸站到台上。「別擔心，」她說，「時間過得很快的。」

這時，歌蒂又想起了要說的話。「可是他們答應我們今天可以分鏈的！」

「噓，親愛的，」媽媽說，「別激動。」

「這是受到驚嚇的關係。」霍普護法把手放在歌蒂的額頭上，「她只是有點沮喪，不久就會好些了。」

歌蒂把霍普護法的手推開，「我不會好些！他們答應過的！」

「我親愛的、可憐的孩子。」霍普護法用最慈祥的口吻說，「我知道在這種時刻，不自私有多困難。」

從她的眼神，歌蒂看得出來她是真的明白自己的心情，她也有過失望，不亞於分鏈儀式取消這件事，但她勇敢撐過來了。

霍普護法壓低音量輕聲說：「可是如果妳胡鬧的話，將會傷害到妳的父母，也會傷害到我，傷得很重。」

聽到這番話，歌蒂感到愧疚。她愛霍普護法，幾乎就像她愛爸媽一樣，想到會傷害她——

不對！等一下！這個想法有點不對勁，就像走調的豎琴讓歌蒂覺得刺耳。有那麼一會兒，漆黑，一片漆黑緩緩向她靠近。她的指間充滿毛皮的觸感。

但是一下子就消失了。霍普護法的慈祥聲音像棉花包圍她。「親愛的孩子，最最親愛的孩子，這裡每個人都疼愛妳，妳是知道的。妳千萬不能讓他們失望。有點耐心，一切都會好轉的。」

歌蒂突然流下淚水，她把手插進口袋。她確實想要自由！

可是也許霍普護法說得對，她不情願地心想：也許是我太自私，不知感激，讓其他人為難。有樣東西刺痛她的手指，於是她縮了一下。是胸針上的別針，那枚張著翅膀的胸針。她緊緊握住它，走調的豎琴又在耳邊響起。只是這一次，聲音背後帶著兩個字：

仁慈。

歌蒂突然靈光一現，她知道以前有人對她說過有關仁慈的事，很重要，是什麼呢？

媽媽親吻她的臉頰，把她往前推。她離銀匠更近了。「不久了，親愛的。看，我們是隊伍的第三個。」

「經過了令人失望的一天，」霍普護法說著，始終掛著微笑。「我想妳會很高興回到家。」

是什麼呢？歌蒂心想。她聽見銀匠幫傑比重新銬上手銬、並繫上守護鏈時，鐵鍾發出的鏗鏘聲。現在只剩下菲佛在她前面了。

她緊握著胸針，仍然想不起來。藍色小鳥彷彿在她手中拍動翅膀，拚命想要獲得自由。

恐懼感擒住歌蒂，這裡有種她不明白的危險。

到底是什麼呢？

「好了，」媽媽說，「菲佛就快結束了。可真快，不是嗎？準備好，親愛的，下一個換妳了。」

歌蒂那隻沒有血色的手緊緊握住胸針。恐懼感漸漸增強，現在已經沒有時間了。她深吸一口氣，把別針刺進大拇指的指尖。

從她的過去，又或者是她的未來，傳來一個聲音說：「記住發生在佩斯．科氏身上的遭遇，堅持自我，無論周遭的人如何蜜語甜言。」

歌蒂突然睜大雙眼。愧疚感仍然存在，就像內心的悲傷一樣強烈，可是傳來的那個聲音更清晰。「堅持自我！」

我不想再戴上守護鏈了，歌蒂心想。突然間，她明白那是她心中最真切的自我，我不會再戴上守護鏈了！

她感覺到胸針越來越熱，彷彿在對她回應。別針伸長、變形，小鳥翅膀化作一把長剪刀。

歌蒂靠著爸爸寬闊的胸膛，低聲說愛他，再親了親媽媽的臉頰。她帶著害怕又喜悅的複雜情緒，從口袋裡拿出剪刀，喀嚓一聲剪斷白色絲帶。

然後，趁沒人阻止她前，歌蒂跑下舞台，衝出大禮堂的後門……

……發現自己身處一片漆黑當中，花貓的尾巴在手中，而布魯靠在她的肩膀上，正準備說完久久前開口的那句話：

「——前面有一道光。」

28 萬獸街

太陽緩緩落入西邊的地平線，首輔脫掉外衣，捲起衣袖。他已經冷靜下來，甚至有點期待這場荒謬的對決。畢竟，他的姊姊死了，城市掌控得服服貼貼，很快地，隱身石最後幾名殘軍也要被炸成碎片。

他揮舞雙臂，瞪著面前的男孩。「所以說，」他用嘲弄的口吻說，「你就是我那強大的敵手。」

阿沫沒有反應，只是拿劍站在原地。

首輔從劍鞘抽出劍，測試它的平衡感，彷彿不在乎決鬥再過五分鐘左右就要開始。「準備好以死娛樂這些士兵了嗎，小伙子？還是你認為博物館的朋友會來救你？我告訴你，等他們到達這裡，早就太遲了。」

接著，首輔二話不說，跳了出去。

但是阿沫已經不在剛才的位置。他飛快逃走，到了圓形場地的另一邊。

首輔哼了一聲。「你要我去追你嗎？別操心，我在這裡舒服得很。」他再次往前跳，拿劍往小兔崽子的脖子刺過去。

阿沫再次逃跑，一次又一次，彷彿唯一目標就是拉長決鬥的時間。

首輔氣憤地搖搖頭。「我以為我要決鬥，現在看起來卻像在獵兔子！」

傭兵和神聖護法放聲大笑。布萊斯元帥點點頭，「你得正面交戰，小伙子。」他說，「如果不這麼做，你會喪失決鬥權。」

終於有一次，戰場規矩站在首輔這邊。他轉身面向變得僵直的阿沫說：「快過來，小兔子。」首輔招手說，「決鬥的時候到了。」

阿沫往前踏一步，彷彿被催眠了一樣。首輔看著他的雙眼，預期看見滿滿的恐懼。

然而，出乎意料地，那孩子閃過一抹微笑，彷彿正在想著心愛的人或心愛的東西。他目不轉睛看著首輔，用沉著、清楚的聲音說：「如果今晚是我的死期，我也要死得有價值。」

說完，他往前一跳。決鬥終於展開。

□

歌蒂非常突然地在隧道的石地坐下來。布魯沒有發現她的失神，花貓也是。她想必離開不到一眨眼的工夫。

永恆之地……

「妳為什麼停下來？」暴風犬低沉地說。

「我剛才去了——」歌蒂開口準備解釋。可是剛才去過的地方太教人震驚，她根本無從解釋。她撫摸著大拇指下方的掌心處，好奇如果沒有通過三個試驗中的任何一個，會發生什麼事情。

不過她並沒有失敗，現在試驗也已經結束。她重新爬起來，花貓磨蹭著她。「光——」牠呼嚕嚕地說。

「我已經跟她說過了。」布魯厲聲說，「輪不到你說。」

歌蒂眨眨眼睛。前所未有的黑暗重重壓著她。「光？在哪裡？」

就在這時，她看見了，如苔蘚般生長在石牆上，光線相當微弱，她還以為是自己的幻覺。

「布魯，」她輕聲說，「你知道那是什麼嗎？」

「植物。」暴風犬隆隆地說，「它們不會傷害我們。」

他們走得越遠，苔蘚般的光線就越來越多。不久後，歌蒂已經可以放開花貓的尾巴獨自行走，不安地看來看去。現在隧道展開成一連串的洞穴，她想起回憶之地，想知道前方有什麼在等著她。

「救世之道。」她低聲說。

在她身後，布魯發出怒吼。同一時間，花貓就地停下腳步，用力豎起背部的毛，那骨瘦如柴的身體看起來像原本的兩倍大。

「怎麼了？」歌蒂說。

「前面有東西。」布魯低聲說。

「群——」花貓跟著附和，憤怒地嚎叫。牠已經不像之前瘸著一雙腳，歌蒂也不再覺得疲倦。她好奇這些洞穴裡的空氣是不是有什麼治癒的特質。

這時候，她想起花貓說的話，於是她低聲問：「一群什麼？危險嗎？」

終於有一次，兩隻動物意見相同。

「是——」

「很大的危險！」

歌蒂雙腳顫抖。她以為試驗已經結束了。

一行人緩緩向前走，路變得越來越寬，兩側開始出現大石頭，周圍散落許多骨頭。人的骨頭。

「我聽見水聲。」歌蒂輕聲說。她口乾舌燥，幾乎說不出話來。「不對，是風聲！」

風從四面八方吹來，音聲淒厲，彷彿活了過來，吹向東吹向西，在大石頭之間穿梭，用無形的手撫過歌蒂的臂膀。布魯露出尖牙利嘴，大聲咆哮。花貓的身體像弓箭一樣拱起來，尾巴毛髮直豎。兩隻動物一塊兒抬頭，狠狠地看著那些高聳的大石頭，彷彿它們就是敵人，就是危險。

然後，歌蒂看見了。

眼前的景象讓她身體的每一吋都嚇得直縮。她想跑，但是不敢動。她把指甲掐進掌心，抑制尖叫的衝動。

那些石頭不是石頭。

是暴風犬，還有懶惰貓。

真正的懶惰貓！

牠們比歌蒂高得多，牙齒像她的手掌一樣長，巨大的爪子放在被咬得粉碎的骨頭上，灰色斑點的身軀充滿肌肉，尾巴在睡夢中來回擺動，聞起來像漸漸腐敗的屍臭味。

暴風犬同樣好不到哪裡去，個個如夜般漆黑，然而這是牠們唯一與布魯相似的地方。牠們的面目兇殘，在夢中不斷低吼、磨牙。這裡至少有一百隻——不，更多！五百隻暴風犬，在洞穴的每個角落伸著懶腰。還有五百隻懶惰貓，均勻地呼吸著，看起來隨時會醒來。

歌蒂在路中央打哆嗦，嚇得牙齒頻頻打顫。布魯和花貓緊緊貼著她，身體的每根毛髮都立了起來。終於，有那麼一刻，他們忘了對彼此的仇恨。

「我們不該逗留！」布魯低沉地說。

「噓！」歌蒂嘶聲說。

所幸附近這些野獸沒有受到驚擾，過了一兩分鐘後，歌蒂想起任務的急迫性，於是重拾勇氣低聲說：「繼續前進吧！」

路帶他們來到洞穴的中心，他們在那裡停下腳步，大氣不敢喘一下。在他們的正前方有一隻體型最龐大的懶惰貓。牠的雙眼緊閉，耳朵來回擺動，好像正在做夢。收在前爪底下的是一個小鐵盒。

「就這樣？」歌蒂輕聲說，「那就是我們得帶回去的東西嗎？」

花貓蹲在旁邊，腿已經完全痊癒，繃帶也從肋骨處脫落。「不知——」

「肯定是了。」歌蒂低聲說，雖然她不明白救世之道怎麼會躺在小鐵盒裡。「這裡沒有其他東西。我得去把它偷過來。」

她想到這裡，不禁害怕萬分，但是她別無選擇。她悄悄走向懶惰貓，一顆心上上下下。她走得越近，懶惰貓看起來就越巨大，等到剩下一臂之差的距離時，懶惰貓就像峭壁高聳在面前。她回頭看了布魯和花貓一眼，他們似乎有幾百英里遠，她也知道他們幫不了她。

她想起此時此刻，古軍隊和老鼠群正在博物館橫行霸道。她想起那幫好友，用豎琴、風、弓箭、手槍和鳥嘴四處抵抗，企圖減緩他們的速度，好讓她，歌蒂，有時間走一趟萬獸街，拯救璨城。她又想起了阿沫。

她嚥下快要從嘴裡跳出來的恐懼，然後集中精神，直到眼底只剩下小鐵盒，以及兩旁的貓爪。我可以的，她告訴自己，我是小偷，我是第五名管理員。

她的雙手如天鵝絨般輕柔，像在許願般安靜。她把手放到鐵盒上方的時候，懶惰貓在睡夢中咕噥了一聲。歌蒂僵住了。幸好這頭野獸沒有醒來，於是她拿起鐵盒，緊緊抱在懷中，悄悄溜走。

布魯和花貓等著她。「盒子裡裝的是什麼？」布魯問道。

「我不知道。」歌蒂說完猶豫了一下。她的直覺告訴她，他們必須盡快離開這裡。可是，如果她搞錯了怎麼辦？如果這個鐵盒不是他們在找的東西怎麼辦？

她謹慎地把盒子放在地上，拿出小刀準備撬開蓋子。蓋子很硬，佈滿了鏽，彷彿幾百年沒有打開過。她用小刀在盒子四周撬了一圈，鐵鏽脫落，蓋子咔一聲打開。三個同伴滿懷期望往裡面一看。

鐵盒裡空無一物。

歌蒂搖搖晃晃跪下來，失望得震驚不已。她大可哭泣，大可以像個嬰兒躺在石子路上嚎啕大哭。她失敗了。她辜負了她的朋友和璀璨城的每一個人。

最後這個想法，卻讓歌蒂重新站了起來。她絕對不能失敗！太多人需要她。她環視這座大洞穴，想知道東西藏在哪裡，那個她必須帶回去的東西。懶惰貓的氣息在耳邊繚繞，像沙灘上的海浪一樣規律。

突然間，疲倦感全回來了，她發現自己在打哈欠。

「嗷嗚——」花貓抬頭望著她說。

歌蒂又打了個哈欠，這次布魯也跟著她打起哈欠。她捏自己的手，沒有用，這些沉睡野獸的呼吸聲如蠶繭般纏繞著她，她的眼皮越來越重，好累好累……

「走——」花貓用力推著她說，「快——走——」但是牠才張開嘴巴，也打了個哈欠。

布魯呻吟一聲，一屁股坐下來。歌蒂朝他往前走一步，踢到一個光禿禿的頭骨。存死亡於逗留者。

「布魯，醒醒。」她強迫自己說出這幾個字，「醒醒！」

但是暴風犬沒有醒，反之吐了口氣，閉上眼睛。

「犬——」花貓趁著哈欠連連的空檔厲聲說，語氣中的憎恨是如此之深，於是布魯睜開眼睛，重新跌跌撞撞站起來。

「我們千萬不能——逗留。」他大聲咆哮，身體左右搖擺。

「別那麼大聲。」歌蒂輕聲說。雖然如此，她同樣出奇地渴望入睡，睡意讓她的腦袋昏沉，睡意偷偷潛入她的內心。她傻傻看著離自己最近的那隻懶惰貓，納悶當初為何如此懼怕。

貓爪像枕頭一樣柔軟……

她靠著懶惰貓的身體，又溫暖又舒服，她的雙腳一軟，又緩緩跪了下來。

「走——」花貓在她的耳邊尖聲說。

「嗯。」歌蒂喃喃說著，眼皮微微拍動。「再一下。」她覺得自己彷彿已經睡著，進入了夢鄉。她胡亂摸來摸去尋找枕頭。這枕頭毛茸茸的，跟她想的不一樣，但是她累壞了，根本懶得理會。她躺下來，閉上眼睛。

她享受了一陣幸福的寧靜，就在這時，布魯在附近咕噥說著：「滾開，沒用的貓。我在——睡覺。」

「笨——」花貓嘶聲說，「笨——犬——」

「我——不笨，安靜——」暴風犬打了一個大哈欠，「否則我——殺了你。」

「小狗——」花貓厲聲說，「笨——小狗！」

布魯的喉嚨發出低沉的怒吼，這個辱名激怒了他。「我不是小狗！」

「懦弱——小狗——」

「我不是小狗！」

歌蒂強迫自己睜開眼睛。暴風犬使勁站了起來，張大嘴巴露出利牙。她想她應該趁兩隻動物打起來前做點什麼，可是她的四肢無力，動也不能動。

「貓咪，」她輕聲說，「不要惹他。」

花貓卻只是貼平耳朵，叫得更大聲。「小小狗！討厭——吃奶——小狗！」

對布魯而言，被死對頭這般侮辱實在太不像話。他憤怒地咆哮，「我要殺了你！」然後朝那隻可恨的貓衝過去。

花貓飛快跳開，同時爪子用力一揮，在暴風犬柔嫩的鼻子上抓下去。

歌蒂聽見布魯氣得大聲嚎叫。她看見他的鼻子出現一道粉色的撕裂傷，傷口非常筆直，就像花貓用鉛筆畫出來似的。一滴血緩緩滲出。

歌蒂臉頰底下的枕頭動了一下。

那滴血似乎落不下來，就掛在布魯臉上，如黑暗中的紅寶石一樣閃閃發亮。花貓蹲下來，一動也不動。整座洞穴屏息以待。

布魯哼一聲，然後搖搖頭。那滴血從鼻子上飛出去，在空中劃了個半圓——最後落在洞穴的地面。

突然間，歌蒂完全清醒過來。她的枕頭倒向一邊，她則一個翻身，搖搖晃晃站了起來。這時，布魯來到她身邊，花貓也是。兩隻動物緊緊靠在一起，心狂跳不已。歌蒂驚恐地望著不久前枕著的那個地方。

懶惰貓醒來了。

灰色斑點的毛皮底下，肌肉一收一縮著。貓爪伸了出來，抓花洞穴的地板。巨大的下顎張開來大打哈欠。

歌蒂慢慢向後退，小心不去踩到散落一地的骨頭。他們必須離開這裡，而且要快！

可是，當她轉過身，卻看見另一隻懶惰貓醒了過來，然後又一隻，再一隻。暴風犬也蠢蠢欲動。整座洞穴裡，到處都是巨大野獸在面前搖頭、舔嘴唇、伸展四肢。

接下來，牠們睜開眼睛，然後輕輕地站了起來。

歌蒂摀住嘴巴。她知道，她就要死在這裡了。等一下，上千雙眼睛會轉過來看著她……

布魯咆哮一聲，往前踏了一步。

「不行！」歌蒂嘶聲說，「牠們數量太多了！你打不贏的！」

「我可以打贏任何東西。」布魯低沉地說。他的雙眼炙熱，毛皮漆黑如炭。「我是暴風犬！」

對洞穴裡的每頭野獸來說，他的嚎叫無疑是個宣戰。牠們轉頭，兇狠地瞪著入侵者。布魯再次咆哮。在一旁的花貓跟著大叫，尾巴不停晃動。牠在懶惰貓的旁邊顯得渺小，但牠似乎沒有自覺，豎起了背上的根根毛髮。牠站穩腳步，準備攻擊。

歌蒂不禁發出哀號。她的同行夥伴——愚蠢、瘋狂卻又美麗的兩個朋友——準備投身與如此強大的敵人對抗，一轉眼就可能死亡。她將看著這件事發生——然後換她死去。

在她的腦中，芙西亞公主低聲說：如果要死，就死得光榮！戰到最後一刻！

洞穴四周的嘶嘶聲和咆哮聲越來越響亮。巨大的貓掌放輕腳步繞圈子，圈子越繞越小。暴風犬個個仰天怒吼，聲音大到天花板的小石頭紛紛落下。在歌蒂的前方，布魯和花貓勇敢站穩腳步，準備好為自己的性命一戰。

無論願不願意，歌蒂心想，我仍是這件事的一份子。趁還沒有改變主意前，歌蒂邁步向前，站到夥伴們的旁邊。

最靠近歌蒂的懶惰貓把黃色眼睛轉向她，發出嘶嘶聲。歌蒂嚇得縮了一下。她多希望身邊有武器！多希望芙西亞的劍在她手中！

懶惰貓伸出巨大的爪子。歌蒂快要瀕臨崩潰。她努力克制自己，同時跟自己說她確實有一把劍，就在她的旁邊！看啊，她握住了光滑的劍柄，像這樣！她從劍鞘鬆開了劍！要是懶惰貓再靠近一步，她就拔劍——不，無論如何都會拔劍！

正當假想劍的重量落入手中時，她忽然感覺肚子有股熱氣。是狼魂。

那感覺自體內升上來，如同周遭的野獸一樣猛烈。有那麼一會兒，歌蒂出於本能地想要壓下，但後來她恍然大悟，這就是她的武器！

「太好了！」她輕聲說，「太好了！」

熊熊熱氣從腳底竄上頭頂，像銀子熔化似的。恐懼燃燒殆盡，紅霧瀰漫在她周圍……

「太好了！」公主戰士大聲說著，露出猙獰表情，放聲咆哮。她不需要劍！她會扛起那些愚蠢的動物，徒手將牠們碎屍萬段！

隨著狼魂在胸口咆哮的同時，她跟著大叫一聲——然後朝懶惰貓衝去。

29 救世之道

博物館前方的空地上，首輔和阿沫正在決鬥。兩人東奔西跑，使勁叫喝，映在臉上的火光不停閃爍著。

首輔看著男孩的雙眼，等待下一波攻擊。阿沫兇狠地往肚子刺過去之際，他擋開攻擊，並展開了一連串的回擊。

阿沫迅速低頭，閃過劍身，率先刺傷了首輔。「這一劍是為了邦妮！」他叫道。首輔不敢置信看著自己被劃破的肩膀。

首輔氣得大叫一聲，衝向那個小兔崽子，逼得他節節後退，直到大砲在他的後方，讓他無路可逃。

首輔微微一笑，舉起劍，自信以為決鬥即將結束。但是劍一揮，阿沫立刻從下方鑽出去，匆匆跑到圓形場地的另一邊。

決鬥尚未結束。

□

「為狼王的勝利而戰！」公主戰士放聲尖叫，朝懶惰貓衝過去。她的雙手是劍，聲音是一把磨得銳利的刀。「為狼王的勝利而戰！」

然而，懶惰貓沒有與她交戰，反倒是咆哮一聲，跳了開來。

公主戰士失望地轉身，看見四面八方都是敵人，如狂風暴雨般大聲怒吼，並朝她一湧而上，口水直流，背脊拱得老高。可是，當她開始挑釁時──「狼王萬歲！狼王萬歲！」──牠們向後退；當她盛氣凌人往前走、渴望一戰時，牠們又退得更遠了，彷彿狼魂是攻不破的護盾。

她站在洞穴中央，沮喪地仰天長叫，目光落在一隻沒有退後的動物上。那是一隻暴風犬，用好奇的表情看著她，彷彿知道什麼她已經遺忘的事情。

紅霧像內心殷切的渴望。「血！」紅霧彷彿在低聲說，「鮮血！死亡！」

公主拾起一根像劍一樣鋒利的碎裂腿骨。她走向暴風犬，骨頭拿在胸前。

「血！」她大聲吼道，「鮮血！死亡！」

暴風犬動也沒動。「歌蒂。」牠說。

公主戰士露出猙獰的表情，舉起她的劍。

「歌蒂。」暴風犬又說了一次，把頭歪過一邊。「是我。」

這些話毫無意義。劍用力揮下，暴風犬及時跳開。公主怒吼一聲，朝牠撲了過去。但是她還來不及發動攻擊，小腿肚突然一陣熱辣辣的痛楚。

眨眼間，她回過頭，看見一隻貓正對她嚎叫。「走——」貓哀號著，「快——走——」

這幾個字彷彿當頭棒喝。她聽過這幾個字，是有意義的，有重要的意義……

不！鮮血才是最重要的！她舉劍朝貓咪揮過去。

「歌蒂！」身後的暴風犬叫道，「記住妳真正的敵人！」

她真正的敵人？紅霧對真相可不在乎！她的敵人是站在面前的每一個人！

她以為貓會逃跑，反之，牠只是站在原地。她的劍甫揮下，那隻貓立刻抬頭看著她，然後嘶聲說：「首——輔——哈——羅——」

這兩個名字，以如此怨恨的口吻叫罵出來，讓她當場停下動作。她的劍赫然打住，距離貓咪的腦袋只差那麼一點點。她的手臂因為出力而頻頻發抖，但她並沒有讓劍落下。

首輔。哈羅。她真正的敵人。

這幾個字像黑暗中傳來的號角聲。紅霧散去許多，公主戰士明白該怎麼做了。

掉頭離開眼前這些野獸並不容易。身體的每一吋都充滿對戰爭的狂熱。她的肌肉在抽動，血液如急流般流過靜脈。她覺得自己彷彿正在馴服一頭飢腸轆轆的野獸，只是這隻野獸藏在她的體內，啃食她的骨頭，渴望大開殺戒。

她差點就要屈服，可是……

首輔。

這兩個字光是唸出來就讓她充滿厭惡，迫使她在洞穴裡狂奔，沿途高舉著她的劍。懶惰貓和暴風犬開始在她的兩側排起隊來，彷彿也看見了真正的敵人。

隊伍從洞穴一直走到遠方的隧道。這真是再奇怪不過的路程了。狼魂一路上駕馭著公主戰士，她幾乎無法思考，但是在她的腦海深處，她看見自己彷彿一艘著火的小船，航進一艘沒有戒備的艦隊中間，把周遭一切燒個精光，同時她自己也化為灰燼。

在腦海的更深處，理智仍潛藏的地方，她知道狼魂是唯一可以保護她的東西，讓她免於兩側的野獸侵擾。她知道她絕對不能放手，否則死路一條。

花貓快步跑在她的前面，勇敢無懼。其中一隻暴風犬也在前面，三不五時會回頭，稱呼她「歌蒂」。她不予理會。現在只有兩個字在她腦海咚咚作響，帶她前進，穿過條條隧道。

首輔。

□

首輔累壞了。他低頭閃過阿沫的雙手攻擊，腦袋差點被摘掉，同時他的思緒飛快轉動，試圖找出扭轉局勢的辦法，免得自己終將筋疲力盡，出了致命錯誤。他得靠近一點，全力一擊。他需要的——

他被一堆石頭絆了一下，傭兵團立刻傳來一陣大笑。他及時穩住自己，跳到一邊。阿沫的劍從旁邊呼嘯而過，削掉耳朵上的一塊皮。神聖護法紛紛氣得發出噓聲。

首輔死命地想，他需要的，是可以分散那小兔崽子注意力的東西！只有一兩秒也好……

首輔怒吼一聲，使出所有力氣，向前衝刺。與此同時，他的目光迅速地瞥過一邊又看了回來，彷彿在火光中發現意想不到的東西。他從嘴角粗聲粗氣地說。「霍普護法，他妹妹在那裡！快點，開槍射她！」

奏效了。那小兔崽子大聲喊著：「邦妮！」然後隨即離開。東張西望、滿臉糊塗的霍普護法拿起手槍對準他。阿沫猶豫了一會兒，進退兩難。這時首輔從旁一擊，弄傷他的小腿，接著再一擊，弄飛男孩的劍並將他打倒在地。

布萊斯元帥陰鬱地點點頭，神聖護法卻個個高聲歡呼，傭兵也拚命跺腳表示滿意。霍普護法開心得面露紅光。

首輔拿劍抵著男孩的胸口，就在心臟上方的位置。他的耳朵發燙，肩膀隱隱作痛，報復心更是越來越強烈。

然而，儘管他繃緊肌肉，準備揮下致命的一擊，有人卻突然大聲發出警告。首輔轉身，從火光中看見朝他邁步走來的東西，驚訝得手中武器差點掉下來。

穿著舊式制服、從博物館行軍而來的，是一排又一排的野蠻士兵。他們拿著熊熊燃燒的火炬，還有鳥銃、劍和長矛。腳步聲驚天動地，眼神無情閃爍。

首輔簡直上氣不接下氣，卻也知道他們是誰了，是陰險門後的那些野蠻人！難道管理員為了保護博物館，把他們放出來了？無論他們的目的是什麼，看起來不會輕易離開。他能夠跟他們講道理嗎？能夠討好他們、說服他們……利用他們嗎？

首輔揚起歡迎的微笑，大步走向燃燒的火炬——然後又停下腳步。火炬照映之下的地面正在移動。在野蠻人周圍，在牆上，在腳下，彷彿活地毯起起伏伏，看起來是用——首輔不自覺後退一步——老鼠做成的！巨大老鼠做成的地毯，有灰、有黑，還有骯髒的棕。

一隻巨鳥朝鼠群急速俯衝，想要將牠們趕回去。小女孩和老婦人在牠們面前發射燃燒的箭，同樣徒勞無功。老鼠數量太過龐大，野蠻士兵也不在少數，那些企圖用豎琴、手槍和歌聲阻擋他們的可悲之人根本寡不敵眾。

生平第二次，首輔發現自己不知道該怎麼辦。討好一群害蟲有什麼用呢？

他聽見布萊斯元帥大聲喝道：「士兵們，舉槍！預備！注意！發射！」

步槍奏起死亡樂曲，第一排的野蠻人應聲倒下，但是第二排立刻遞補上來，野蠻人和老鼠一湧而上，個個目露兇光，彷彿是一隻野獸。步槍和鳥銃紛紛扣下扳機。隨著一聲吶喊，兩支軍隊打了起來。

就在這個時候，當鮮血即將濺染這片荒蕪的空地時，首輔看見還有其他東西從博物館走了出來。

那是支亂糟糟的隊伍，卻充滿震撼！有個女孩大步走在隊伍的最前方，神情肅穆，手中握著一根人的腿骨。在她的兩側，一直延伸到博物館盡頭的黑暗處，走出了一群惡夢般的生物。

首輔起了一身雞皮疙瘩，張嘴大叫，又再閉起。他握緊雙拳，看著兩方軍隊突然意識到在他們身後的東西。

雙方瞬間停火。一張張驚恐的表情轉向那群巨大野獸。

「別跑，你們這些無賴。」布萊斯元帥大聲說，「否則我親自對你們開槍！準備！注意！發射！」

這一次，步槍和鳥銃同心協力齊聲發砲。然而，那些野獸毫不畏縮，反之，大聲咆哮，子彈只是火上加油。

咆哮聲驚天動地，許多人嚇得轉身逃跑。暴風犬腳步輕盈地在後面追逐，將傭兵團趕到一邊，又將陰險門後的士兵趕到另一邊。老鼠在他們腳下四處亂竄，害怕地吱吱叫，懶惰貓對著老鼠尾巴又抓又咬。

「首輔大人！」霍普護法放聲尖叫。首輔及時轉身，看見一隻懶惰貓朝他大步走來，眼神殺氣騰騰。

他渾身哆嗦，強迫自己採取行動。「嘿！」他扯破喉嚨大聲說，「誰殺了這頭野獸，我就賞一百枚銀幣！」說完，他拿劍指著懶惰貓的腦袋揮來揮去。

懶惰貓直直衝了過去。

首輔驚訝又不敢置信，差點摔一跤，劍碰到地面鏗鏘作響。他連忙把劍舉到肩膀的高度，再次揮出。懶惰貓張開可怕的爪子，然後對他吼叫，距離非常近，他甚至可以看見懶惰貓牙齒上沾附的血漬，以及難聞的口氣。

然而，那把劍就這樣刺穿過去，彷彿那裡空無一物。

「是幻覺！」首輔沙啞地說著，拚命東張西望。「他們通通都是幻覺！」

沒人聽見他說話。霍普護法躲在大砲底下，喃喃地說：「天啊！天啊！」其餘的神聖護法已經逃之夭夭。布萊斯元帥正在竭盡所能將傭兵重新召集起來。

「他們都是幽靈，布萊斯。」首輔叫道，「只是一群喪命已久的幽靈！告訴你的手下不要害怕，他們傷不了我們！」

從頭到尾站在原地的史曼現在害怕地看著他，然後這個傻瓜開始尖叫：「魔鬼！魔鬼！」說完，他和附近的同伴一起丟掉步槍，拔腿逃跑。

看到這一幕，首輔心中燃起熊熊的怒火。鄧特博物館又一次徹底破壞了他的精心計畫！他咬牙切齒，環顧四周，尋找可以宣洩怒氣的人。

阿沫孤零零地躺在附近的地板上。在他的四周，幻覺來回飄走，表情猙獰並不斷揮舞可怕的爪子。

但是首輔不怕幽靈。「你！」他高聲怒罵，大步走到男孩旁邊，接著舉起他的劍。「你和你那些可惡的管理員朋友。這都是你的錯！」

劍身重重落下致命的一擊。

30 最後一擊

公主戰士聽見「幽靈！」和「魔鬼！」的哭喊聲，彷彿在做一場夢。狼魂在她體內燃燒，如火爐般炙熱。她緊緊握著腿骨，在搖曳的火光中穿梭，尋找自己前來殺掉的男子。

暴風犬和懶惰貓自兩側散開，有些單打獨鬥、有些成群結隊追逐獵物。牠們毫不猶豫穿過牆壁，幽靈般的爪子不痛不癢地對著老鼠和士兵揮舞，老鼠和士兵卻沒命似地竄逃。

公主仔細端詳他們，想知道誰才是真正的敵人。

就在這時，她看見他了，就在五步之遙的地方，在大砲附近。首輔。

他氣得滿臉通紅，站在某人上方，一個男孩，劍高舉在空中。即便她仔細地看，仍然聽不清楚他在咆哮什麼。劍開始落下。

她的內心深處不知怎地害怕得叫了出來。她衝過空地，伸直腿骨向前刺去。大砲底下傳來一聲尖叫，敵人的劍擊中腿骨。

她直接迎上劍揮來的衝擊，骨頭因此震得粉碎。不過首輔的劍也歪向一邊，而她突如其來的介入更是讓他驚慌失措。她匆匆看著地面，尋找另一把武器。

「在那裡！」男孩叫道，指著一把躺在地上、他卻伸手不及的劍。

公主戰士迅速把劍抓起來。當她的手握住劍柄——那熟悉的劍柄——狼開始欣喜若狂地大聲嚎叫。紅霧越來越濃，她衝向首輔，一心想要取他的性命。

但這一次，他已經有了準備。他倆的劍互相碰撞，公主的劍被擊到一旁。他對著她的臉大叫：「女孩？我被一個女孩打敗？我要把妳碎屍萬段，歌蒂．羅絲，為妳幹的好事付出代價！」

「狼王萬歲！狼王萬歲！」公主戰士叫道。於是她再次攻擊，一連串的猛攻讓首輔啞口無言，逼得他頻頻後退，離開了那個男孩。

在他們四周，暴風犬像在趕牛似的追趕人群。傭兵們慌張地跑下山，陰險門後方的士兵則被趕上博物館的樓梯，一路回到佈滿灰塵的走廊。懶惰貓伸出可怕的爪子，穿梭在大大小小的水溝裡追逐老鼠，直到那些鼠輩也匆匆回到了原來的地方。空氣中瀰漫著火藥和恐懼。

這一切公主戰士都知道，卻毫不在意，她在乎的只有決鬥。她朝敵人的腦袋砍去，趁敵人反擊時，再一步離開攻擊範圍，往他的雙腿刺去。狼魂給了她前所未有的力量；她的戰士訓練讓她學會放鬆肌肉，保持身體平衡。

僅僅過了一兩分鐘，她的敵人已經氣喘吁吁。他狠狠地瞪著她，然後咆哮著說：「我要妳求生不能，求死不得！」

這些話對她毫無影響，但在內心深處，她知道他很難纏，而且興奮異常。她不斷努力地進攻，如火光般迅速，教人難以捉摸。她攻擊敵人的臉，刺向敵人的肚子，又把他轉過去，讓火光刺傷他的雙眼，他眨了眨眼，放聲大叫：「開槍，霍普！開槍射她，妳這個呆子！」

但槍聲沒有響起，只有大砲底下傳來害怕的啜泣聲，以及士兵為了逃離幽靈的陣陣尖叫聲。

公主戰士繼續作戰。負傷的男孩喊著為她打氣，她不在乎。還有許許多多的人，像是幽靈；仍在垂死掙扎的傭兵；帶著弓箭、跟父母一起跑到男孩旁邊守護他的女孩；臉上有條紋刺青的女人；拿著豎琴的男子和陪同在一旁的男孩；膽戰心驚看著這場決鬥的兩名年長管理員，她全不在乎，眼中只有戰鬥。

突然有一刻，那股對戰爭的狂熱和多年來的訓練完美地結合在一起，她成了狼，而劍成了狼爪。她嚎叫一聲，朝獵物奮力跳去，力氣之大，讓首輔的武器從手中飛落，整個人摔在地上，像隻兔子蹬著腳。

狼來到他的正上方時，過去的回憶在她眼底一一展開。一隻巨大的黑色獵犬受傷跌倒在地。一支古軍隊突然發起行動，威脅著她深愛的每一個人。一把長弓遺棄在地上，旁邊有一支沾了血的箭。四個孩子蹲在下水道裡，水位不斷上升。

恐懼籠罩的城市……善良的女人像垃圾一樣被丟進運河……奴隸船……

霧降臨在狼的身上，一大片紅色的濃霧。她舉起狼爪，準備揮下致命一擊。

「不！」兔子高聲喊叫，「妳不能殺我！我是首輔！」

「鮮血！死亡！」狼吼叫著說。

「不！我投降！聽我說，我投降！我們——我們通通都投降！布萊斯！放下武器，你和你的手下都是！快點！快點！我投降，我發誓！我向妳承諾！」

「鮮血！死亡！」狼憤怒得聲嘶力竭，但是在她內心的某個地方，最後一絲理智低聲說：「記住，永遠有選擇的機會。」

她不想聽。狼魂強烈控制著她，她簡直可以感覺到頭頂的狼皮，和嘴裡流出的口水。「沒有選擇！」她大吼著，「復仇！」

「歌蒂！」躺在地上的男孩叫道，「住手！他們已經投降了！」

「沒有選擇！」她再次吼叫，可是男孩的聲音像風一般穿過紅霧，理智越來越清晰。

「……永遠有選擇的機會……」

更多聲音加了進來——她深愛的聲音。「歌蒂！歌蒂！」

即使是現在，她仍大可甩開他們，讓戰爭的狂熱為所欲為。但是她為了變成自己想要的那個人，為了過自己想要過的生活，曾經如此努力。她現在不能放棄，就算是為了復仇。

她用力晃動身體，硬是甩開狼魂，甩開公主戰士，直到站在首輔上方，手拿著劍的，是歌蒂·羅絲本人。

她抬頭，看見丹先生和歐嘉·西亞佛嘉注視著她，佩斯阿姨、西紐、耗子和龐斯站在一旁。邦妮和她的父母蹲在阿沫身邊。霍普護法仍躲在大砲底下啜泣。布萊斯元帥和幾個留下來的傭兵背靠背站著，步槍擱在腳邊，二十隻暴風犬在他們四周繞圈子，腳步安靜，卻令人害怕。

老鼠已經不見蹤影，險些入侵城市的古軍隊也不復見，全都消失了，被趕回原來的地方。

歌蒂突然覺得好累，幾乎沒辦法思考。布魯在哪裡？她看著那些飄來飄去的幽靈，發現他可能就是其中一個，她卻無法分辨出來。

那隻貓又在哪裡？當初她從博物館出來的時候，牠一直跟在身邊，走在隊伍的前頭。

她移動身子的重心——

結果首輔從下方踢中她的雙腳，搶過她的劍，然後跳起來。他終究不是兔子，是狡猾無比的狐狸。

「通通都不准動，否則這女孩就沒命！」他拿劍抵著歌蒂的喉嚨叫道。

準備舉起弓的邦妮愣住了，佩斯阿姨也是，手停在腰間的手槍上。阿沫發出呻吟，丹先生氣得大叫。

另一方面，霍普護法睜開眼睛，從大砲底下爬了出來。先前的恐懼已經被更強烈的蠻橫給壓過去，她經過阿沫身邊時踹了他一腳，又給了佩斯阿姨一巴掌。接著，她搶走所有人的武器，拿槍指著他們說：「你們以為你們贏得了嗎？一群傻子！」

歌蒂躺在地上，氣得火冒三丈。她不該將目光從首輔身上移開的，一會兒都不行！她早該知道——

首輔朝那群傭兵看了一眼，劍仍然動也不動抵著歌蒂的喉嚨。「布萊斯，把槍拿起來！我需要你們！」

元帥和他的手下沒有動作。暴風犬對他們輕聲嚎叫。

「幾個幽靈沒什麼好怕的！」首輔大叫著說，「快，我需要你。有垃圾需要處理。」

火光不斷搖曳。布萊斯元帥對士兵們點點頭，他們撿起步槍，慢慢側身經過暴風犬。丹先生和歐嘉．西亞佛嘉緊緊握住彼此的手，目不轉睛看著歌蒂。

「這些囚犯都是你的了。」傭兵們站到首輔面前時，他開口這麼說，空出來的那隻手大方揮舞著。「槍斃他們，刺死他們，我都不在乎，只要他們死了就行了。」他低頭看著歌蒂，牙齒閃閃發亮。「除了這一個，我要親自處置她。」

元帥舉起拳頭咳了一下。「你投降了。」他說。

「我知道。」首輔放聲大笑，「很聰明，對吧？」

「嗯，」布萊斯發出嘖嘖聲，「你要我們投降，我們也照辦了。」

「這全是詭計的一部分啊，我親愛的布萊斯。應該沒給你添麻煩吧？為什麼這麼說？我猜啊，你和你的手下肯定一天到晚投降，然後趁敵人掉以輕心的時候在背後捅他們一刀。這就是戰爭，不是嗎？」

歌蒂聽見傭兵們輕輕倒抽一口氣，彷彿受到了侮辱。

布萊斯目光犀利，「可是你承諾過了。」

「我可以再承諾一遍，需要的話幾百遍都沒問題。」首輔說著，露出迷人的笑容。「現在，我們可以繼續了嗎？一旦這些人渣死了，國庫還有獎金等著你和你那群勇敢的士兵，一筆可觀的獎金。我想今晚我們可以開瓶好酒，慶祝隱身石事件的落幕。我們真是最佳拍檔啊，布萊斯！記住，這僅僅是開始——」

「你、承諾、過了。」元帥說著，拳頭握緊又放鬆，彷彿想要揍人。

首輔看著他，一臉糊塗。「你還好吧，元帥？你打鬥的時候受傷了嗎？」

「你投降了，我們投降了。」

「或許是傷到頭了？你一直重複說一樣的話，老兄！」

布萊斯元帥臉頰抽搐，「那麼我就再重複最後一次。你投降了，我們投降了。我們不能再多做什麼了。我們的合作已經結束。」

「什麼？」首輔說著，才明白他是認真的。他拿劍的手不禁動了一下，鮮血從歌蒂的脖子滑下來。她不動如山。

元帥朝大砲走了三步，然後轉身。「你毫無道德。」他用瘟疫般死寂的口吻說，「一點道德觀念都沒有。你以為我們是傭兵，就可以把我們完全買下，可是這個行業是有規矩的，戰場規矩，而你一個個違背了。」

首輔準備抗議，但布萊斯不理他繼續說下去。「喔，是的，你想要我們留下來！如果我們留下來，你肯定會給我們任何東西。」他厭惡地皺眉頭，「肯定會『承諾』給我們任何東西！」

他打個手勢，所有士兵開始往大砲那兒魚貫而去，剩下兩名留在首輔身邊。他們將砲彈裝上推車，再把大砲套上拖拉機。

他們花了十分鐘備好大砲，準備離開。在這段時間內，大家動也不動，噤若寒蟬。首輔成了雕像，只有下巴在微微抽動。

但是歌蒂感覺得到停在喉頭的劍渴望見血，她也知道，一旦傭兵離開，首輔就會殺了她。她悄悄地把手伸進口袋，握住胸針。

這一刻比她預期來得快。拖拉機的引擎隆隆發動起來，踉踉蹌蹌駛入黑暗，將大砲拖在後面。大地在震動。空地四周被炸彈波及的牆壁和煙囪倒在地上，化作一團塵埃。

布萊斯頭也不回地舉起手，站在首輔兩旁的兩名手下跟著跑步離開。

首輔把劍越握越緊。但他還來不及動手，龐斯開始用刺耳的聲音求饒。首輔看了他一眼……

歌蒂趁首輔分心的瞬間，從口袋裡抽出胸針，用力刺進他的小腿。

首輔痛得放聲大叫。歌蒂撲到旁邊的地面上，然後跌跌撞撞地想要站起來。她聽見霍普護法在大叫，又聽見槍聲。她東張西望尋求援助，但是首輔早已拔出胸針，向她走來，手裡拿著劍。

現在只剩一件事可做。「爸！」歌蒂扯破喉嚨大叫，「就是現在！現在！」

首輔冷酷地大笑。「別耍花招，小女孩！」他咆哮著說，「這次妳是我的了！」

他把劍高高舉起。在他身後，有個聲音靜靜地說：「你好，弟弟。」

首輔立刻轉身，速度快得失去重心。佩斯阿姨從陰暗處跳出來，搶走他手中的劍。霍普護法舉起手槍，急忙跑來救援。阿沫伸出沒有受傷的那隻腳，於是她被絆了一跤，摔倒在地，邦妮和龐斯坐到她身上。

首輔沒有注意到霍普護法的狀況，只是目瞪口呆地看著守護者，她堅定地站在他面前，爸媽在旁攙扶著她。

「妳——」首輔說，「妳已經死了！妳肯定是——」

「我沒死，」守護者說，「你輸了。」

「不可能！」首輔大吼，趁沒人阻止他之前跳起來，連滾帶爬穿過千瘡百孔的空地。

哈恩先生和西紐本來打算追上去，但歐嘉．西亞佛嘉舉手喝止他們。「他跑不遠的，」她說，「你們看。」

剛才有一小群暴風犬一直在後方安靜地徘徊。現在牠們蜂擁而上，擋住首輔的去路。鋒利的牙齒和兇猛的眼神讓首輔不禁卻步。

就在這時候，他突然抬頭挺胸，大聲地說：「你們嚇不了我的！你們不過是一群幽靈！傷不了我的！」

他大步穿過第一隻野獸，然後又穿過第二隻。牠們除了嚎叫什麼也不能做。

首輔邪惡地放聲大笑。「你是灰塵！」他當著第三隻暴風犬的面大聲說，「是古老的灰塵罷了，跟地上的枯葉一樣無用！我會從你們所有人的身邊逃脫，然後有一天我會回來，摧毀你們亟欲保護的東西。來阻止我啊！來殺了我啊！來啊，拿出你們最狠的手段！」

他再次大笑。

在他大笑的同時，那有著白耳朵的第三隻暴風犬，說到底並不是幽靈，張開大嘴，一口咬下首輔的脖子。

31 救世之道是把雙刃劍

西紐找到傭兵留下來的繩子，把霍普護法牢牢綁緊。歐嘉．西亞佛嘉替阿沫縫合腿部的傷口時，他咬住嘴唇，努力不讓自己叫出來。邦妮和她的父母則揪著心，直到縫合完畢。

歌蒂坐在煙囪的殘石破瓦上，對剛剛發生的事震驚不已。爸爸雙手抱著她，她靠在爸爸胸前，無法言語。

「妳知道根本沒有監獄關得住他。」媽媽喃喃說著，朝首輔的屍體點點頭。丹先生在屍體上方覆蓋一面白旗。「連牢門都有可能被他迷惑，自行打開來讓他通過。」

歌蒂知道媽媽說得沒錯，但她的心情就是久久無法平復。她感覺自己的末梢神經全部暴露在外，城市和博物館就像爸爸的雙手一樣將她緊緊包住。要是閉上眼睛，隱約可見大砲正經過老奧森納橋，準備離開璀璨城。她看見最後一名士兵和最後一隻老鼠走進陰險門，感覺到大門啪一聲關上。

結束了，她告訴自己，都結束了。

然而不知怎地，博物館仍然焦躁不安，周圍的空氣劈啪作響，彷彿有重要的事情懸而未決。可能跟這些幽靈有關，他們又在廣場上聚集起來，拖著腳走來走去，低聲怒吼。歌蒂已經累得不想理會。

但是這個時候，花貓過來磨蹭她的腿，摩根飛下來加入他們。過了一會兒，布魯喘著大氣，朝他們大步跑過來。

「傭兵和護法都走了。」布魯低沉地說，「不會再回來了。可是現在——」

「那很好。」歌蒂說著，努力不去注意布魯嘴邊的血漬，卻辦不到。她硬是擠出笑容，知道布魯只是展現本性，而且她並不覺得遺憾。首輔是自找的，正義終於得到彰顯。

「可是現在，」布魯繼續說，「有個麻煩。」

身後五百隻暴風犬的幽靈豎起背部毛髮，發出低沉嚎叫，歌蒂可以感覺她的胸口在震動。

「麻——煩——」花貓說。另外五百隻懶惰貓應聲附和，憤怒地哀號起來。

佩斯阿姨朝他們大步走來，完全不把幽靈當一回事。「是我的幻覺嗎？」她說，「還是這些傢伙準備對彼此宣戰？歌蒂，妳可以阻止他們嗎？」

阿沫單腳跳到炸毀的煙囪旁，邦妮幫忙攙扶他。下一秒所有人都聚集在歌蒂面前，期望她做點什麼。

「他們是死對頭。」歌蒂緩緩地說，想要讓情緒鎮定下來。「我、我想他們只是為了拯救博物館才團結在一起。」

「而現在威脅已經解除，他們準備反目成仇了。」丹先生說著，憂心忡忡地看著那些巨大野獸。「雖然他們只是幽靈，但是我很害怕。最好把他們帶回原來的地方，小姑娘，越快越好。」

歌蒂點頭，招手叫布魯和花貓過來。「他們願意跟我說話嗎？」她輕聲說。

「我們會問問他們。」布魯說完，跟花貓跑過空地，到幽靈徘徊的那一邊。

他們回來時，身邊帶了一隻暴風犬。那隻暴風犬比他的同類來得高大，幽靈似的身軀遮蔽了半個夜空。附近——不是很近的地方——緩緩走來一隻同樣高大的懶惰貓，尾巴像打了結的繩子頻頻抽動。

來自遠古的兩隻動物狂野又可怕，她本來打算說的話哽在喉頭說不出口。連佩斯阿姨見到他們也臉色發白。綁在附近的霍普護法更是害怕得啜泣起來，豆大的淚珠像糖漿一樣緩緩流過臉頰。只有摩根慢慢向前移動，表情滿是敬畏。

暴風犬對歌蒂低下巨大的腦袋。「我們已經完成使命，」他的聲音隆隆穿過地面，進入微噪的夜晚。「你們人類還想怎麼樣？」

歌蒂用力嚥了口口水。「你們現在願、願意回去嗎？」

懶惰貓貼平了耳朵。暴風犬嗅了嗅歌蒂的頭髮。「妳就是把我們帶出深窟的人？」

「是的。」歌蒂輕聲說。

「可是妳現在不一樣了。」

「呃，沒錯。」恐怖的萬獸街、救她一命的狼魂、瘋狂的劍鬥——歌蒂覺得這些事情彷彿發生在別人身上。

她努力克服恐懼，又問了一遍：「你們願意回去嗎？」

暴風犬搖搖頭，「把我們——」

「你們得回去。」歐嘉・西亞佛嘉突然插嘴，「這裡沒有你們的容身之處。」

但是暴風犬還沒說完，「把我們帶出深窟的人必須再次把我們帶回去，這是萬獸街的規矩。」

歌蒂偷偷嘆了口氣。她全身痛得要命，不確定自己能不能再走路，更不要說走到惡魔廚房那麼遠的地方。話雖如此，她仍準備起身。

丹先生的手放上她的肩膀。「說精確點，她必須帶你們到多遠的地方？」他懷疑地說，「到隧道的入口？萬獸街的起點？」

「遠——」懶惰貓說，「更——遠——」

歌蒂覺得好像有人用力踢了她的肚子一下。「你是說，我必須再走一遍萬獸街？」

「不行！」媽媽大聲說。

「絕對不可以！」西紐說。

「他們要妳再走一遍？」爸爸不敢置信地大叫，「那頭野獸是這意思嗎？」

「想都別想。」丹先生說。

歐嘉・西亞佛嘉用力提高音量，壓過其他人的聲音。「她在萬獸街僥倖活過一次，那已經是奇蹟了。她第二次不會再那麼幸運。」

「那麼我們就留在這裡。」暴風犬說，聲音在空氣中迴盪。「我們沒差。」

後面其餘的暴風犬開始騷動，就像一場準備燎原的森林大火。懶惰貓對牠們發出怒吼聲，牠們吠了回去，拱起結實的肌肉。整座城市屏氣凝神，博物館大氣不敢喘一下。

歌蒂掙脫爸爸的懷抱。「不，等等！不要打架！你們會嚇到人的！你們必須回去！」

「我會帶他們回去。」布魯說。

花貓擠到布魯的前面。「我──」

「不是你。」懶惰貓說，低頭瞪著嬌小的花貓。牠舉起貓爪，用力揮向歌蒂的臉。「必須是她。」

媽媽緊緊摀著嘴巴，忍住啜泣聲。爸爸抓住歌蒂，非常大聲地說：「我不准！我的女兒不會再回到那裡去！」

「沒錯。」佩斯阿姨邊說，邊狠狠地看著其他管理員。「你們這些人自己想辦法，別奢望歌蒂收拾殘局。她已經做得夠多了。」

丹先生搖搖頭，「我們不奢望她去收拾殘局，小姑娘。就如妳說的，她已經做得夠多了，阿沫也是。可是──」

他和歐嘉．西亞佛嘉互相看了一眼，欲言又止。

「可是什麼？」歌蒂輕聲說。沒人回應。「可是什麼？」

歐嘉．西亞佛嘉轉身面對兩頭野獸，她的臉色蒼白。「你們待在深窟時，是血肉之軀，對不對？」

「血──肉──」懶惰貓同意道。

「而在這裡，你們只是幽靈？」

「是──」

「那麼這是什麼？」老婦人指著石子地說。

起初，歌蒂只有看見鞋印和大砲的軌跡，她不懂歐嘉．西亞佛嘉在說什麼。然而就在這時，她看見一些新的凹痕：細長的爪痕和餐盤大的腳印，就在她眼前不斷出現。

她嚇得全身發冷。原來這就是懸而未決的事情，讓空氣劈啪作響，讓煙囪在腳下震動的事情。

這群暴風犬和懶惰貓漸漸復活了。

「丹先生？」她輕聲說，「為什麼牠們──」

「我不知道，小姑娘。」老人聽起來就跟歌蒂一樣疲倦，「或許牠們在這裡待太久了，或許是空氣中有什麼東西導致的，又或許是我們猜都猜不到的東西。這些都是很久、很久以前的謎了。」他的聲音沙啞，「我們不奢望妳──不，不會再奢望妳做什麼了。」

歌蒂說不出話來。她知道為了城裡的每個人著想，她應該說點什麼，但怎麼就是說不出口。

我已經做得夠多了，她心想，我已經做得夠多了！

因此，她重新開口說：「我、我不認為我可以──」

可是整座城市都在專心聽她說，她感覺得到。每座橋、每條運河、每塊石頭都在等待她的決定。她還沒意會過來，就發現自己在說：「也許、也許回去沒有那麼糟。至少我知道會發生什麼事。」

「不。」爸爸說，盯著那些可怕的腳印。「妳不能去，沒什麼好談的。」

懸而未決的麻煩失去平衡歪向一邊。懶惰貓個個抬起頭，彷彿聞到了血味。肉體覆蓋貓爪，如絲綢般輕輕地爬上四肢。

歌蒂緊握爸爸的手，想起去年的時光，想起自己在那段時間的成長。難道她經歷的一切最後就這樣收場嗎？她不想就此結束，她想看得更多！想成為第五名管理員，幫忙重建博物館。她想……

可是光想沒有用，必須有人做出行動，而她是唯一辦得到的那個人。

看來救世之道是一把雙刃劍。

她捏捏爸爸的手，然後放開。「我帶牠們回去。」她說，聲音幾近沙啞。「我──我必須帶牠們回去。」

懸而未決的麻煩歪向另一邊，整座城市比往常更仔細聆聽。萬獸橋像繫著狗鏈的狗，往老奧森納山伸展過去。曾經為神聖護法壞事做盡的懺悔之家用力吸著空氣，彷彿可以嗅到即將來臨的改變。

媽媽痛苦地咬著嘴唇，「不！為什麼事事都得妳去做？」她拚命地東張西望，「為什麼不能讓其他人去做？」

「媽，對不起。」歌蒂說著，將媽媽擁入懷中。她可以看見媽媽和爸爸眼中的絕望。「我、我會回來的。等我！」

阿沫的臉色蒼白，「妳一定得給我回來！」他在歌蒂耳邊低聲說。西紐說了大同小異的話，不過大部分的話都被琴弦奏出的嗚咽聲蓋掉了。歐嘉・西亞佛嘉和丹先生給她擁抱，龐斯把自己的槍遞給她。

可是耗子——

耗子慢慢走向暴風犬。他看起來如此嬌小，歌蒂忍不住伸手把他拉開。但是這時，他開始哼唱，並吹起口哨。暴風犬和懶惰貓的嚇人目光轉移到他身上。

「耗子？」龐斯說，「你在做什麼？」

耗子沒有回答。他的嗓音在空氣中交織成一個無聲的故事，臉蛋激動得發亮。

暴風犬咕嚕一聲，彷彿學到了什麼有趣的事。他再次低下頭，嗅了嗅歌蒂的額頭。她體內突然升起一股熱，像是狼魂醒過來，豎起了耳朵。

「這個白髮小傢伙說得對。」暴風犬低沉地說，看起來似乎又長大了幾吋。「帶我們到這裡來的是狼，是公主戰士，不是這個女孩——」

歌蒂動也不動地站在原地，不敢去奢望什麼。她感覺到懸而未決的麻煩穩穩保持平衡，整座城市在四周對她低聲說，好極了，就是這樣。

「——狼和公主戰士可以帶我們回去，」暴風犬說，「如果女孩可以把他們交給我們的話。」

意外脫身險境幾乎教人難以置信。歌蒂用力吸了一口氣——大大吸進珍貴的空氣——全身發抖。身邊的爸爸媽媽不停啜泣。

阿沫用衣袖擦乾眼淚，揮揮手要歌蒂過去，彷彿在告訴她就順著野獸的意思吧。她有股強烈的衝動想對他吐舌頭。

不過她沒有這麼做，只是對兩頭野獸說：「我要怎、怎麼把狼魂交給你們？還有公主戰士？」

兩頭野獸走向前，分別站在她的兩側。「把妳的雙手放在我們身上。」暴風犬低沉地說。歌蒂舉起雙手，放在牠們脖子所在的高處。感覺非常奇怪。牠們的四肢已經成了血肉之軀，可是背脊只是微微的暖流，彷彿很久很久以前的回憶。

在歌蒂的內心深處，那匹狼張大嘴巴，露出獠牙利齒。

「現在該怎、怎麼辦？」她說。

暴風犬沒說話。丹先生用手肘推了推西紐。「該是我們上場的時候了。」

西紐輕輕撥弄琴弦。阿沫和歐嘉．西亞佛嘉往前走，站到他的旁邊，耗子扭啊扭，鑽到兩人中間，寵物鼠緊緊窩在他的外套裡。他們開始歌唱——以及彈奏——第一首歌。「吼喔喔——喔，」他們唱著，「嗯嗯喔喔喔——喔喔。」

熟悉的音符將歌蒂包圍，她突然產生一股強烈的恐懼感。這件事結束後，她會變成什麼？她會失去不想失去的東西嗎？她還會認得自己嗎？

但是後來恐懼感過去了，她也堅定地唱起歌來。「吼喔喔——喔，」她歌唱著，「嗯嗯喔喔喔——喔喔。」

摩根飛起來，在附近的牆上棲息，以相同的節奏上下拍打翅膀。寵物鼠齊聲吱吱叫。花貓閉上眼睛，低聲輕吟。「吼喔喔喔喔——喔。」

就在這時，隨著一陣天搖地動，博物館跟著加入歌聲。粗暴湯姆館的帆船、掛在仕女之哩牆上的肖像畫、鯨魚化石和盔甲，還有住在老爪湖底的可怕怪物，通通齊聲唱起歌來，唱起璀璨城上百年不曾聽見的聲音。歌聲像大狂風掃遍大街小巷，狂野音樂從地心升上來與之結合。

「吼喔喔——喔，」博物館連同整座城市和狂野音樂高聲唱著，「嗯嗯喔喔喔——喔喔。」

歌蒂的指尖微微刺痛。布魯仰頭嚎叫，歌蒂內心深處的那匹狼跟著嚎叫。聲音越來越高亢，最後和第一首歌結合。她從未感受如此強大的力量，不禁倒抽了一口氣。她可以感覺到兩側的野獸，感覺到牠們的心臟開始在胸膛跳動，感覺到牠們的氣息吹在臉上，還有牠們背上的毛皮觸感。

紅霧將她團團包圍。她張開嘴巴，跟著布魯和狼一起嚎叫。她看見四周一片耀眼的光芒……然後，光芒消失了。暴風犬和懶惰貓站在兩側，跟她一樣真實。她可以聞到牠們的氣味，觸摸牠們的身體。

然而，歌蒂的體內卻是空虛。

狼魂已經離開。

公主戰士也同樣遠去。

霍普護法得知那兩頭野獸成了血肉之軀，又開始哭了起來。沒人注意到她。一支隊伍漸漸成形。布魯和花貓站在隊伍的最前端，驕傲地豎起毛髮。他們身後是那兩頭野獸，分別帶著狼魂和公主戰士的靈魂。而在兩頭野獸後方的，是一群幽靈，看起來比往常更巨大、更狂野，彷彿狼魂感染了牠們。

一聲無形令下，隊伍魚貫而進，橫越坑坑疤疤的空地。歌蒂可以感覺到牠們走的每一步。進入博物館，走過炸毀的前廳，穿過搖搖欲墜的員工專用門。接著爬上哈里山，爬下哈里山，走過空曠大道。在那裡，老樹開滿花朵。爾後又浩浩蕩蕩穿越斷骨館、黑夜館、鐵石心腸館，經過淡水魚館的惡臭牢房。

最後，在博物館的中心，隊伍來到了萬獸街的起點。布魯和花貓脫離隊伍，其他野獸則獨自走進黑暗中，消失了。

歌蒂一回神，發現自己回到了城市，時間已經過了大半。身後的西紐正在替營火添木柴，一邊與龐斯說話。「你和耗子可以加入我們，」他說，「管理員永遠不嫌多，而且我想你們很適合。」

「不了。」龐斯說，「我們要開著希望之光在海上航行，是不是啊，耗子？」他停頓了一下，「耗子？」

歌蒂回頭一看，耗子站在西紐旁邊拚命搖頭，彷彿沒有事可以打動他。

龐斯重重嘆了口氣，然後突然臉色一亮，轉向守護者，她正在一疊破布上面休息。「想要買船嗎？」他說，「我會給妳一個好價錢。」

在營火的對面，爸爸看來勉強化解了對佩斯阿姨的歧見，現在兩人正在認真談話，媽媽不時說個幾句。他們看見歌蒂時，爸爸給她個飛吻。媽媽對她揮揮手，並擦乾眼角的一滴淚水。佩斯阿姨眨眨眼，然後轉向不停扯著她手臂的邦妮。

「我想去追捕老巫婆史金。」邦妮說，「把她關進大牢。妳願意幫我嗎？」

爸爸挑起眉毛。「妳在偷聽我們說話嗎，邦妮？」

「沒有，」邦妮說，「這是我自己的意思。」

佩斯阿姨翻了翻白眼，然後說：「有些小鬼頭似乎不明白他們只是小鬼頭！妳下一步準備做什麼？除掉全世界的人口販子？」

「妳是願意還是不願意？」邦妮說。

「當然願意，妳這個傲慢的小傢伙，要是妳可以說服妳父母……還有，如果我逃過牢獄之災的話，因為我姊妹的好老公堅持把我送到那裡去。現在快走開，大人在說話。」

歌蒂左顧右盼，尋找歐嘉．西亞佛嘉和丹先生的蹤影，後來發現他們坐在附近，注視著黑暗中博物館的殘磚破瓦。「就這樣了，」老婦人說著，脫下靴子開始按摩她的腳。「我們現在該怎麼辦？」

「我們要重建。」丹先生說，「只要下點功夫，博物館的圍牆將固若金湯，再撐個五百年。」他朝其他管理員點點頭，「而且我們有很多幫手。來吧，讓我來幫妳。」說完，他把歐嘉．西亞佛嘉的腳放上自己的大腿。

一切都是那麼不同——卻又如此平常——歌蒂發現自己在微笑。

有人一派輕鬆地勾住她的肩膀，是阿沫，肩上站著摩根，手裡撐著臨時湊合用的拐杖。「那麼現在妳是誰？」他說，「公主？狼人？還是懶惰貓的老大？」

歌蒂放聲大笑。「我就是我，如此而已。」

歌蒂說這句話的同時，明白這是真的。空虛感已經消失，她是完完全全的自己，這輩子從沒那麼真實過。

她聽見汪的一聲，布魯以小白狗的姿態朝她跑過來，捲尾巴高舉空中，花貓在旁邊活蹦亂跳。

歌蒂把他們抱起來擁入懷中，然後親親他們。布魯擺動尾巴。花貓出於本能臭著一張臉，後來發出響亮的呼嚕聲，歌蒂從頭到腳都感覺得到。

她也感覺得到璀璨城改變了，但是大家幾乎都還不知道。懺悔之家的囚犯不知道，他們剛剛發現牢門神秘地打開，守衛不見了；從希望之光被救出來的孩子們不知道，他們現在才準備回家；心碎的父母不知道，只是焦急地走來走去，等待敲門聲。

沒人知道首輔已經死了，沒人知道有東西正從石縫中冒出來，就好像春天的第一朵花苞。

但是改變真的開始了，歌蒂感覺得到。

她不確定是什麼改變了，她只知道這個改變將帶來空曠的街道，帶來小狗、小貓和鳥兒；帶來孩子們想要逃離大人監視時的秘密基地；帶來孩子們可以真正做自己的自由。

儘管像歌蒂·羅絲、阿沫·哈恩和邦妮·哈恩這樣的孩子也可以，這樣急躁又大膽的孩子。

（全書完）

國家圖書館出版品預行編目(CIP)資料

博物館之賊 3 萬獸街 / 蓮恩.塔納作 ; 周倩如譯
. -- 初版. -- 臺北市 : 春天出版國際, 2019.11
面 ; 公分. -- (D小說 ; 28)
譯自 : Path of Beasts
ISBN 978-957-741-247-8(平裝)

887.157 108019131

D小說 28

博物館之賊 3 萬獸街

Path of Beasts

作　　者　蓮恩・塔納
譯　　者　周倩如
總 編 輯　莊宜勳
主　　編　鍾靈
出 版 者　春天出版國際文化有限公司
地　　址　台北市信義路四段458號3樓
電　　話　02-7718-0898
傳　　眞　02-7718-2388
E－mail　frank.spring@msa.hinet.net
網　　址　http://www.bookspring.com.tw
部 落 格　http://blog.pixnet.net/bookspring
郵政帳號　19705538
戶　　名　春天出版國際文化有限公司
法律顧問　蕭顯忠律師事務所
出版日期　二〇一九年十一月初版
定　　價　280元

總 經 銷　楨德圖書事業有限公司
地　　址　新北市新店區寶興路45巷6弄6號5樓
電　　話　02-8919-3186
傳　　眞　02-8914-5524
香港總代理　一代匯集
地　　址　九龍旺角塘尾道64號 龍駒企業大廈10 B&D室
電　　話　852-2783-8102
傳　　眞　852-2396-0050

ISBN 978-957-741-247-8　Printed in Taiwan